# Franz Xaver Wöber

# Der Minne Regel

Verone

# Franz Xaver Wöber

# Der Minne Regel

1st Edition | ISBN: 978-9-92500-035-7

Place of Publication: Nikosia, Cyprus

Erscheinungsjahr: 2015

TP Verone Publishing House Ltd.

Nachdruck des Originals von 1861.

# DER

# MINNE REGEL

VON

EBERHARDUS CERSNE AUS MINDEN

1404

MIT EINEM ANHANGE VON LIEDERN

HERAUSGEGEBEN VON

## FRANZ XAVER WÖBER

IN MUSIKALISCHER HINSICHT UNTER MITWIRKUNG
VON A. W. AMBROS.

# EINLEITUNG.

# I.

Das mittelalterliche Institut der Minneorden und
der damit verbundenen Minnegerichte [1]), erzeugte
eine große Anzahl von Minnedichtungen, die bald
mehr bald weniger auf Minneorden und Minne-
gerichte sich beziehen.

Eine der wichtigsten dieser Dichtungen ist
das Buch von den Regeln der Minne, welches
ich hier herausgebe. Dasselbe ist jedoch, wie

---

[1]) Ueber Minnehöfe vergleiche außer der ausgezeichne-
ten Monographie von Diez „über Minnehöfe" auch das
anonym bei Brockhaus in Leipzig 1821 erschienene
Duodezbüchlein Spangenberg's: Die Minnehöfe des
Mittelalters und ihre Entscheidungen und
Aussprüche; ferner des Freiherrn von Aretin fleißig
gearbeitetes Buch: Aussprüche der Minnege-
richte aus alten Handschriften etc., München
1803, 8.; dazu noch zwei Abhandlungen, die eine von
Raynouard, enthalten im 2. Bande von dessen Choix
des poésies originales des troubadours, Paris
1817, 8.; die andere von Ebert geschrieben, im 4. Bd.
Jahrgang 1821 der Zeitschrift Hermes. Ich erwähne
noch die kleine Schrift: Le corti d'amore, cenni storici,
Padova 1844, 8.; die übrigen zahlreichen gelegent-
lichen Bemerkungen und Aufhellungen unberücksich-
tigt lassend, indem ich nur eine einzige neuere erwähne,
ich meine die Floto's in seiner Schrift über Dante
(Stuttgart 1858, 8.) in dem 14. und 15. Capitel. (Vgl.
Vers 2197 ff. der vorliegenden Minneregeln.)

man schon weiß, und wie sich im Folgenden
deutlich ergeben wird, keine Originaldichtung,
sondern eine poetische Ueberarbeitung eines weit
älteren Buches, nämlich des Tractatus amo-
ris des Capellan's Andreas, eines Buches, das
von allen Schriftstellern, die über Minnehöfe
schrieben, bereits gewürdigt wurde, so daß ich
diesen Darstellungen nichts wesentlich Neues hin-
zufügen kann.

Dieser Tractatus amoris, der handschriftlich
nur in dem Pariser Codex Nr. 8758 vollständig,
fragmentarisch jedoch auch in München vorhan-
den ist, existirt noch in zwei aber sehr seltenen
Drucken. Der eine, eine Incunabel ohne Ort
und Jahr, hat den Titel: Tractatus amoris et de
amoris remedio Andree Capellani pape Innocen-
cii IV, der zweite vom Jahre 1610 führt den
Titel: Erotica seu Amatoria Andreae Capellani
regii.

Schon frühzeitig in's Italienische und Fran-
zösische übersetzt, wurde der Tractatus amoris
auch auf Verlangen des Herzogs Albrecht VI.
von Oesterreich (später Prodigus, der Verschwen-
der genannt), des zweiten Sohnes Herzog Ernst
des Eisernen von Oesterreich, von demselben
Dr. Hartlieb aus München in's Deutsche über-
tragen, welcher der Nichte Albrechts VI., der Her-
zoginn Kunigunde von Oesterreich, Tochter Kai-
ser Friedrichs III., eine Chiromantie dedizirte, und
von welchem sich auch ein Tractat über Tactik
und Befestigungskunst handschriftlich in Wien
befindet.

Hartlieb jedoch, entweder aus Irrthum, oder
weil er einem solchen Liebesbuche nicht den geist-
lichen Namen des Capellani Andreae vorsetzen

wollte, schrieb den Tractatus amoris dem Hei-
den Ovidius zu, ein Umstand, der früher viele
verleitete, in dem Buche eine Uebersetzung von
des Ovidius bekannten libris amorum zu ahnen,
bis endlich Degen (jedoch auch nicht mit vol-
ler Bestimmtheit) in seinem „Versuche einer voll-
ständigen Literatur der deutschen Uebersetzun-
gen der Römer" (2. Thl. S. 199) den Irrthum
berichtigte [1]).

Es ist zwar der Inhalt dieses Buches schon
von Diez in seiner 1825 erschienenen Schrift
über Minnehöfe, wie auch in Spangenberg's ano-
nym erschienenen Büchlein über Minnehöfe und
Minnegerichte näher besprochen, und in letzterem
Buche auch auf unseres Cersne Bearbeitung ein-
gegangen worden; nichts desto weniger glaube
ich jedoch auch hier den Tractatus amoris bespre-
chen und namentlich jene Capitel betonen zu
sollen, auf welche es bei einer Vergleichung
mit Cersne's Minneregeln besonders ankömmt. Da
mir aber der lateinische Text desselben bis jetzt
noch nicht zu Handen gekommen ist, so bleibt
mir natürlich nichts anderes übrig, als daß ich
Hartlieb's Uebersetzung zu diesem Zwecke ver-

---

[1]) Man vergleiche z. B. Gottf. Ephr. Müller's historisch-
kritische Einleitung zur Kenntnis der lateinischen Schrift-
steller, Dresden 1749, 4. Thl., S. 196, wo es heißt:
„Die Liebeshändel, dem Himmel sei Dank!
wir haben keine Uebersetzung dieser Unsau-
berkeiten. Und die Uebersetzung, welche Erz-
herzog (?) Albrecht III (?) 1365 (?) davon machen
lassen (es mag ein fein säuberlich Deutsch
darin sein!) liegt noch in der Bibliothek zu
Wien in der Handschrift verborgen." — So
fast alle, auch Hoffmann im Verzeichnis der altdeut-
schen Handschriften der Wiener Hofbibliothek S. 202.

wende, die mir einmal in der Originalhandschrift (dem Wiener Codex 3053) und dann in dem von Anton Sorg veranstalteten Augsburger Incunabeldrucke vom Jahre 1484 vorliegt. Ich baue hiebei auf Hartlieb's Versicherung, daß er das Buch so wie es „im latein geschriben stet" übersetzt, und weder „etwas zu, noch dann gesetzt" habe.

Das Buch nun zerfällt seinem Inhalte nach in vier wesentlich von einander verschiedene Theile. Der erste einleitende Theil enthält Belehrungen über Liebe im Allgemeinen, ihren Begriff und ihr Auftreten. Der zweite belehrt über die Art und Weise, wie ein jeder Mensch insbesondere seinem Stände gemäß um Liebe werben soll, und ist schon dadurch von den übrigen Theilen des Buches verschieden, daß er in dialogischer Form abgefaßt ist, und Regeln und Vorschriften über die Liebe im Allgemeinen nur als gelegentliche Einschaltungen enthält, und zwar theils in Form von Erzählungen, theils in Form directer gegenseitiger Belehrungen. Im dritten Theile werden in einer langen Reihe von Capiteln Entscheidungen über streitige Liebesfälle gegeben, wie sie theils schon in Tensonen aus früherer Zeit vorgelegen haben mochten, theils aber auch durch eigentliche Minnegerichte ausgesprochen wurden. In dem vierten Theile endlich, der jedoch mit dem ganzen Buche nur in losem Verbande steht, wird erzählt, wie ein Bretonischer Ritter an König Artus' Hof zieht, dort einen geheimnisvollen Habicht sich erkämpft, und hiedurch in den Besitz der Minneregeln gelangt.

Jenen ersten Theil brauche ich hier nur ganz kurz zu berühren.

Nach einer Dedicationsepistel an Herzog
Albrecht VI. und einer Darstellung wie Meister
Albertanus einem Britten Gwaltherus zu Liebe
zuerst dieses Buch zusammentrug, beginnt Hart-
lieb's Uebersetzung mit einer Definition der Liebe.
Diese ist, heißt es darinnen: „ein angeborn
liden, das entfpringet von girlichem fenen vnd
vngeordnetem gedencken auf ein form der ge-
teylten nature, durch das gedencken eines des
andern vmbefang über alle ding begert." Die
Vorzüge des Leibes und der Seele, heißt es
weiter, stärken diese Sehnsucht und Inbrunst,
aber auch die Furcht trage sehr zur Förderung
dieser Leidenschaft bei. Uebrigens sei nicht
„yeckliche tieffe betrachtung" auch schon Liebe,
„fondern die mit vnmaffe vnd on ordnung ge-
fchickt find."

Hierauf wird gezeigt, daß nur zwischen
Mann und Weib Liebe möglich sei, „wann zwi-
fchen czwayn mannen oder czwayen wiben mag
foliche gelüpte vnd inprinftig minn kain ftatt
gewinnen; wann Jegleichs begird nach fendlicher
lieb durch fie nit mögen volbraucht werden;
wenn was die natur übt, das mag die lieb nit
überwinden."

Das ganze Sinnen und Trachten des Men-
schen gehe einzig und allein nur auf seine Liebe,
und „was Jemand möcht zu hochen fchätz erdenc-
ken, das ift alles nit gemäß feiner fröd, die er
hat von vmbfang fins liebften wibs." Alles für
seine Minne hinzugeben, sei ein edler Buhler
bereit, und kein Opfer sei ihm zu groß. Doch
ein wahrer Minner „tut richtum nit verfwächen,
als ein vnverfinter güder" sondern klug und

bedacht benütze er seine Schätze, denn wer „fin zit in armut pringt, wird wiben laidigen vnd alle fröd mit in." Liebe stehe nicht auf festem Grunde, und wachse sie nicht, so nehme sie ab, sei sie aber einmal geschwunden, dann sei sie ein unwiederbringlich Gut.

Hieran schließt sich nun die Lehre, daß nur durch „Tugend" eine erworbene Minne erhalten werden könne, worauf das Buch die beiden Fragen beantwortet: „wer kann der Minne Genoß sein?" und „wodurch wird Liebe erworben?" — Die Antwort auf erstere lautet: „Es kann jeder besinnter der Liebe Genoss sin, . . . . es fy dann, das in hinder vnd ir plinthait, alter vnd vnkeufch überfluffigkait." Auf die zweite Frage wird geantwortet: „Die Liebe wird erworben 1. „durch wolgestalt form des libs," 2. „durch wolgeczogen erber fitten," 3. „durch ain wol gespräch mit lieplich kosen," endlich 4. „durch ain veft anliegen vnd ftet begeren, vnd nicht lichteclich fich ergeben."

Zum Schluß dieser allgemeinen Betrachtungen über die Liebe wird noch gesagt, daß sich die Liebe je nach der Bildung der Menschen und ihrer bürgerlichen Stellung verschieden äußere, und man daher wohl zwischen der Liebe der Bauern, Bürger, Adeligen etc. zu unterscheiden habe. Diese Bemerkung bildet den Uebergang zum zweiten Theile des Buches, aus welchem ich zwei Capitel besonders heraushebe.

Das eine derselben trägt die Ueberschrift: „Wie ain gemain man ainer fürftin lieb erwerben foll." — Will ein gemeiner Mann, heißt es in demselben, einer hochadeligen Frau Minne

erwerben, so muß er durch so manche Tugen-
den ausgezeichnet sein. Er muß durch Mannheit,
Edelsinn, Wohlgesittung etc. weit von seines
Gleichen abstehen, will er nicht Versagung seiner
Bitte gewinnen oder seine Minne dem Hohn der
Welt aussetzen. Besitzt er jedoch solche Tugen-
den, und hat die Dame seine Werbung durch
ein volles Jahr ruhig hingenommen, dann mag
er wohl bescheiden um Erfüllung seiner Sehn-
sucht flehen. Es wird nun der Minner aufgeführt,
wie er die Königinn um Gegenliebe anfleht. Diese
jedoch will seiner Bitte namentlich aus drei
Gründen nicht willfahren. Der erste ist seine
niedere Geburt, der zweite seine bäurische unade-
lige Körpergestalt, der dritte seine Unkenntnis
der Minnegesetze. „Du übergeeſt,“ sagt sie ihm,
„dye ordnung der welt vnd der natur, feyd du
der mynn gereſt, ee du waist waz mynn sei.“

Ueber die beiden ersteren Vorwürfe ist der
Minner leicht getröstet; der letzte aber geht ihm
zu Herzen, und er bittet die Königinn, sie möge
ihn in der Minnekunst unterweisen, damit er
dann ihrer Minne würdig werden könne. Diese
Bitte erfüllt die Königinn, indem sie ihm eine
Menge von Regeln aufzählt, welche er treulich zu
halten verspricht, worauf er nicht ohne Hoffnung,
daß später seine Sehnsucht gestillt werde, von
ihr scheidet.

Das andere der beiden erwähnten Capitel ist
überschrieben: „Wie ein Edelmann um einer Edel-
rauen Liebe werben soll.“ Dieses Capitel ist des-
halb wichtig für Cersne's Minneregeln, weil es
die Erzählung von der Fahrt eines Ritters ins
Reich der Minne und die Darstellung von der
Minne Burg enthält. Die Veranlassung dazu ist

folgende: Der Edelmann findet für sein Liebes-
flehen ein wenig geneigtes Ohr bei seiner Dame.
Um dieselbe daher umzustimmen, prophezeit er
ihr die größten Qualen, die sie nach dem Tode
im Reiche der Minne werde zu dulden haben,
wenn sie ihn in seiner unbefriedigten Leiden-
schaft dahinschmachten lasse, und er erzählt ihr,
wie folgt:

Es ist wahr, wie man liest, daß in der Welt
der Minne Burg sei. Diese besteht aus vier der
schönsten Paläste und Thürme, deren Pforten
gegen die vier Weltgegenden gerichtet sind.

In diese Paläste sind die Frauen vertheilt,
je nach der Art der Liebe, die sie auf Erden
pflegen. Die Pforte gegen Morgen beherrscht der
Minnegott selbst, und nur jene Frauen gehen
ein in dieselbe, die hohe Proben edler Minne
abgelegt haben. — Die Pforte gegen Mittag steht
immer offen, und man sieht durch selbe wie im
Hofraume des Palastes eine Menge schöner Frauen
herumgehen, von denen jedoch keine die Schwelle
der Pforte überschreitet. — Das Thor gegen Abend
steht ebenfalls offen, doch treiben die Weiber
theils vor, theils innerhalb desselben allerlei Spiel
und Scherz. Die Frauen endlich, die gegen Mit-
ternacht wohnen, haben fortwährend ihre Pforte
feßt verriegelt und verschlossen, und unheimlich
sieht es aus um dieselbe. Einer dieser vier Gesell-
schaften muß nothwendiger Weise ein jedes Weib
angehören, und ich will daher sagen, wie diesel-
ben zu deuten sind.

Die Frauen, welche gen Morgen wohnen,
sind die edlen, bewährten Frauen, die durch
ihren Lebenswandel die Minne heiligten. Sie
genießen deshalb alle Freuden der Minne unver-

kümmert. Die Frauen gegen Mittag sind die reinen
Weiber, die nach kluger Wahl ihre Minne ver-
schenken. Kommt Jemand an ihr Thor, und
begehrt er ihre Liebe, so fragen sie fleißig nach
dessen Tugenden und edlen Thaten, und verjagen
ihn sammt seiner Schande, wenn er unwürdig
befunden wird. — Die Frauen gegen Abend,
deren Thor nie gesperrt wird, und die sich in
stetem Spiele erlustigen, sind die geilen käuf-
lichen Weiber. Sie werden nie eingehen durch
die Pforte gen Morgen, denn sie haben feil das
schönste, wodurch des Menschen Herz erfreut
wird. Schlechter noch als diese sind jene Frauen
bestellt, die gen Mitternacht wohnen. Sie sind es,
die Allen ihre Liebe versagen, deshalb floh sie
die Minne und Treue, und verhaßt und ver-
schmäht führen sie ein freudloses Leben.

Höret nun von ihrer Pein.

Einstens als ich noch in Diensten des Königs
von Frankreich gestanden, veranstaltete derselbe
der Königinn zu Ehren einen lustigen Ritt in den
Wald. Es war ein herrlicher Sommertag, groß
die Hitze, und desto erquicklicher der Schatten
des Waldes, unter dessen Grün das königliche
Paar, umgeben von einer prächtigen Schaar von
Rittern und Frauen einherritt. An einer sehr
reizenden Stelle des Waldes angelangt, beliebte
es dem Könige anzuhalten und auszuruhen.

Man lagerte sich im kühlen Grase, Ritter
und Frauen unterhielten sich mit kurzweiligen
Gesprächen, alles war froh und heiter, und dachte
wenig an die Pferde, die man frei im Walde
weiden ließ.

Da bemerkte ich mit einem Male, daß sich
mein Roß weiter entfernt habe, als daß ich es

sehen konnte. Ich machte mich auf, es zu suchen, entfernte mich jedoch dabei eine sehr große Strecke von dem Gefolge des Königs, und hatte, als ich es gefunden und bestiegen, schwere Mühe den Weg zu den Meinen wieder zu finden. Ich schlug nach bestem Wissen eine Richtung ein, die ich für die rechte hielt, wurde jedoch durch meinen Ritt desto weiter von den Königlichen abgelenkt, je mehr ich mein Roß zu schnellerem Gange anspornte.

So ritt ich rathlos irre im tiefen Walde, als sich von Ferne eine herrlich berittene Schaar zeigte. Schon dachte ich, es wäre mein Herr mit den Seinen, als sich aber die Reiter näherten, gewahrte ich keine einzige bekannte Persönlichkeit unter ihnen, und auch meinen Herrn sah ich nicht. Endlich kamen sie so nahe, daß ich alle genau ansehen konnte, da sah ich zuvörderst einen Mann voll Schönheit und Anmuth. Auf dem Haupte trug er eine goldene, mit Edelsteinen und Perlen besetzte Krone, sein Gewand war köstlicher als köstlich, sein Roß mit einer überschönen Decke bedeckt, schritt stattlicher einher als jedes Roß, was ich bis damals gesehen hatte.

Auf diesen Mann folgte eine edle Schaar der allerschönsten Frauen, wie solche kein Mensch noch gesehen, deren mehrere mit einer so köstlichen Kleidung angethan waren, daß das Gold, das Edelgestein, die Perlen und alles übrige Geschmeide einen ebenso hellen Schimmer durch die Lüfte verbreiteten, wie ihre Gesichter, die in himmlischem Lichte strahlten. Jeder Dame ritt zur Seite ein stattlicher Ritter, mit dem sie in heiterer Zwiesprache den Weg sich kürzte, während ein anderer Ritter zu Fuß, das Pferd am Zaume führend, darauf sah, daß es nicht strauchelte.

Nach diesen ritt ein unzählbares Gefolge vor Todesnoth mit stählernen Panzern wohl gewappnet, welches diesen Frauen zu besonderem Schutz und Dienste beigegeben war.

Darnach zog einher eine große Menge von Frauen, deren jeder ein gemischtes Gefolge von Rittersmannen und Knappen beigegeben war, jeder gleich bereit der Dame zu dienen. Da ward jedoch das Gedränge so hart und wirr, daß endlich keiner zum Dienste der Frau gelangen, und auch sie selbst keinen aufnehmen konnte, denn in roher Unordnung folgten alle durcheinander. Diese Frauen erfreuten sich keines Dienstes der Liebe, jede wäre gerne der drängenden Schaar los gewesen, und blieb jedes Dienstes ledig.

Die dritte Schaar bildeten Frauen von schöner Körpergestalt, doch mit Kleidern angethan, die nicht ärmlicher sein konnten. Die meisten trugen bei der ungeheuren Hitze unsaubere Wolfs- und Fuchspelze. Jede ritt einen mageren, dürren, ausgehungerten Zelter, der auf drei Füßen einherhinkte und mitunter auch strauchelte und fiel. Niemand leistete ihnen einen Liebesdienst, und so ritten sie traurig und armselig weiter. Eine dichte Staubwolke, aufgeregt von den vorausreitenden Schaaren, hüllte sie ein, so daß eine die andere nicht sehen konnte.

Mich nahm der ganze Aufzug groß Wunder, und ich dachte, was das wäre. Eine wohlgebildete schöne Frau ritt hinten nach, ganz so gekleidet wie die andern, die spricht mich an, nennt mich bei meinem Namen, und heißt mich mit ihr gehen. „Du suchst deinen Herrn," sprach sie,

„und kannst ihn nicht finden, denn er ist ferne von dieser Straße." Ich sprach: „kann es mit euren Hulden geschehen, so zeigt mir den Weg, daß ich zu meinem Herrn zurückkomme." Sie aber sagte: „Bevor du nicht mit dieser Ritterschaar gezogen bist, und die Wohnungen dieser Frauen gesehen hast, kann ich dir deinen Weg mit Fug nicht zeigen." „Wer ist also," entgegnete ich, „diese Ritterschaft, weshalb sind diese schönen Frauen so armselig angethan, und weshalb reiten sie so dürre Pferde?"

Sie sprach: „das Heer, das du hier siehst, ist das Heer der Todten."

Kaum vernahm ich dieses Wort, so erschrack ich sehr und zitterte am ganzen Leibe. Ich wollte mich sogleich entfernen, doch sprach mir die Frau tröstend zu, sie werde mich vor jedem Ungemach und Schaden bewahren, indem sie mir versicherte, ich sei sicherer bei ihr als in meines Vaters Hause.

Durch diese freundliche Zusprache gewann sie mein ganzes Vertrauen. Ich ritt näher zu ihr und fragte fleißig nach allem, was ich gesehen. Jede meiner Fragen beschied sie gütlich, und belehrte mich über alles. Jener schöne herrlich gekleidete und gekrönte Mann, ist der König der Liebe. Allwochentlich versammelt er seinen Hof und hält Gericht über die Minner. Er belohnt die edlen, und bestraft die unedlen ganz nach der Weise der Minne, der sie in ihrem Leben pflagen.

Die erste Schaar, die ihm folgte, sind die seligen, reinen, werthen Frauen, die in ihrem Leben werthen Helden, die rechte stäte Minne begehrten, Trost und ehrbar Liebe nicht versagten.

Darum sind sie hier versetzt ins Reich wonnevoller
Freude, und mit hohen Ehren und Diensten sind
sie jetzt begabt und genießen diese Seligkeit
ohne Ende.

Die andere Schaar, welche in so großer
Unordnung mit Gedräng und Gewirr folgte, das
sind diejenigen, welche auf Erden feiler Liebe
pflagen, und die Niemandem Minne versagten.
Ihre Pforte war stets unversperrt und Niemandem
verwehrten sie Einlaß. Deshalb wird ihnen auch
hier mit gleichem Dienste gelohnt. Weil sie jedem
ohne Wahl zu Willen gewesen sind, so ist auch
ihr Dienst zu großem Ungemach, und ewig wer-
den sie in diesen Aengsten schweben, die ihnen
das ungestüm drängende Minnerheer bereitet.

Diejenigen endlich, welche zuletzt ritten, so
schmucklos, so übel bewahrt, und so jämmerlich
beritten, leiden, aller Hülfe und alles Trostes
baar, Schmerzen und Qualen, mehr als des Men-
schen Geist erfassen kann. Leider! auch ich,
sprach nun seufzend das Weib, gehöre zu ihnen!
— das sind die Frauen, die Jedem den Zugang
versperrten, die zu Ihnen kamen und um ihre
Liebe flehten. Sie lobten Niemand wegen seiner
edlen Liebe, und bothen auch selbst niemals ihre
Hand zu schönen Thaten der Minne. Jedermann
ward von ihnen verschmäht und verstoßen, und
deshalb traf sie auch hier eine gleiche Schmach
der Verachtung, und endlos ist die Qual die sie
hier dulden. — Möchten doch alle Frauen im
Leben darnach trachten, daß sie niemals unserer
Gesellschaft nach dem Tode beigegeben werden.

Die Rede des Weibes hatte mich bis ins
Innerste ergriffen, denn ich sah ein, daß rechter
Minne treue Pflege einstens mit tausendfältigen

Freuden vergolten werde, während ein Mensch,
der die Minne hasse, ewiger Qual anheim fallen
müsse. Ich bath nun die Frau, sie möge mich
verabschieden, damit ich hinziehe und allen noch
lebenden Frauen die Mähre von der Liebe Reich
erzähle. Sie jedoch verweigerte mir den erbetenen
Urlaub, indem sie sprach: Du kannst dich noch
immer nicht entfernen, bevor du nicht vollends
gesehen hast alle Qualen und Martern, die wir
zu dulden haben, und alle Freuden, die jenen
bereitet sind.

Während dieser Reden und Erzählungen hat-
ten wir einen sehr langen Weg zurückgelegt,
und wir gelangten endlich zu einer Ebene, die
in drei Abtheilungen getheilt war, deren jede
einen ganz verschiedenen Eindruck hervorbrachte.
In der Mitte der Ebene nämlich erhob sich ein
hoher stattlicher Baum, der einen angenehmen
Schatten über eine weite Strecke verbreitete, auf
der paradisische Freuden in reichlichem Maße
vertheilt waren. Zahllose schöne Blumen aller
Art verbreiteten einen angenehmen Duft rings
umher, der sich mit dem verlockenden Geruche
unzähligen reifen Obstes, womit eine Menge von
Bäumen und Gesträuchen behangen waren, ver-
einte. Ein Springbrunnen trug sein nach Wein
duftendes Gewässer kräftig unter einem Baume
empor, und spielte mit den Zweigen des-
selben; eine große Anzahl Fische schwamm in
dem Becken des Brunnens, kurz wohin man
sehen mochte, das Auge fand überall einen Ge-
genstand, der jedwedem Wunsche gemäß war,
und wie alles in ewig frischer Grüne und nie
versiegender Kraft bestand, so belebte und kräf-
tigte auch alles sowohl Körper als Geist zu einer

neuen Wonne und endlosen Freude. Die Königinn
der Liebe, eine goldene Krone auf dem Haupte,
und strahlend in überirdischer Pracht, thronte
auf einem goldenen Stuhle in Mitten des reizen-
den Edens.

Rings um diesen Ort der ewigen Seligkeit
dehnte sich ein anderer Theil der Ebene aus,
der lange nicht die Freuden des vorigen enthielt.
Aus dem matten Grün des Bodens sproßten
spärlich Blumen empor, fahl von Farbe und
ohne Geruch; — ein Bächlein durchzog die Ein-
fachheit des Gefildes, dessen Wasser oft genug
von den Strahlen der Sonne erhitzt alle erquickende
Kraft verlor; denn nirgend war ein Baum, der mäch-
tig genug gewesen wäre, um durch seinen Schatten
Kühlung zu verbreiten, kurz, freudlos war alles.

Den äußersten Umkreis aber bildete eine
öde Wüste, ein dürres Land, ohne Laub und
Gras, — brennende Hitze, höllischem Feuer gleich,
lagerte auf dem Sand und spitzen Gestein des
Bodens, und Jammer und Elend war allenthalben
verbreitet.

Als nun der König der Liebe mit seinem
dreifachen Gefolge in die Ebene hinabgeritten
war, da zog er selbst mit den auserlesenen Frauen
der ersten Schaar ein in den innersten Kreis,
dort wo die Seligkeit wohnte. Die Frauen der
zweiten Schaar zogen ein in den zweiten Um-
kreis, die unglücklichen Weiber aber, die zuletzt
ritten, ließen sich auf der Marterwüste nieder,
wo sie obdachlos dem brennenden Feuer der
Sonne und der Gluth ihres ungestillten Sehnens
ausgesetzt waren.

Diesen schaudervollen Anblick wollte ich
nicht länger ertragen. Wieder bath ich die Frau,

sie möge mir doch jetzt vergönnen, daß ich
zurückgehe zu meinem Herrn; doch wieder ließ
sie mich nicht von dannen, sondern sprach: In
meiner Macht steht es nun nicht mehr, dich
von hier zu entlassen. Willst du jedoch fort-
ziehen, so gehe hin vor den König, damit er
dir Urlaub gebe. Er ist der Herr, er kann ihn ge-
währen. Wenn du ihn aber bittest, dann gedenke
auch mein, die dir das alles gezeigt hat, und erbitte
Gnade für mich, daß er meiner Qual ein Ziel setze
und mich aufnehme in die Schaar seiner Erwählten.
(Man denke an die Frau im „elenden buoben“.)

Mit diesen Worten entließ sie mich, indem
sie noch bath ich möge seine Reden besonders
beherzigen und mir seine Lehren wohl einprägen.

Ich faßte ein Herz und gieng wirklich vor
den Liebeskönig. Großer Herrscher, sprach ich
zu ihm, nimm an den Dank deines Knechtes,
dem du die Herrlichkeit deines geheimnisvollen
Reiches zu schauen vergönntest, und laß mich
nun in Frieden ziehen. Gewähre mir zugleich
eine Wegzehrung, daß ich fürder dir ebenso wie
meinem Herrn auf Erden dienen möge, und
erbarme dich der unglücklichen Frau, die mich
in dieses Land der Vergeltung einführte.

Du magst ziehen, gegenredete er, jedoch
nur unter der Einen Bedingung, daß du die dreizehn
Gebothe der Minne dir genau merkest, und sie
allenthalben den Frauen verkündest, damit diese
bewahrt werden vor ewiger Qual und eingehen
in die ewige Herrlichkeit und Seligkeit im Reiche
der Minne.

Da sprach der König laut und vernehmlich die
Gebothe der Minne aus, worauf ich Urlaub erhielt
und heimzog nach Frankreich zu meinem Herrn.

Die Gebothe aber lauteten also:

1. Du sollst den Geiz fliehen wie ein faules Aas, und Milde lieb haben.

2. Du sollst die Lüge meiden und fliehen überall.

3. Du sollst Niemanden schelten oder ihm böse nachreden.

4. Du sollst nie ein Liebesverhältnis verrathen, wo immer du eines weist.

5. Du sollst die Geheimnisse der Liebe Niemandem im Vertrauen mittheilen.

6. Du sollst deiner Liebe eine reine keusche Stätte im Herzen bewahren.

7. Du sollst der Liebe eines Andern, die er sich rechtlich erwarb, nicht nachstellen.

8. Du sollst mit Niemandem Liebe pflegen, vor dem dich natürliche Scham zurückhält.

9. Du sollst den Gebothen der Frauen gehorsamen.

10. Du sollst allzeit bestrebt sein, deiner Liebe in aller Ehrbarkeit zu dienen.

11. In allen Dingen sollst du deinen Frohsinn und deine höfische Sitte bewahren.

12. Du sollst niemals zu Scherz oder Kurzweil deiner Liebe Willen brechen oder dawider handeln.

13. Du sollst bei allen deinen Scherzen weder die Schamhaftigkeit noch die Zucht deiner Liebe verletzen.

Hiemit endiget der Ritter seine Erzählung.

Es bliebe mir somit noch die Besprechung des dritten und vierten Theiles des oben bezeichneten Tractatus amoris übrig. Diese jedoch kann ich mir füglich erlassen, indem ich auf das künftige Erscheinen der Hartlieb'schen Uebersetzung verweise, aus der man wird ersehen können, daß diese beiden Theile ihrem Inhalte nach fast unverändert in die Minneregeln Cersne's übergegangen sind.

Dieser nämlich hat jenen Minner, der um die Liebe einer Königinn werbend, schließlich von derselben in der Minne unterrichtet wird, zum Träger seines Gedichtes gemacht. Er läßt denselben, als einen von dem größten Schmerze ungestillten Liebessehnens an Geist und Körper kranken Menschen, ähnlich dem „elenden buoben", ins Reich der Minne, in die Liebesburg wandern, und dort zu seinem Troste und Heil alle jene Liebesregeln aus der Liebesköniginn Munde vernehmen, welche im dritten Theile des Tractatus amoris enthalten sind. Den besonderen Theil über die Art der Liebeswerbung der einzelnen Stände, ließ er bis zu einem einfachen Formular eines Liebesbriefes und einer Liebeserklärung zusammenschrumpfen, welches ihm die Königinn auf seine Frage, wie man seine Traute anreden solle, wenn man sie das erste Mal sehe, ertheilt. Das dritte Buch der Minneregeln endlich, welches dem vierten Theile des Tractatus amoris entspricht, wußte Cersne in einen innigeren Verband mit der Erzählung selbst zu bringen. Sein Liebesheld nämlich muß, nachdem er von der Königinn in der Minne wohl unterrichtet wurde, durch eine ritterliche That sich die Liebe der Königinn selbst erringen. Er muß auf ihren Befehl an König „Sydrus" Hof ziehen und dort die Gesetze der Liebe holen. Diese verschafft er sich mit Hülfe eines geheimnisvollen Falken, dessen Besitz er in mehreren Kämpfen erstreitet. Erst diese Heldenthat heilet sein Weh vollkommen, denn die Liebesköniginn selbst wird ihm in Minne unterthan.

Aus dem Gesagten geht also unzweifelhaft hervor, daß unser vorliegendes Buch eine freie Bearbeitung des Tractatus amoris ist, mag der Dichter auch noch so sehr in der Beschreibung seiner Liebesburg von der im tractatus dargestellten abweichen, und deshalb kann ich mit Diez'ens Vermuthung nicht übereinstimmen, Cersne habe den Tractatus amoris gar nicht gekannt, sondern nur die Regulas amorum, wie sie lange vor dem Tractatus selbstständig bestanden.

## II.

Die Papierhandschrift Nr. 3013 der k. k. Hofbibliothek ist meines Wissens die Einzige, in welcher Cersne's Minneregeln überliefert sind. Diese eine Duodezhandschrift aus der Mitte des 15. Jahrhunderts ist leider am Anfange und Ende defect. Sie besteht von Blatt 6—113 inclus. aus 9 Lagen zu je 12 Blättern, in folgender Ordnung:

| | | | |
|---|---|---|---|
| Lage 1 | von Blatt | 6— 17 |
| „ 2 | „ „ | 18— 29 |
| „ 3 | „ „ | 30— 41 |
| „ 4 | „ „ | 42— 53 |
| „ 5 | „ „ | 54— 65 |
| „ 6 | „ „ | 66— 77 |
| „ 7 | „ „ | 78— 88 |
| „ 8 | „ „ | 89—100 |
| „ 9 | „ „ | 101—113. |

Aus dieser Zusammenstellung ist ersichtlich, daß in der 7. Lage ein ungezähltes Blatt sich befinde, (welches ich in der folgenden Ausgabe mit 87* bezeichnete) und daß in der 9. Lage beim Foliiren der Handschrift eine Zahl fehlerhaft übersprungen wurde, es ist die Zahl 112. Dem Blatte 113 folgt ein einzelnes eingeklebtes Blatt 114, welchem sich endlich eine Lage von 8 Blättern, d. i. 115—122 inclus., anschließt. Mit Recht kann man somit vermuthen, die letzte Lage der Handschrift habe ursprünglich bloß aus 10 Blättern bestanden, und es sei am Ende nur das Schlußblatt der Handschrift verloren.

Desto mehr fehlt am Anfange derselben. — Dem Blatte 6 voran geht das einzelne Blatt 5. Die Kehrseite desselben enthält folgende Worte: We wylt na jn wem arghesten ſtan Ek. J. R. vnd O. — sonst ist es unbeschrieben. Zwischen 4 und 5 ist eine bedeutende Lücke.

Auf Blatt 4b ist nämlich von 24 Liedern „des iennen" die Rede, „de duſß buch gemachit hât," die sich in der Handschrift finden sollen. Von denselben ist aber nur ein einziges auf Blatt 4a verzeichnet, während von den übrigen 23 bloß die Anfänge auf 4b erhalten sind. Man liest nämlich auf 4b wie folgt:

Hij begynnet ſich eyn Regyſter der dichte des iennen, de duſß buch gemachit hât, ſo daz in duſß Regiſter alle ſyne gedichte genennet werden uſß geſprochen vervnzwentich gedichte, de in duſß boche gentzlich uſßgeſcrebin ſten.

Ich weyß eyn magetyn daß iſt fyn
Ez iſt eyn tzyd eyn luſtlich tzijd
Ich armer ich wol clagen mag
Wol mich der allerliebſten stund
Y vnd y frauw liebſte tzart
Hiure kam ich an eyn land
Yſaac vnd Abraham
Lat weder weder Merrynd

Y ſaligen frund nv nement war
Waz mere gat hij nv
Got vatir edir ſon got
Y vnd y waz ny myn ſyn
Eyne tuſche tabulam von den tzeychen

Register der lateinischen Gedichte:
Merdant Intra diuī
Ignoro quid ſit fulcius
O ſine ſpina lilium
Mīt a cūctis ſpint
O te nate me diſponas
Int puerbia
Conſortemus
En . . . . . . peſtilēn
Per' . . . . ſeniores
Vlt' mala que mīt

Doch damit nicht genug. Auch zwischen
Blatt 2 und 3 sind mindestens zwei Blätter aus-
gefallen, wodurch das Register zu den Minne-
regeln mangelhaft wird. Wir haben also vor dem
fünften Blatte eine defecte Lage von 4 Blättern,
der noch ein ungezähltes Schutzblatt vorangeht.
— Auf der Vorderseite des letzteren steht zu
oberst von fremder Hand geschrieben: Euerhar-
dus, darunter folgendes:

Ich hoffe vnd lebe an lybe wane
Daz ſelbe tut mich maniger ſorgen ane.
Anno. 1404.
Juch erret vndertzyden vil
Des ich doch nicht ſprechen wil.

Auf desselben Blattes Kehrseite ist zu lesen:
Myn lẙp myn trud myns troſtis ſchyn
Myns hertzen eynyghe frouwe
Wẙ kan daz edel hertze dyn

Mich armen gunnen folicher pyn
Daz ich so felden dich fchouwe.

Um endlich die Beschreibung der Handschrift
abzuschließen, habe ich noch die Definition der
Liebe anzuführen, die am Schluße der Minne-
regeln eine fremde Hand verzeichnete. Wahr-
scheinlich ist sie aus Andreas abgeschrieben.

Amor eft quaedam pafsio innata procedens
ex vifione et immoderata cogitatione formae
alterius fexus, ob quam quidem aliquis fuper
omnia cupit alterius potiri amplexibus et
omnia de utriusque voluntate in ipsius
amoris precepta (? amplexibus) compleri.

Die Handschrift zählt also 123 Blätter fol-
genden Inhalts in folgender Ordnung. Blatt (1)
Schutzblatt. — Bl. 2a—3b Register zu den Min-
neregeln. — Bl. 4a Lied 1. — 4b Liederver-
zeichnis. — Bl. 5 leer. — Bl. 6a—115a Minne-
regeln. — Bl. 115b—122b Lied 2—20.

————————

Was nun den Verfasser der Minneregeln
betrifft, so konnte ich über denselben nichts auf-
finden. Ich nehme an, Lieder und Minneregeln
rühren von demselben Autor her. Es spricht mir
dafür die Gleichmäßigkeit in Behandlung der
Sprache, des Verses und Reimes, die Aehnlich-
keit des zweiten Liedertons mit dem lyrischen
Schluße der Minneregeln; ferner eben der Um-
stand, daß die Minneregeln lyrisch schließen;
zudem daß einzelne Verse der Minneregeln wört-
lich in den Liedern wiederkehren, und auch daß
sich der Inhalt der Lieder größtentheils an ein-
zelne Kapitel der Minneregeln anschließt, und
mehrere Personen aus den Minneregeln in die

Lieder aufgenommen wurden, wie z. B. die Frau Trost, die Königinn, Herr Trurenfeld; endlich die Thatsache, welche ich nicht ganz gering anschlage, daß der Dichter in den Minneregeln sowohl wie in den Liedern als derselbe musikalisch tüchtige Mann auftritt; — dort, indem er eine große Menge seines theoretischen Wissens zur Schau trägt; hier, indem er uns zu vier seiner Lieder Melodien aufzeichnete, von welchen man annehmen kann, sie seien auf seinem eigenen Boden gewachsen.

Gesetzt nun, es habe mit diesen Gründen seine Richtigkeit, so würde die Verweisung auf Berthold von Holle's Crane im ersten Liede uns sagen, der Verfasser der Minneregeln habe nicht vor dem Jahre 1260 gelebt. Wäre er also in die Zeit des Uebergangs vom 13. ins 14. Jahrhundert zu setzen? Unmöglich kann eine Dichtung, die in Vers und Reim so verwildert ist, wie die Minneregeln, in eine so frühe Zeit gesetzt werden. Viel wahrscheinlicher fällt, dem ganzen Erscheinen der Dichtung nach zu schließen, dieselbe in den Ausgang des 14. und Anfang des 15. Jahrhundertes, und man wird dann desto geneigter sein, die Erwähnung des Balsamgartens in Vers 976 der Minneregeln gerade auf Johannes von Hildesheim zu beziehen, von welchem man weiß, daß er seine Legende von den heiligen drei Königen im Jahre 1370 schrieb. (Vgl. Busse's Grundriß der christl. Litteratur. Münster 1828. 8. 2. Band. pag. 315.)

Kann ich nun über den Dichter selbst gar nichts Bestimmtes angeben, so muß ich sogar das, was man bis jetzt als bestimmt annahm, nämlich die Lesung seines Namens, in Zweifel

ziehen. „Cerlne“ wird der Dichter genannt mit
dem Beisatze: d. i. „Kellner“.

Irre ich nicht, so stammt diese Lesung von
Adam Bartsch her, der eine Abschrift von den
Minneregeln anfertigte, die, zuerst in Blumenauers
Besitz übergegangen, später in Hagens Hände kam,
wo sie die Grundlage zu der Darstellung in Hagens
und Büschings Grundriß S. 437—441 wurde. Ich
gestehe, daß mich die Menge der Lesefehler,
die ich bei Vergleichung der im Grundriß ange-
zogenen Bruchstücke mit dem Texte der Hand-
schrift fand, mit Mistrauen gegen erwähnte Ab-
schrift erfüllten. Genug, diese Lesung Cerlne,
d. i. Kellner, gieng auch über in den Hoffmann-
schen Catalog der Wiener Handschriften. Hoff-
mann aber hat in diesem Falle wahrscheinlich
ebenso nur abgeschrieben, wie in mehreren ande-
ren Fällen, denn sonst hätte er z. B. auch Hart-
liebs Uebersetzung des Tractatus amoris nicht
kurzweg eine Uebersetzung von des Ovidii libris
amorum nennen können. Daß aus Hoffmanns
Buche die Lesung auch in andere Bücher über-
ging, darf natürlich nicht wundern.

Was soll aber „Cerlne“ eigentlich heißen?
Ist es ein Deminutiv von Carolus, Carl? — Ich
würde es gerne glauben, wenn ich nur eine andere
ähnliche oder gleiche niederdeutsche Namenbil-
dung hätte auftreiben können. Oder heißt Cerlne
wirklich Kellner? Ich glaube kaum.

Sehe ich jedoch den Text der Handschrift
genau an (vergl. das Facsimile), so wird mir klar,
daß der Name schlecht gelesen wurde. Es wurde
irrthümlich statt eines ſ ein l angenommen.

Der Schreiber setzt nämlich des Taufnamens
ersten Theil EVERHAR mit Uncialen an, und

läßt den zweiten Theil dus in gewöhnlicher Cursiv-
fraktur folgen. Den Zunamen theilt er wieder in
zwei Theile und verfährt mit den einzelnen Theilen
desselben so, wie mit dem ganzen Taufnamen. Wir
lesen somit in der ersten Hälfte des Zunamens, die
Uncialen CER und darauf den fraglichen Cursiv-
buchstaben, im zweiten Theile ein Uncial-N und dar-
auf ein Cursiv-e. Dieser fragliche Buchstabe kann
nun unmöglich ein l sein, es wäre sonst das einzige
L der Handschrift, welches mit offener
Schlinge geschrieben wäre; das aber anzu-
nehmen, scheint mir bei den festen ausgeschriebe-
nen Zügen der ganzen Handschrift nicht statthaft.
Lese ich aber Cerſne, so wird mir der Name bald
verständlich. Bringe ich ihn mit zers (cauda) oder
kers, kars (candela) in Verbindung, oder fasse
ich ihn, was mir annehmbarer erscheint, als Com-
positum auf, d. i. zër-snê, es biethen sich mir eine
Fülle analoger Namenbildungen, wie Fürchte-
schnee, Hauschnee, Laschnee und viele andere,
die mich in meiner Annahme bekräftigen.

---

Schließlich erwähne ich noch dankend der
Bereitwilligkeit, mit der Dr. August Wilhelm
Ambros die Entzifferung der Liedermelodien auf
sich nahm. Es scheint mir gerade der Umstand, daß
alle vier Melodien so haarscharf einer der alten
Tonarten angehören, sehr für die glückliche
Lösung derselben zu sprechen.

Das Facsimile ist von meinem Amtscollegen
Moritz Rodler gezeichnet, dem ich ebenfalls
für seine Mühe herzlich danke.

Wien im März 1861.

**F. X. Wöber.**

Jn begynnē dr̄ ~~beslieszunge~~ diß buchis

Der mynne Regel vnd zal

Womer hij zyn ende

Dye durch liebe liden qual

Ich zu den yne fende

Wer · E· V· E· R· H· A· R·

Vnd da nach dy fillaben dus

Samer figur vinder der

Vol der erb yn gemachir hat

Jn diß verschin vaste

Jn eynaim ge streb er star

Jn heymod vnd raste

Wole ir yn vynden getzemoz uch bald etznay yn de

C· E· R· T· vnd Ne· heyßit auch zyn tzumaine

Keyne cure dz maßure· noch clanfuren·

Had her diß Rym gehad

So yne her dmd· nichit· noch hird midden bure·

Ke vnd an zyner houbir stad

Vur den tverd cozngere· noch formeren·

Ke vnd her zynd martar

Hat her vndnt zyn gehyndir· her eßhzhudic·

Hette vnd geniessin

# DER MINNEN REGEL.

---

Hij begynnet eyn ordin vnde Regiſter in daz buch, (1 a)
daz der mynnen Regel heyßit.

Der erste teyl des buchis begynnet: Vff eynen
tag ich trurig ſaß, vnde weret biz an dỹ
erſtin frage.

Der andir teyl dez buchis begynnet van der er-
ſtin frage vnde weret biz an daz Capital:
Me lare vnde regelen, vnde biz an konyng
Sydrus hob.

Der dritte teyl begynnet van konyng Sydrus hobe
vnde weret biz an dỹ beſließunge des bu-
chis, de ſich begynnet: Der mynnen regel
vnde zâl etc.

Der erſt teyl haldit in ſich eyne materiam, wỹ ey-
ner wart gefurt an eynen garten tzu der

konyngynnen der liebe, vnde wỹ der gartin
mure, vnde der muren thormer, vnde der
thormer hotir, vnde wỹ dỹ garte ynnen-
wendig waz geſtalt; wỹ ym dy hotir tzu-
ſprachin, wỹ her ſach eynen wortzegartin,
vnde wỹ dỹ wortze vnde boûmer heyßin;
wỹ dỹ fogel ſûngen vnde macheten eyne
gantze mûſicam; wỹ dỹ blûmen rochin vnde
wỹ ſỹ geverwit waren.

Wỹ her ſach eynen zâl van rittern vnde frouwen; (1 b)
wỹ her ſach eynen guldenen thron, da dỹ
konyngynne obin ſaß.

Wỹ ſchon dỹ konyngynne waz.

Wỹ yn dỹ konyngynne heyß by ir ſittzen.

Wỹ ſỹ ene grußte vnde troſtete.

Wỹ ſỹ yn fragen heyß vnde yn larte.

Wỹ ſỹ ym gab dỹ gebote der mynne.


*Der andir teyl haldit an ſich* xxxix *fragen:*


1. Dỹ erſte frage fregit, wer da werdig ſỹ dez
   mynnen hobes; ab men allirmalchin ſulle
   laßen an der mynnen pallas.

2. Dẙ andir frage haldit an ſich der mynnen
brieb vnde wẙ eyner ſprechin zal, der erſt
zu ſyme liebe kumpt.

3. Dẙ dritte frage, ab men ſulle keſen daz ubirſte
teyl vnde daz ubirſte mynnen ſpil vor daz
nydirſte.

4. Dẙ vierte frage, ab eyner, der dar were vzge-
ſant nach werbe, vnde worde felſchlich ent-
ruchtigit vnde bedichtit, ab yn da vm ſyn
liebichin ſulle vorkeſen; vnde ab eyn nydir
vnde bozir yn kegn ſyn liebichin laſtert, wẙ
dem dẙ frouwe zulle widirſten.

5. Dy vunffte frage. Ab eyner gynge tzu eyner

(Lücke.)

lange tzijt myd ſyme liebe hette in der (2 e)
rechtin puren liebe gelebet, mid ym wolte
in der gemeynen leben, ab ym daz ſyn lieb
enthoren zulle.

23. Dẙ drivntzwenzigiſt frage. Eyn ſchone ſage
van eyme Ritter vnde eyner frouwen.

24. Dẙ viervntzwenzigiſt frage. Ab eyn van ſyme
liebichin orlob neme vff eyn vorſuchin, ab
yn ſyn lieb ſolde wedir tzu gnaden nemen.

25. Dy vunſvntzwenzigiſt frage. Ab zwenen kna-
    ben, dẙ in allem dinge gelich waren, ſundir
    der eyne rich der ander arm, frigeten ſament
    eyne frouwen, willichen dẙ frouwe keſen zulle.

26. Dẙ sexvntzwenzigiſt frage. Ab dẙ knaben an
    allem dingc gelich waren, willichen ſẙ dan
    keſen zolde.

27. Dẙ ſibenvntzwenzigiſt frage. Ab eynen ſyn
    lieb nicht gerecht van hertzen lieb hette, ab
    her ez mege vurlaßin ane ſyns liebes willen.

28. Dy achtvntzwenzigiſt frage. Ab zwene knaben
    frigeten eyne frowen, der eyner ſolde zyn
    eyn alt from bederbe man, der ander eyn
    junger bozer in tugenden vnde in eren, wil-
    lichin ſy zolde keſen.

29. Dẙ nvnvntzwentigiſte frage. Ab eyn frouwe (2 b)
    eyme moge weͦgeren vnde vurſagen ire liebe in
    echtſchaft, den ſẙ lieb hatte, er ſẙ zur echt-
    ſchafft vortruwet wart.

30. Dẙ drißigiſte frage. Ab zwene, dẙ durch iren
    ſteten krig van der echtſchaft geſcheyden
    wordin, mogen ſament triben der mynnen
    ſpil.

31. Dẙ eynvndrißigiſte frage. Ab eyner eyner an-
    dern frouwen willen irworben hette, vnde yn

dan vurſmate, ab den ſyn liebichin zulle we-
dir tzu gnaden nemen.

32. Dŷ tzwevndrißigiſte frage. Ab eyn frouwe
eyner andern frouwen liebichin keſen vnde
auevån moge, den dŷ frouwe van vneren
vnde vntzugenden had yn fromikeyd vnde in
gut geruchte kart.

33. Dy druvndrißigiſte frage. Ab eyner, der da
were vbir mėr geretin edir in werbe vzgeſant,
vnde ſyme liebichin nicht zu ſcrebe mit boten
edir brieben, zulle da vmme ſyner frowen
liebe vurlieſen.

34. Dy viervndrißigiſte frage. Ab eyner der mid
ėren vurlore fuß hand vinger ab ouge, ſull
da vm ſyne liebe vurliezen.

35. Dŷ vunfvndrißigiſte frage. Wŷ men daz halden (3 a)
zal mid der frouwen, dŷ sich git tzu eyme
liebe eynem, der da vzgeſandt waz van ſyme
heren tzu ir, daz ſŷ ſyn liebichin zolde zyn.

36. Dŷ ſexundrißigiſte frage. Ab eyner eynes
andern liebichin vrigete, vnde ſŷ ym waz
gelobte, ėr ſŷ mid irem liebichin tzur
echtſchaft vurtruwit worde, ab ſŷ ym
daz auch zulle halden, wan ſŷ in der echt-
ſchaft iſt.

37. Dŷ ſybenvndrißigiſte frage. Ab an der myn-
nen kore dŷ menner, dŷ da jungen ſyn, gen
dy alden vôre.

38. Dy achtvndrißigiſte frage. Ab eyn liebichin
dem andern zulle gabe geben vnd waz eyn
dem andern geben zal vnde mag.


Der dritte teyl haldit an ſich konyng Sydrus hob. (3 b)
daz iſt gar eyn ſtoltz ſage wŷ eyner mid
manheyt vnde mid ſigefachte irwarb durch
der konyngynne willen eynen habich mid
tzwen hunden, da ym dŷ konyngynne vor
ſich gab tzu eyme liebe. Auch haldit dŷ
dritte teyl diſſis bochis ende an ſich der
mynnen regelen, der iſt drifzig vnde eyn.

Auch haldit her an ſich deſlis bochis ende, dŷ
ſich begynnet: der mynnen regel vnde zal.
da vyndit men ynne, wer dit buch gedichtit
had, vnde wŷ alt daz dit buch ſŷ, wan vnde
wor ez gemacht ſŷ, vnde wŷ men dit buch
nennen zal.

*Hij begynnet: der mynnen Regelen.* (6 a)

Vff eynen tag ich trurich faß
Befwerit myd gedanken,
Calt, trugken, warm vnde naß
Begunden mich befchranken;
5 Ich wyfte vm myn leben nicht,
So rurte mich der mynnen ftral;
Vurwandelt wart myn angeficht,
Iz wart rot, bleych vnde val;
Nicht sittzen kundich noch gegeen,
10 Ich wante mich her, ich wante mich hyn,
Ich fiel, wan ich wolte fteen;
Doch greyff ich hertlich eynen fyn.
Eyn ftecken tzouch ich uz der wand,
Der waz crump vnde vngeftalt,
15 Den nam ich an myne hand
Alß eyn man van iaren alt,
Der van crenke funder ftecken
Sich nicht wol irheben kan.
By dem begundich armer fchrecken
20 Tzu vilde vff eynen fchonen plan.
Dy waz mid blumen meniger vår
So wunnynglich beftroûwet;

Ir ſchyn waz ſchone vnde clâr
Gar ſußiglich betouwet.

25 Men horte meniger brunnc clang      (6 b)
Gar weydclich entſpryngen;
Eyn itßliger hatte ſynen gang.
Da horte men by ſyngen
Vil meniges fogils ſußen ſon
30 Mid meßichligem ſchalle:
Diſcant, b mol, ſemitou,
Geſteygert hoch mid valle.
Gelich alſam der meyſter tud
Sungen ſ̃ mensuren;
35 Iz tuchte mich ſo kûrlich gud,
Daz ich begunde luren.

Ich ſleych mid myme ſtecken vort
Do wart ich kennich eynen lût,
Der ny van menſchen wart gehort.
40 Ich tachte nicht vff erdes gut,
Mir wart entrügket gentzlich dar
Myn vornumpft van eynem ſchyn,
Des ich nowlich wart gewar
Durch eyn cleynes lochelyn.
45 Vnſprechlich wunder ich geſach,
Des keyn man gelouben wil;
I redez vff myn leſten tach,
Ez waz wite me dan vil.
Ich ſach, des ich nicht nennen kan,      (7 a)
50 Daz wil ich laßen vz der acht;
Myn ſage wil ich heben an
Da van, des ich byn bedacht.

*Van des gartin muren.*

Ich fach dye fchonstin mûren ften,
(Ir geliche ny enwart
55 Rûnd, tzirkelmeßich vmmegen
Eynen alfo fchonen gart.
Ir fteyne waren meniger vâr:
Rot, bla, wiz, bûnd, fwarcz vnde grvn)
Befatßt mid tormen dufint par;
60 Sŷ waren hoch vnde michil fchon.
Mit hertem adamante
Waz fŷ gefundamentet,
Van iafpide mit fante
Waz fŷ fast gefementet,
65 Daz keyn fchoß noch ftvrmes kracht
Da kegn kan behaften,
So fast waz fŷ an eyn gewracht
Mid hertin guldin claften.
Allir fteyne etel art
70 Waz meyfterlich da yn geleyt,
So kunftiglich by eyn gekart,
Daz noch calk noch fantes greyt
Sych ußen held noch aberan.                    (7 b)
Der fteyne voge guldin waz.
75 Keyn ding da uff entheften kan.
Sŷ waz noch flechtir dan keyn glaz.
Sŷ waz polleret alfo clar,
Daz eyn itßlich menfche wol
Syns angefichtis wart gewar,
80 Alße durch eyn fpegel hol.
Murwerk han ich ny gefeyn,
Daz fo kunftlich were geftalt.

Jaſpis war der ergeſte ſteyn
Mang den andern ingeualt.
85 By namen ich nicht nennen kan
Der ſteyne adil vnde macht,
Da vm ich laßen wil da van,
Vnde ſagen wy̆ ſy̆ ſy̆ gedacht.

### Van der muren tache.

Daz dag da ſy̆ mid waz beſchurt
90 Daz waz tzwier fuße breyt.
Ez waz nicht mid ſteyn gemûrt,
Mid tafilgold waz iz beleyt.
Ez waz durchhouwen alſo fyn
Mid loubern vnde moziret;
95 Criſolitus, bril vnde robyn
Da waren yn gewiret.
Sy gaben alſo ſchonen glantz,                    (8 a)
Daz der nacht waz ſam der tag.
Sûs waz geſtalt der muren krantz,

### Van den Thormen.

100 Durch den gar ſchon vorwiret lag
Vil menig thorm werenfaſt.
Alßich kunde beſcheyden dar,
Ir itßlich hatte ſyne raſt
Vam andern nicht vumff ſchrede tzwar.
105 Ir mûre waz eyn etel ſteyn
Van tzynnen wol getziret.
Ir tach van golde alßich meyn,
Gar meyſterlich durchwiret
Mid ſteyn vnd mid metalle.
110 Ich meyne der pynnakel

Daz were eyn cryſtalle,
Vnde luftit ſam eyn fakel.
Eyn itßlich hatte eyn vmmegang
Tzymburgit vnde getzynnet,
115 Sŷ waren hoch breyd vnde lang,
Mid kraft ſy nymand wynnet.
Eyn itßlich hatte eyne tôr
Van ynnen wol durchgoßin,
Mid hertem ſtale wol tzur kôr
120 Beregelt vnde befloßin.

*Van den wachteren vff der miren.* (8 b)

Der thorme(r) waz dŷ meyſte teyl,
Da keyn hotir obin ſaß.
Ich loubis gentzlich ſunder feyl,
Daz ir nicht dan tzene waz,
125 Dŷ beſtalt mid hote waren,
Alßich da irkennich wart,
Mid tzeen ußirwelten claren
Frouwen tzuchtichliger art;
Der ir itſlich ir geſtalt
130 Mid irem namen vzgehengt
Hatte in eynen ſchilt gemalt.
Ir ere newaz noch ny gecrenkt.
Dŷ frouwen ich nicht eben ſach,
Ir namen ſijd mir wolbekant,
135 Wa vm ich daz wol ſprechen mach,
Alßich da beſcreben vant:
Tzucht, truwe, milde, ſtete, duldig,
    luſt vnde frolich,
Helen, bequemlich, kuſch, waz der
    ſchilde gefilde.

### Van den ſchiltwachteren.

Alßich vorbaz vmmegyng
140 Vnde wolte mich beſchouwen,
Do vant ich an der mûren cryng
Me anderer ſchoner frouwen,
Dy da waren vzgeſant
Vff dẙ ſchildwachte.
145 Frouw ere waz dẙ eyn genant,
Der volgeten nach wol achte:
Hoffin, horſam, vnde herden
Barmich, wis vnde ſußikeyd          (9 a)
Troſt dẙ waren ir geuerden,
150 Dẙ leſte ſich nicht ſchouwen leyd.


### Wẙ ſẙ ym tzu ſprechin.

Sẙ reyffyn mich obir dẙ mûren an,
Waz myn geſcheffte were dar:
Du dunkeſt vns eyn ſeltzen man.
Waz wiltu hij? wez nemeſtu war?
155 Irnenne dich bald, daz iſt myn rât,
Sprach tzu mir troſt dẙ frowe reyn,
Ab dir geſchicht eyn ubiltat,
Da du dich hoteſt vôr eyn cleyn.


### Wẙ her den wachtern ſeyte wer he were.

Ich waz vorwundert alſo gar,
160 Daz ich nicht gerichtig waz.
Ich hatte myner ſynne bar,
Ich dachte, daz ich tete baz,

Daz ich ir den namen myn
Vnde myn geſcheffte ſechte.
165 Iz moſte doch daz ſelbe ſyn,
Daz ſy mich nicht vordechte.

*Hij irnennet her ſich y vnde y, vnde claget troſte ſyn*
*leyd vnde ſynen ſchaden.*

Ich ſprach: troſt frouwe reyne!
Y vnde y, dyn truwe knecht
Heyßich alz ich meyne.
170 Tzu mir haſtu wol allez recht,
Ich gebe mich dir geuangen.
Ich lebe dyner gnate;
Nach dir tut mir verlangen      (9 b)
Nym alle myn gewate.
175 Geſchicht mir dit tzu heyle,
Daz ich dich han gevunden;
So werdich ſunder feyle
Van alle mym geleyde wol enpunden.
Troſt! wiltu mir zu troſte
180 Syn allerliebeſte frouwe;
So byn ich dẏ irloſte
Vnde achte nicht vff trurenfeldes drouwe,
Dẏ mir armen had getan
So vngefogen ſchaden.
185 Wiltuz dirs nicht vordrießin lan;
So wil ich dynen gnaden
Sagen, wye dye boſe dieb
Mich boſlich hat vorterbet.
Ich hugke ich ge crump vnde ſchieb
190 Den ſtab had her mir erbet.

*Hij antwordit ym Trost.*

Sÿ fprach: wÿ ift dir fo gefcheyn?
Du bift doch nicht van jaren alt,
Auch haftu kyde rifche beyn;
Wÿ biftu dan fo crump geftalt?

*Hij claget her aber fynen fchaden.*

195 Ich kans nicht leng vorfwigen tzwar,
Wÿ mir armen nû gefchach;
Ich wil dirs fagen alle gar,
Wÿ trurenfelt vff eynen tach
Mir alfo große ftoße gab,
200 Daz ich an dÿ erdin fchrod.　　　　(10 a)
Myn hulfir waz ein crummer ftab.
Anders werich bleben tod.
Myd dem ich eynen fyn begreyff.
Ich fatßte mich vff eynen fteyn,
205 Van iamer ich tzuyetir reyff,
Mich woltin tragen nicht dÿ beyn,
So feer fchoß mich der mynnen ftral.
Ich wyfte vm myn leben nicht,
Ich wart rot, bleych vnde val,
210 Vurwandelt wart myn angeficht.
Daz kam van fulchin dyngen an,
Daz ich alle myne iar
Y vnd y waz vndirtan
Eyner, der ich nicht entar
215 Nennen, dy mich ane fchuld
Vnde funder alle miffetat
(Wy foldich kunnen tragen duld)

So iemerlich vorſchobin hât.
Wẏ ſoldich dan nicht werden bleich?
220 Des wart her trurenfeld gewar
Her liſlich an myn hertze ſleych
Mid ſyner vngehuren ſchar.
Da had her eyne feſte
Gebouwit alſo here,
225 Daz ich van ſorgen reſte
Nû vnde nummer mere.
Van iamer vnde truren     (10 b)
Sus byn ich uz gegangen.
Vil menigerleye curen
230 Dy tûn mich ſere bangen.
Van hymmelrich der konyng ho
Had mich tzu dir gewiſet,
Du kanſt wol arcedẏen ſo
Daz herte, daz iz ryſet.
235 Nu rât liebeſte frouwe tzart!
Her trurenfeld der vngehur
Beſcrankit hat mich alſo hart;
Vorlich mir dyner hulfe ſtur,
Daz her van mir ryſe bald.
240 Des biddich dich frow liebiſte troſt;
In ſorgen werdich andirs ald.
Wiltu ſo bin ich ſnel irloſt.
Geb mir dyner gnaden ſchyn,
Laß mich ſyn dyn dyeneſtman,
245 Eygen wil ich weſſen dyn,
Dẏ wyle ich den leben han.
Were ich troſt dyner ynne,
Ich achtete nich vff trurenfeld,
Myn hertze vnde alle myne ſynne

250 Dich haben gentzlich vßirweld.
Du ußirwelte reyne frucht!
Ich ane ſchuld vurſchoben byn.
Nu cho durch allir frouwen tzucht    (11 a)
Vnde ſage mir eynen clogen ſyn,
255 Wẏ ich daz laße uz der acht.
Laß mir dich an myn hertze van
M a n d, w o c h i n, iar, tag vnde nacht
Wil ich da vor ſyn vndirtan
Dir myd alle dyn geuerden,
260 Dẏ uff diſſir müren gen.
T r o ſt! liebeſte t r o ſt! t r o ſt myn uff erden!
Laß mich nicht leng trurig ſten!

*Hij troſtet yn troſt vnde heyßit yn beyden, ſÿ wille*
*gen an der froyden garten.*

Dyn dyng zal beſſir werdin,
Sprach t r o ſt dy frouwe milde,
265 Luſt, h o f f i n v n d e h e r d i n
Vnde ich wir machen wilde
Willen dir wol alle pyn.
Werff den ſtecken an daz gras,
Wir willen dyne hotir ſyn.
270 Heb dich eyn weynig vorbaz,
Da ſieſtu eyne phortin hoch,
Michil, ſchon vnde wol geſtalt,
Da ny keyn ſyn ros an tzoch,
Her enwere dan yn eeren alt.
275 Da ſaltu vnſir wartin.
Gryff ſchere von den tzynnen,
Wir willen yn den gartin    (11 b)

Gon tzu der konyngynnnen,
Der dỹ liebe iſt bekant.
280 Tzu ir wil wir dyn beſte tůn.
Al dyn truren wirt gewant,
Dynr veyde krygeſtu eyne ſůn.
Sỹ iſt ſo barmich vnde ſo mild,
Sỹ nympt dich wol an iren rey,
285 Vnde ſeyd waz du horen wild
Van liebe ſache menigerley,
Da van dyn truren endit ſich.
Al pyn wirt van dir geloſt;
Ste, laß nicht vordrieß in dich.

*Hij beydit her troſtis vff eyner bang.*

290 Ich ſeyte: gern frow liebiſte troſt.
Ich ſatßte mich vff eynen bang.
Heyls begundich wartin.
Sy namen an ſich eynen gang
In der froyden gartin.
295 Tzu wem da ir geſcheffte waz,
Dez weyz ich gar eben nicht.
Ich fro erſt, danach trubich ſaz
Vorwundert ſeer van der geſchicht,
Dỹ mir armen offinbart
300 Waz van den ſchonen frowen fyn,
Mid allir tugent obirclart.
Ich dachte: wỹ mag deme ſyn?

*Wỹ troſt weder tzu ym vz dem gartin quam mid*
*ſußem ſchalle vnde heyßchete yn.* (12 a)

Alßich alſus gedachte,
So hortich eyn gebrechte,

305 Daz mich hoch froyde machte.
Mir waz tzu ſynne rechte,
Ab ich nach allir wunſchen geer
Horte lieblich ſyngen
Van hymmelrich der engel heer
310 Mid fil ſußir muſiken clyngen,
Daz tubal ſelbir lebete noch,
Dȳ muſicam irdachte,
Ich weyz vnde loubiz gentzlich doch,
Daz hers ſo gud icht machte.
315 Den wymphiltůch des heres trug
Troſt dȳ etele frowe fyn,
Da mid ſȳ an dȳ portin ſlug.

*Hij heyßchit ſȳ yn van der konyngynne wegen
dez ſales.*

Sȳ ſprach tzu mir: ge ſnel hij yn!
Daz gebudit dir dy frowe myn,
320 Dȳ dich lieblich had irkorn,
Vnſir allir meyſteryn.
Wol mich daz y wart geborn,
Sprach ich an der ſelben ſtund,
Des byn ich armer nicht gewerd.
325 Sy ſprach: ſwig! halde dynen mund!
Go vord mid vns! wes vnſir geuerd!

*Wȳ her an den gartin gyng vnde wȳ her
ynnenwendig waz geſtalt.*

Alßich an den gartin gyng,
Noch ſchoner dan her ußin waz
Waz geſtalt der muren cryng          (12 b)

330 Van ynnen, konlich redich daz.
Ich kans nicht wol genennen al,
Daz ich tzumale da gefach.
Ez ift wite obir tzal.
Der kurtze wil ich folgyn nach
335 Vnde fagens doch den meyften teyl,
Dỹ mir da irkennich wart.
Mir fchach ny fo groß eyn heyl
Van fchonen frowen gutir art.

*Van den blûmen dez gartin — van irer varwe.*

Sy furtin mich vff eynen plán,
340 Dỹ waz ußirmaßen fchon.
Allir blûmen art da an
Waz; ich fach iz ny fo gron.
Rot, bla, wiz, gel, brûn obiral
Gab der blumen varwe fchyn.
345 Ich fach ny blumen liechtir mal
Halden, by dem eyde myn.
Sy waren nicht gelich geftalt
Blûmen, dỹ vff vnfir art
Yn erdrich waffin dufintfalt,
350 Ir gelich vff erdin ny gewart.

*Van irem roche.*

Sỹ rochen baz dan lilien, rofen
Vnde dỹ fchone ackeley,
Auch dan dỹ gelfin tzidelofen.          (13 a)
Ir gelich fchoff vns ny der mey.
355 So meniger uår waz ir gewåt.
Ir roche fo naturlich gud,

Hoch obirtrat den obirſten grad
Der blumen hij vnd vnſe crud.
Ir wat wat fecûndillen
360 Gar verne obirſchonte,
Ir roch roch camomillen
Vnde allir blumen honte,
So daz ir roche vnde ir ſchyn,
Alßich frylich ſprechin mag,
365 Sŷ obirclarte alſo ſyn
Sam gud gewand den alden ſag.

*Van dem wortzegartin, vortzen vnde boûmeren.*

Alßich luttzil vorbaz kam,
Da ſach ich eynen wortzegart,
Da by geplantet menigen ſtam
370 Eteler frucht vnde gutir art.
Mang den wortzen alßich meyn
Balſamies daz wortzelyn
An gutem roche herûzher ſcheyn.
Doch tuchte mirs daz ergeſte ſyn.
375 Auch tuchte mir daz were dar
Cynomien, dyadragant,
Negelchin vnd cednar.          (13 b)
Da by man auch muſcaten vant,
Pephir vnde tzafforan,
380 Cyncibee vnde mandeltys;
Suckar ſach man auch da ſtan,
Melonen, granat vnd annys.
Diſſe wortze mir bekand
Waren wol van vnſir art.
385 Dy andern laßich vngenant,

Ir namen han ich ny gelart.
Daz ich wolte ſagen vil
Der wortze namen vnde macht,
Daz vorlengte vns wol daz ſpil,
390 Wa vm laßich iz vz der acht.


*Van den fogelen, dȷ in dem gartin waren vnde*
*wȷ ſȷ ſungen.*

Ich auch nicht genennen kan
Dẏ boumir vnde ire frucht,
Dẏ ich ſach geplantet ſtan
Da by, mang den vil menig flucht
395 Van fogelin waz ſo manigerley.
Eyn itͤlich hatte ſyn geſtalt
Synen ſang vnd ſyn geſcrey,
Daz hel irſchalte yn den wald.
Sy ſungen alſo meyſterlich,                    (14 a)
400 Daz mir ny beſſer wart bekant
Tzungenſang ſo meßichlich,
Da von ich crankir wart vormant.


*Wȷ der fogel ſang ſußir vnde beſſir waz, dan dȷ*
*ſpeler, dȷ hij nach geſcreben ſten.*

Der meyſter ſelfyſeren
Nicht waz vor irme ſange,
405 Noch organiſeren,
Noch cymbel mid geclange,
Noch harffe edir flegil,
Noch ſchachtbret, monocordium,
Noch ſtegereyff, noch begil,

410 Noch rotte, clauicordium,
 Noch medicinale,
 Noch portitiff, pſalterium,
 Noch figel ſam cannale,
 Noch lute, clauicymbolu̧m,
415 Noch dan quinterna̧, gyge, videle, lyra,
  rubeba,
 Noch phife, floyte noch ſchalmey,
 Noch allir leye horner lud,
 Noch allir tzungen ſußlich ſcrey
 Sam ir geſang wart nẙ ſo gud.


*Der fogel muſica.*

420 Man horte menigen ſußin ſon
 Sy ſyngen vndirflachten,                    (14 b)
 Diſcant, bymol, ſemiton,
 Tenor ſy da by machten.
 Eyn teyl dẙ naturalen
425 Schon furtin mid geschalle,
 Eyn teyl dẙ B duralen
 Mid alſo ſußem ualle.
 Tenorem in grauibus
 Den furte eyn geſlechte;
430 Dy flores in natralibus
 Daz ander held gerechte
 Mid quinten vnde quarten
 Tercien vnd octauen
 In gar gelichin parten.
435 Men horte ſẙ nicht ſnauen.

*Van den achte vogelen, dy der Bardûnen [chôr] helden.*

Mirkit waz ich ſagen wil!
Nach rechtir maße ſam eyn ſnôr
Saßen achte uff eynem tzil,
Dŷ helden der bardûnen chôr
440 Mid iren ſemitonen.
Men horte nicht dan eyn B mol
Mang den bardûnen ſonen,
Vnde waz daz dritte van dem ſol.
Der erſt held *vt,* der ander *ſol,*
445 Der dritte *re,* der fierte *la;*        (15 a)
Dy vier alze mir tuchte wol,
Macheten tzwene quinten da,
Der ſexte recht held daz Bdûr,
Da van wart daz dritte quint,
450 Der (vunfte) *mi* nach ſym gebur,
Sam men uff muſiken ſpelen vint,
Der ſibete *fa,* mid *re* mid *la;*
Sus waren dŷ bardûnen ſtalt.
Sy macheten tercien, quarten da
455 Mid ſemitonien ingeualt.

*Van den ſex fogelen, dŷ dŷ octauen helden.*

Da nach ir ſexe ſungen wol
Gar ſußlich obir den fauen
*Vt, re, mi, ffa, la, ſol,*
Daz waren dy octauen
460 Der bardûnen vorgenant.
Quint, tercien vnde quarten
Der octaven men da vant

In gar gelichen parten.
Sÿ fungen in acutis
465 Accent vnde erypol
Falfeten fußis lutis,
Da van wart ich irquickit wol.


*Van den nvn wyſen, dÿ meyſter mus irdachte.*

Mus meyſter hoch in mufica
Wol nun wyfe irdachte,
470 Wÿ men alle carmina                    (15 b)
Kunſtlich recht gemachte;
So daz ſich gelengkte
Dy nota nach der claufuren
Der wordir, vnde nicht crengkte
475 Ir fillaben noch menfuren.


*Wÿ dÿ nvn wyſe auch dy vogel ſungen.*

Dÿ nun wyfe alle gar
Furtin ſy mid fchalle,
Dÿ hij, woltirs nemen war,
Sten gefcreben alle:


*Hij irnennet her dÿ nvn wyſe.*

480 Vnifon, Semiton,
Ton, Dyton, femiditon,
Dyapafon, diateffaron,
Dyapente, waz auch ire fon.
Dyffon, nicht vff iren tyen
485 Mochte da gerouwen.
Sÿ fungen fuße armonyen.
Auch mochte men da schouwen

Vil meniges fogils wunder art,
Den ir fnabil nicht entftund
490 Tzo fange; fÿ doch waren tzart
Geûedirt, goltûar vnde bund.
Waz ir gefcheffte edir macht
Waz, ich nicht gar eben fach;

*Wÿ ym troft offinde eynen guldinen*
*fcrang da etc.* (16 a)

Da vm ließ ich ez uz der acht.
495 Troft myner frouwen gyng ich nach.
Sÿ offinde mir eynen gulden fcrank,
Da yn die konyngynne waz.
Da hortich allir fpeler clang,
Dÿ y gewaren funder haß,
500 Sam ich hÿ han vorgenannt.

*Van dem brunnen.*

Da waz dÿ fchonfte brunne clar,
Da by geftrouwit purpurwant,
Al vifch geflechte fach ich dar.

*Wÿ her fmegkte.*

Daz waffir obir luttir drang
505 Hatte eynen fußin fmag.

*Van dem vmbehang vnd van den betten.*

Da by fo waz eyn vmmbehang,
Da hyndir menig bette lag
Mid kefteltuch getziret.

*Paulûn.*

Eyn paulûn van fytenwand
510 Da obir waz gewiret,
Stub fam eynes robes rand.

*Van dem zale van den rittern vnde frouwen.*

Getzopphit mid baldekyn
Sach ich eynen fchonen faal,
Da ynne ftolze ritter fyn,
515 Dŷ gar ftolzlich ire maal
Mid ußirwelten frouwen tzart
Helden da gar tzuchtiglich.
Sŷ ubiten ritterwerk fo hart          (16 b)
Schymph mid ernste ritterlich
520 Alßich da kunde befcheyden.
Ein Ritter vnd eyn frouwe
Sich da tzufament leyden
Gar luftlich an dŷ ouwe,
Da by bette gemachit waren
525 Mid dem keftiltuche.
Sŷ begunden fich tzu houffe paren.
Ir werk ich nicht enruche.
Ir tzirde vnde gewate,
Dorftich is fagen ane vâr,
530 Waz gantz hoch obir ftate
Vnde fchoner vil dan fchon furwar.
Hettich allir tzungen macht
So kundich doch uzfagen nicht
Wŷ alle dyng da waz getacht;
535 Ich byn iz gar eyn tummer wicht.

Kein hertze kan gedenken al
Dẏ ſchonheyd, richeyd vnde tzucht,
Dẏ irſcheyn an deme ſaal,
Sam mirs in myme ſinne ducht.

*Van dem trone, da dẏ konyngynne ynne ſaß.*

540 Troſt de reyne frouwe ſchon
Dẏ tzuckte mich eyn lutzil baz
Pur van gold vor eynen thron,        (17 a)
Da yn dy konyngynne ſaß,
Der liebe eyn meyſterynne.
545 Dy frouwe van dem ſale
Sy ſtal mir hertz vnde ſynne,
Daz geſchach doch ſunder quale.

*Wẏ ſchon dẏ konyngynne waz, daz her ſẏ nicht*
*beſcriben entar, daz her wyſer wer dan dy meyſter,*
*dẏ hij nach geſcreben ſten.*

Van irer puren clarheyd
Mir ſchaleten dẏ ougen.
550 Ich ſweres hoch uff mynen eyd
Vnde ſprechis ane lougen,
Daz lebete *Ariſtotiles*
Der obirſte philoſophus,
*Ypocras, ermogines,*
555 *Plato* vnd *porphirius,*
*Atrides, pelopedes,*
*Boetius, ouidius,*
*Tantalides, empedocles,*
*Alanus* vnd *ſimplicius,*
560 Her *wolfram van eſchenbach,*

*Panphilius virgilius,*
*Horand, chamera,* da nach
*Frouwenlob, Amabius,*
Her *Nithard van dem Ruwental,*
565 Sy kunden mich nicht leren,
Lebeten ſy noch altzumal,       (17 b)
Wẏ daz ich deſcriberen
Mochte daz ſchone bilde clar,
Wa vm ich nicht begynnen wil,
570 Da tzu der ſchonen frouwen ſchar,
Dy da waren obir tzil.

*Wẏ yn dẏ konyngynne ſelbir heyſchete.*

Dẏ konyngynne ergenant
Hatte alſo konynglich
Eyn gulden ſeptrum in der hant.
575 Sẏ heyſchete mich gar mynniglich.
Sẏ ſprach: geb mir dyne hant,
Habe fruntlich mynen grůß.
Al dyn truten wirt gewant,
Ich wil frunt ſyn dyn genůß.
580 Ich ſee, daz du vorſchreckit biſt;
Setße dich her uff diſſen ſtôl,
Dẏ dir hij gemachet iſt.
Myn vzirkorne liebir bôl,
Der lieb eyn konyngynne
585 Heyße ich, daz ſage ich dir.
Ich wil dir van mynne
Sagen vil nach dyner gir,
Da van ſich nyderſenkit
Dyn truren vnde liden.       (18 a)

590 Dyn iamer wirt gecrenkit.
  Vor dich fo wil ich ftriden
  Vnde nemen dich an der mynnen rey
  Vnde fyn dir b a r m i c h vnde mi l d.
  Ich liebir fache menigerley
595 Dir fagen wil, waz du ir wild.
  Du falt fyn der r i t t e r eyn
  Dẏ hij wont on diffem f a a l;
  Mang diffen fchonen frouwen reyn
  Saltu han daz ubirfte maal.
600 Du falt ubin r i t t e r f c h a f t,
  Mid t z u c h t mid e e r e m y n n e n f p i l;
  So wirt dẏ l i e b e an dir behaft.
  Dẏ l i e b e dirs wol lonen wil.
  Mid gefwornem eyte
605 Willen dich behalden
  Dẏ frouwen mit geleyte;
  Gelucke wil dyn walden.
  Da tzu han ich dich vßirwelt.
  Auch faltu den kore han
610 Mang diffen frouwen hij getzelt.
  Selbir ich dir vndirtan
  Wille fyn mid mynem heer.
  Vrege waz du horen wilt,                     (18 b)
  Dir gefchicht nach dyner geer,
615 Myn gunft in liebe tzu dir fpilt.


*Wẏ ire wordir yn vûrftreckten, daz her fyne
ſprache vûrloß.*

Ir fußin word uz irem mund,
Geliche einem diebe,

Stalen in der ſelbin ſtûnd
Daz hertze myn an liebe,
620 So daz ich hatte keyn beſcheyd.
Myn tzûnge hatte ire macht
Von irer wordir ſußikeyd
Vorgeßin vnde nydirlacht.

*Wȷ́ her ſich vůrmante vnd dankte der konyngynne.*

Doch ſchone mich irmante
625 Ir mildikeit mid troſte,
Daz ich waz dy̆ irloſte.
Ich nydir viel uff myne kne,
Ich danckt ir tzuchtiglichen.

*Hȷ́j troſtit yn dy konyngynne vnd heyßit yn
fragen.*

630 Sy ſprach: gar ſnel her zu mir ge.
Van der ſtund ſal van dir wichen
Her trurenfelt der vngehur.
Vorvult wirt dynes hertzen gir.
Ich wil ſyn dyn leytbeſchur,
635 Daz keyn ſyr hulfe ſchadit dir.
Ffrege, waz du wiſſen wilt,
Da vm da du biſt kommen her.        (19 a)
Myn gunſt in liebe tzu dir ſpilt,
Vornym vnd cho nach myner ler.

*Hȷ́j begerte her irer lare.*

640 Ich ſprach: ich fragen nicht entar,
Du weiſt wol myne ſynne,

Du ſchone etele frouwe clar,
Du werde konyngynne.
Geb mir dyner lare ſchyn,
645 Vil liebe gnedige frouwe,
Wy daz ich an dem ſtrickelyn
Der rechten liebe entrouwe;
Went dỹ liebe ſam hij vorn
In vnſir art nicht waldig iſt,
650 Gar ſchentlich, boflich, hochbeſchorn
Sỹ reyget nv mid falſchir liſt.


*Hij git ym dỹ konyngynne jre lare, vnde lernet*
*yn dỹ tzeen gebot der mynne.*

Sỹ ſprach: eyn lar(e) wil ich dir geben,
Nach der ſaltu dich halden:
Nach frouwen ere ſaltu ſtreben,
655 Fortuna ſal dir walden,
Frouwen gute dỹ kan geben.
Wer da an gedenket
Der müß ewig (frolich) leben,
Syn liden wirt gecrenket.
660 Da nach dỹ ußirwelten claren
Frouwen tzuchtigliger art,　　　　　　　(19 b)
Dỹ der thormer hotir waren,
Saltu tzu ſynne nemen hart,
Der ir itſlich ir geſtalt
665 Mid irme namen vßgehengt
Hatte in eynen ſchild gemalt.
Ir eere ne waz noch ny geſengt
Mid den ne halt noch ſcherz noch ſpot;
Nym ſỹ wol tzu ſynne;

670 Sỹ bedutin dir dỹ t z e e n  g e b o t
Der rechten waren m y n n e.
Sich vnde nym ſyn eben war,
Ich wil ſỹ dir irnennen.
Sỹ tůn dir liebe offinbar
675 Da um ſaltu ſỹ kennen:
*Tzucht, truwe, milde, ſtete duldig, luſt* vnde
*frohlich;*
*Helen, bequemlich, kuſch,* waz der ſchilde
gevilde.

*Daz erſte gebot der mynne.*
*T z u c h t.*

W er ſich in ſeltſchaft der mynne tud,
Der ſal haben ſtetichlich
680 T z u c h t in ſynes herzen glud,
So wirt ſyn lob in eren rich.
T z u c h t iſt ambegyn der mynne
Vnde iſt alles leydes bud,
Iz dunkit mir an myme ſynne,
685 Wer tzucht haldet, der iſt gud,                    (20 a)

*Daz andir gebot der mynne.*
*T r u w e.*

Truwe iſt der ander ord,
Den dỹ mynne tragen wil.
T r u w e iſt eyn hocgebord.
Wer an ſich haldit t r u w e vil,
690 Der mag an eren werden alt.

Truwe irwerbit hoen prys
Sẏ gebit liebe menigfalt,
Wer truwe haldit, der ift wys.

*Daz dritte gebot der mynne.*
*Steticheyd.*

Der dritte regel vns leret, daz
695 Wir fullen von ftetem hertzen fyn.
Stetikeyt ift der eren vaz
Vnde der mynne ingefyn.
Wer eyn fo ftete hertze treyd,
Daz her men rechtir mynne gerd
700 Der ift gewerd uff mynen eyd,
Dem ift auch lobes vil befcherd.

*Daz vierte gebot der mynne.*
*Duldikeyt.*

Dẏ vierte dẏ had lobes vil,
Wer iz ftete an fich treyt.
Duldikeyt ift der mynnen fpil,
705 Vnde ift alles trubis cleyd.                    (20 b)
Wer duld an fyn hertze ladit
Der vurtribit menig leyd;
Daz dem vnduldigen dicgke fchadit,
Daz ift dem duldigen wol bereyd.

*Daz vůnffte gebot der mynne.*
*Milde.*

710 Daz vunfte wil uns leren,
Wijr fullen vmmer milde fyn.
Wes mild an dynes hertzen heren,

3 *

So biſtu wol der ſalden ſcryn.

Mild iſt crone allir tugent.

715 Wer feſte gabe gyt,

Iz eret alder vnde jugent

Vnde gebit vil tzu allir tzyt.

*Daz ſexte gebot der mynne.*
*Luſt.*

Daz ſexte vns ſyne lare gyt,

Daz ſaltu an dyn hertze vaßen.

720 Men habe luſt tzu allir tzyt.

Luſt mag dir digke ſere baßen.

Hald luſt tzu gutin werken,

Daz rate ich uf mynen eyd;

Frouwen luſt gar ſere merken,

725 Wijr haben luſt an ſỹ geleyd.

*Daz ſibete gebot der mynne.*
*ffrolikeyt.*

Daz ſibete auch uns lernen wil,    (21 a)

Wy wijr ſullen ſyn gemůd.

Frolikeyd iſt allir tzickir eyn tzil,

Vnde gar alles leydes bud.

730 Dy mynne die wil frolich ſyn,

Wa ſy wil eyn hertze ſtigen.

Wer mid truren vlegit hyn,

Frolikeyd kan her nicht gekrigen.

*Daz achtete gebot der mynne.*
*Kuſcheyt.*

Daz achtede wil vns tůn bekand,

735 Daz wijr ſullen kuſcheyd halden.

Kufcheyd ift eyn reyne phand
Vnde wil rechtir liebe walden.
Dy rechte mynne vnkufcheyd fled.
Wer eyn vnkufch hertze treyd,
740 Van dem rechte liebe tzoed.
Kufcheyd můß fyn der mynnen cleyd.


*Daz nvnde gebot der mynne.*
*Bequemikeyd.*

Daz nŭnde ift entfproßin gar
Vz der rechten mynnen art.
Bequemikeyd fal wefen dar,
745 Wa men ritterligen fart.
Wer ftete mynne ubin wil,
Der habe fich bequeme fete.            (21 b)
Bequemikeyd ift der mynnen fpil,
Vnde had an fich vil gud gerete.


*Daz tzeende gebot der mynne.*
*Helen.*

750 Daz tzeende ift diffir meyfter al,
Dy ich genennet han hij vore.
Helen ift der mynnen faal
Vnde allir tugent eyn tore.
Wer ftete liebe helen kan,
755 Der ift gar van gutir art.
Her fal fyn der mynnen man,
Der diffe tugent an fich bewart.

*Hij lernet ſÿ ym drittzeen gebot der mynne in nvn*
*verſchen.*

    Auch wiſſe daz auch bote ſynd,
    Dy diſſen tzeenen volgen nach,
760 Sam men wol beſcrebin vind
    An vnſem zale by dem bach.
    Der moſt auch ruche han
    Vnde nemen ſy tzu ſynne,
    So vern als du wilt vndirtan
765 Syn der tzarten mynne.
    Ir iſt tzwelff vnde eyn.
    Nym ſy wol tzu hertzen,
    Wiltu mid diſſen frouwen reyn
    An diſſem zale ſchertzen,
770 Wiltu ſÿ wißen vnde ſeen       (22 a)
    So ſich an diſſez tzile.
    Dy hij nach geſcreben ſten
    In eyner kurtzewile:


*An diſſen verſchin ſten drittzeen gebot der mynne.*

    Nicht: gyrich, — logener, — keyn flu-
        chir, — keyn offinbarer.
775 Dir liebe nicht heler vil hab. — halt
        kuſcheyd dyme liebe. —
    Lieb andrer lute myd wiſchaft nicht
        abetrûte. —
    Du ſalt nicht lieb han, den dich natura
        gehyndirt. —
    Auch wes bereyte tzu allen frouwen
        gebeyte. —

Mid fliß tzůr ritterſchaft der liebe
dich ůalde da nach. —
780 Nach hobiſchen dingen mid ſeten ſaltu
geryngen. —
Vbe nicht der mynne ſpil, vor dir dan
liebichin wil. —
In gebende nemende liebe ſal alle
ſchame ſyn abe.

*Hij git ſÿ ym aber ire lare.*

Me bote vnde werke
Der liebe vinſtu ſelber wol,
785 Wan du ſy nympſt an merke.
Wes auch nicht an můte dol.
Nym auch wol tzu můte
Vnde an dyne achte
Dy nůn frouwen gůte,
790 Dy vff dy ſchildewachte
Der můren waren ußgeſant,
Sam du vore haſt geſeyn.
Frow *ere* waz dy eyn genaut,        (22 b)
Dy ander *troſt* dÿ frow reyn,
795 *Hoffin horſam* vnde *herdin*
*Barmich* wiß vnde *ſußikeyd*
Vnde alle ir geuerdin;
Dÿ *nůnde* ſich nicht ſchouwen leyt.
Dÿ dir wol werdit offinbar,
800 Vnde eyn kůs vor irem mund,
Wiltu des ſpeles nemen war.
Loſheit fle, hab gute grůnd,
Halde dich durch keynen baach

Eyn mynner vnde enrôme nicht.
805 Tzur liebe laß dir nicht tzu gaach.
Halt dich rechtlich vnde flicht.
Me lare vnde regelen
An vnſes koſens ende,
Wil ich dir beſegelen,
810 Wan ich mich van dir wende.


Der ende dez erſtin teylis.

*Hij freget her dy erſtin frage vnde iſt*

## Der ander teyl diſſis buchis.

Ich ſprach: gnedige frouwe myn
Beſcheyde mir eyne frage,
Dẏ had in mynes hertzen ſchryn
Ghehuſit lange tage:
815 Ab her ſolde bliben vor,
Der da reyffe: laß mir yn!
Vor der liebe pallas tor;        (23 a)
Sage hoghe keyſaryn.


*Hij berichtit yn dẏ konyngynne.*

Vortzellen vnde geleyden
820 Wil ich frund dẏ frage dyn,
Ich wil ſẏ dir beſcheyden,
Du ſalt nicht leng in tzwifel ſyn,
Sprach tzu mir dẏ frouwe ſchon
In gar kurtzem ſynne,
825 Gar ſußiglich vz irem thron.
Dẏ liebe edir dẏ mynne
Sal nicht laßen tretin an
Al man noch frouwen in ir tôr.
Dy lûte, dẏ ſijd vndirtan,
830 Eyn teyl men laßen ſal da vôr.

Auch tuchte mirs nicht wefen gût,
Daz men horte al gefchrey;
Wer aber were laftirs bud,
Der mofte wol an vnfen rey,
835 Wer haldit auch mid truwen
Der mynnen bote vorgenant,
Der mûß mid vns wol buwen,
Dem ift auch offind vnfe land
Vnde da tzu des pallas tôr
840 Der rechtin waren liebe.
Dŷ andern laß wijr al da vor     (23 b)
Sam mordir vnde diebe.
Sus han ich enpunden
Vil liebir frund dy frage dyn
845 Sam ichz befcheyden kunden,
Dyn tzwyfel laß nû wichin hin.


*Hij fregit her de andern frage.*

Dv hoge werde konyngyn
Befcheyde mir eyne frage,
Damit vûrworren ift myn fyn
850 In wunderliger wage:
Ab ich dy ergenanten bôt
Vbete gerechte
Ane lofheyd vnde fpôt
Nach alle mym gemechte,
855 Vnde reyffe den der mynne tzû,
Daß fŷ mich ließe an ir tôr —
Ach etele frouwe mir uff tû,
Hij ftet dyn arme dyener vôr —
Ich wil daß fŷ mich ließe yn

860 Vnd neme mich an iren hob;
    Waz folden dan dỹ wordir fyn,
    Daz ich ir mete fpreche lob
    Vnde tete ir kuntlich myn beger;
    Daz lerne mir liebifte frouwe gût,
865 Da vm ich komen were her
    Vil liebefte frow myn hertzen trûet. (24 a)


*Hij berichtit yn dỹ konyngynne vnde lernit yn, wỹ*
*eyner fprechen zal tzu fỹme liebe, wan her tzu ym*
             *kumpt.*

    Des foldeftu nicht fragen,
    Sprach tzu mir dy konyngyn,
    Nicht wol kan ich dirs fagen.
870 Eyn itflich ubit fynen fyn.
    Wa erft tzwe liben paren fich,
    Dỹ tryben wunderlige word.
    Ir eyner feyd tzum andern: „fprich!“
    Ir liebe ift der wordir mord,
875 Sy halden keynen ordin,
    Gar wilde ir gedanken fynt,
    Sy fnaben in den wordin,
    Sy werdin doub, ftûm vnde blynt.
    Waz fy haben vorgedacht,
880 Daz ift tzu male vorgeßin;
    Kein ruche haben fy noch acht
    Vff trynken edir eßin.
    Ir kofen vnde ir kallen,
    Ir bere vnde ir lachen,
885 Daz ift yn wol beuallen.
    Wy torlich fỹ iz machen,

Doch dunckit iz yn kûrlich gûd.
Wol daz iz keynen lymphen had.
Ein wordin ift beydir mûd.

890 Nach kuffen ir gedanken ftad.
Sy machen nicht der worder vil;    (24 b)
Sy kuffen fich mid luften
Wol dufind ftund, vnde me dan vil,
Bruft drugkt kegn bruften.

895 Ich kan dirs nicht gefagen al,
Wŷ du haldeft dyne word.
Daz fpelichin vbit fich fam id fal,
Vnde get nach allir wunfche vord.
Auch ift dŷ liebe vndirtan;

900 Wa tzwe liebin fid by eyn
Sy nicht geliche wordir han.
Der eyner der wil mang dŷ beyn;
Her mûfit vnde nicht enfpricht.
Nach hobifkeyd ftet des andern ger;

905 Der kofit lieblich vnde flicht.
Gar fwerit her, lobit gut gewẻr,
Alße vele mynner tûn.


*Jupiter ex alto perjuria ridet amatorum.*

Dez ·lachit fere Jupiter
Her nedir ab uz fyme thron

910 Vnd fchymphit allir mynner her.
Kurtzlich dy natura
Geßit alle wordir yn,
Dŷ tzwe lieben fprechen da,
Wa fy by einander fyn.

915 Dŷ wordir, fam iz wefen zol,

Alße ichs geprubit han,
Dy vinden ſich da ſelbir wol.
Da vm ſaltu dyn fragen lan. —
Ich wil doch frundichin dyn beger
920 Tûn nach dynen willen,         (25 a)
Da vm daz du biſt komen her;
Dyn tzwifel wil ich ſtillen
Vnde ſayn dir eyne wyſe.
Fortuna wil dyn walden,
925 Mid flyße dich ſo pryſe,
Daz du ſŷ kunneſt halden.
Iſt ſŷ van den beſtin nicht,
Ich ſŷ doch dicke ſprochin han;
Iſt ſŷ ſtumph, grob vnde ſlicht,
930 Doch machſtu ſŷ wol aneuân.

Wan du biſt gekomen da,
Haſtu ſtûnt ſtete vnde tzyd
Tzu dyme lieb, du weyſt wol wa,
So ſprich ſam hij nach ſcreben lid.

*Hij begynnet ſich der mynnen brieb.*

935 Van hymmelrich der konyng ho
Had vns hij bey eyn gebracht,
Myn hertz newart noch ny ſo fro,
Alß ichs lange han gedacht
Van iugentlichen iaren.
940 O gnedige frouwe! hôre mich!
Laß mich dir offinbaren,
Wŷ vnde waz ich vmme dich
Geduldit habe lange tzijd,
Synd daz ich dich erſt kennich wart.

945 Myn heyl, troſt, hoffin an dir lijd.
Hore mich frouw liebeſte tzart!
Hore mich frouwe dynen knecht,
Durch allir frouwen gůte!                    (25 b)
Du haſt tzu mir wol allez recht,

950 Ach troſte myn gemůte!
Wiltu mir nicht lieb gehan,
Mir genugit wol an eynem blick;
Dir ·wil ich doch ſyn vndirtan,
Blib ich wol an der ſorgen ſtrik.

955 Waz han ich frouwe dir getan?
Mir laß irſchynen dynen grůß!
Wez wiltu mir entgelden lan?
Laß mich frouw ſyn dyn genůß!
Mir wart ny liebir wib bekant,

960 Daz redich by mym eyde.
Myn můt iſt gantz tzu dir gewant
In liebe vnde yn leyde.
Ich werde heyß, ich werde cald,
Wan ich an dir gedenke;

965 Ich wende mir wol duſintfald,
Groß lid ich vm dir ſwenke.
Sal myn froyde enden ſich,
Daz lit an dir myn wunne.
Durch alle frouwen biddich dich,

970 Daz mir dyn gnade gůnne!
Were myn der nebelungen ſchatz,
Da tzu allir greken golt,
Dy ſolden ſyn an vnderſatz          (26 a)
Mid gutem willen dir vorſolt:

975 Were myn der hord van babilon
Vnde obir mer der balſmen gart,

Vnd da tzu daz land ebron;
Ich gebe ſÿ dir frow liebiſte tzart;
Hettich allir wunſche walt,
980 Vnd mochte keſen myn profit,
Dich woltich keſen frouwe bald.
Nich habe frouwe myner myd,
Waz dynen eren wol anſtat,
Anders gerich nicht van dir.
985 Dů vyndeſt an mir keyn miſſetat.
Du fogeſt große crenke mir.
Ab dynen eren worde meyl.
Du ſuße ſenfterynne,
Wes ſoldich dan me weſen geyl
990 Myns hertzen troſterynne?
La mich tzu dyenſte weſen dyr
Myn allir liebeſte frouwe!
Du biſt y weſt myns hertzen gyr!
So enachtich keyne trouwe.
995 Du machſt mich vbin wÿ du wilt
Du etele, fyne, clare, werd,
Myn hertze dyner liebe ſpilt.
Du biſt dÿ mir den ſyn entſert,         (26 b)
Den mir nymand machen gantz
1000 Kan, dan du frow alleyne.
Dich cronet hat der eren crantz
Vor allen alßich meyne.
Kundich hoges lobis word
An alle miſſewende
1005 Sprechin dir myn hoeſtir ord
Biz an myns lebens ende;
So woltich ſyngen reden dan
Vnde nymmerme entrouwen.

Sprich tzu mir: „ich dir gutis gan",
1010 Sal fich myn hertze frouwen.

*Hij lobit fÿ ym noch fchoner lare.*

Dyffe word, vil lieber myn,
Sprich; da mid dich wende.
Noch beffir fchoner fprochelin
An vnfis kofens ende
1015 Wilich dir vortzellen
Vnde tzuchtiglich geleyden,
Dÿ hertze kunnen uellen,
Vff dÿ faltu mir beyden.

*Hij fregit her dÿ dritten frage.*

Wiltu(s) dirs nicht vordrießin lan,
1020 Sprach ich, du werde milde
Eyn großir tzwifel ift gegan
An mines hertzen vilde;
Vnde fagens mir eyn vnderfcheid, —
Des biddich dyne gnate,                (27 a)
1025 Da vm wil ich dir fyn bereyd
Altzijd frô vnde fpate; —
Ab des ubirftin teyles fpil
Dem nydirfte teyle vore ga
An kore, ich des fragen wil;
1030 Dy frage frouwe nicht vûrfma.

*Hij wil her bewijfen, daz men fulle kefen daz obirfte*
*teyl vnde fpil vor daz nydirfte.*

Ich meyne: were myn der kôr,
Daz ubirfte folde wefen myn.

Daz nydirſte lieſſich al da vôr,
Went wijr da myd gelichint ſyn
1035 Den tyeren vnde vnredelikeyd.
Van ſulchin grobin ſpeles tad
Habe wijr keyn abeſcheyd
Der tyere dŷ vnredelich gad.
Aber des ubirſten teyles kûr
1040 Iſt eygentlich alleyne
Gebin der mynſchen natûr;
Tyer han ez anders keyne.
Wa vmme, wem dŷ nedirſte grûnd
Nach kore wirt gegebin,
1045 Der ſal vnwerclich ſam eyn hûnd
Van liebe ſyn vurtrebin;
Vnde des ubirſtin teyles man,
Sam naturen vmmefenger,                    (27 b)
Der ſal ieden kore han,
1050 By dem iſt liebe lenger.

*Dŷ ander rede, daz daz obirſte vore ge.*

Aûch wart nŷ gevunden eyn,
Der des ubirſtin ſpeles tzart
Vbite ſpilwerk alſſich meyn
Der mûte noch geſetigit wart.
1055 Wer aber ſpilt daz nidirſte werk,
Dem begynnet da nach gruwen,
Daz neme eyn itſlich an dŷ merk,
Ez begynnet yn auch ruwen.

*Hij bewijſit her, daz daz nydirſte vore ge.*

Wol daz nv ſy al ſo,
1060 Daz nach kôr daz beſte wêr

Daz ubirſte teyl; ich doch in dro
Ste van reden, dÿ mich ſĕr
Tzeen mid argumenten,
Wÿ daz daz nydirſte vore ge,
1065 Gar hertiglich monenten,
So daz ich noch in tzwifel ſte.


*Dÿ erſte rede, daz daz nydirſte vore ge.*

Dÿ eyne rede meynet ſo:
Wan der menſche ſuchit ſpil
Vnde ylet vz der ſorgen dro,
1070 Da nyden her daz ſuchin wil.      (28 a)
Dy rede meynet diſſen ſyn
Alße ich ſÿ merke,
Daz alles ſpeles ambegyn
Schicht durch dy nyderſten werke,
1075 Vnde habe ſynen ortſprŭng
Van dem nyderſten teyle.
Daz mirke alde vnde jung,
Iz iſt ſo ſunder feyle,
Volgit dy werk nicht alle tzijd,
1080 Doch ſchicht iz allez vmme daz.
Daz ſprechich nicht durch keynen nyd
Noch durch keyner frouwen haz.


*Dy ander rede, daz daz nydirſte vore ge.*

Diſſe rede vorgenant
Wird geûeſtet ſnelle
1085 Myd eyner andern altzuhand,
Dÿ ſetßit in geuelle,

Wỹ fulle fyn daz fchónfte wib
An tzucht vnde auch gebere
Vnde han eyn wol getziret lib
1090 Gecronet hoch in ere:
Vyndit men fỹ vnnûttze
Tzur mynnen fpil vnde ire werk,
Men wirft fy hyn fam ftruttze.
Daz habe wol an dyner merk:　　(28 b)
1095 Wỹ fchone daz fỹ ift geftalt,
Ift fỹ vngeclobin,
So had ir fchone keyne walt,
Van alln wirt fỹ vorfchobin.
Des ubirftin teyles luftlikeyd
1100 Mid alle hette keyne macht,
Were daz nydirfte vnbereyd
Tzur mynnen fpil vnde vngeracht.

*Dỹ dritte rede, daz daz nydirfte vore ge.*

Zolde men auch nach mynnen luft,
Dỹ ubirftin teylir liebir han
1105 Sam fyt houbit vnde bruft,
So were daz nicht vbiltan.
Daz tzwe hobifche mannes nåm
Vbeten auch der mynnen fpil,
Daz fchentlich were vnde fcham
1110 Sprechin; — tûn, ich fwigen wil.

*Dỹ vierte rede, daz daz nydirfte vore ge.*

Wer auch nicht van iaren ald
Kan venûswerk getrybin
Ab had her vnmacht edir cald,

4*

An deme nicht beclybin
1115 Kan keyn fleyſlich luſtlikeyd,
Synd dẏ ſache da gebricht,
Da dẏ liebe ſich van treyd,
Dẏ ſundir feyl tzu vilde licht      (29 a)
Vnde regnat in dem nydirſtin teyl.
1120 Went man dẏ ſache nydir lid,
So lyd auch nydir ſundir feyl
Daz, da van tzu ſachende phlid.

*Dẏ vunfte rede, daz daz nydirſte vore ge.*

Dẏ vunfte rete enpyndet ſyn
Dẏ erſtin, dẏ ſprach: were myn der kor
1125 Daz ubirſte ſolde weſen myn,
Daz nydirſte ließich al da vor,
Went wijr da mid gelichint ſynd
Den tyeren vnde vnredelikeyd,
Et cetera ſam men da vynd
1130 Geſcreben, doch mid vndirſcheyd.
Iz iſt in allen dingen
Begynnlich vnde naturlich,
Daz men ſulle ringen
Da nach, daz ſijr natur gelich
1135 Gevunden wirt vnde ſyner art.

*Dẏ ſexte rede, daz daz nydirſte vore ge.*

Auch ſo iſt dẏ rede keyn,
Dẏ da ſprach: daz ny newart
Mote noch geſetiget eyn
Van des ubirſtin ſpiles tat.

1140 Daz mirke wol mid gutir lift,
Went dỹ ſpiſe iſt vurſmat      (29 b)
Van allen, dỹ genomen iſt,
Vurtribit nicht den appetit,
Vnde fodit nicht den lichenham,
1145 Da yn ſỹ ſam geſteynte lit;
Solde men der nicht weſen gram?
Daz allen abir weſen zol
Eyn vßirkorn ſpyſelin,
Daz entfangin douwit wol,
1150 Setigit, vnde den hŭngir dyn
Dyr wedir git mid luften.
Wa vm ſal keyner tzwifel han,
Daz werdir dan dỹ bruſten
Iſt daz nydirſte teyl getan.

*Dỹ ſibete rede, daz daz nydirſte vore ge.*

1155 Auch eyn andir argument
Dit ſprochelin bewiſit,
Went der gebŭwete fundament
Vil ſerer ſyt gepryſit.
Wol daz ſỹ an der erdin ſten
1160 Vnde dỹ nyderſten ſtede han,
Doch ſicht daz ſỹ vore geen
In lobe vnde wirde ſundir wan.

*Dỹ achtete rede vff daz ſelbe.*      (30 a)

Auch allez, daz dỹ lieben tŭn,
Daz nym an dyne merke,
1165 Daz ſchicht alz durch daz nydirſte lon

Vnde durch dỹ nydirſten werke;
Wente da voruůllet wart
Vnde ende nympt al vorgeſpil,
Daz mid eyn tzwe liebin tzart
1170 Getrebin han lang vnde vil.

Diſſe rede vorgenant
Sam myme hertzen dunckit wol
Syd gentzlich da tzu gewant,
Daz men daz nydirſte keſen zol.
1175 So wer daz nydirſte keſen wil,
Dem helfe men tzu ſyme kor.
Daz erſt iſt nicht dan vorgeſpil,
Wa vm daz nydirſte treckit vor.
Daz iſt al diſſer rede beſließ,
1180 Du hoge werde konyngyn,
Dyn gebot ich nỹ enließ,
Enpind tzart frow den tzwifel myn,
Dez biddich liebeſte frouwe dich;
Andirs tragich trubis cleyd
1185 Du tzarte ſchone mynniglich
Mid diſſen reden vorgeſeyd.

*Hij berichtit ỹn dỹ konyngynne.*

Sich waz ich dyr ſagen wil,               (30 b)
Sprach tzu mir dỹ konyngyn:
Daz tzu des nyderſten teyles ſpil
1190 Eyn itſlicher van ambegyn,
Der lieb wil han, geſatzet hat
Synen ſyn. her denkt daz ſỹ
Da der liebe endeſtat.
Hij mirke frund eyn cleyne by.

1195 Ez iſt gar eyn grobir tat
Schentlich vnde den frouwen ſcham,
Daz men daz nydirſte anevât
An der ubirſten ſpeler ram.
Vurwar ich nicht geloubin wil,
1200 Ez dunket mir vnmogelich,
Daz men trybe daz nydirſte ſpil,
Nicht daz daz ubirſte ube ſich;
Ez envolge dan eyn vngeſtalt
Gar ſchier da nach des lichenham,
1205 Ab eyn gar grobe ſchande alt
Mid eynem vngehuren ſcham.
Aber des ubirſten ſpeles luſt
Wol tzemlich folgit ſundir ſcham;
Mûnd gekuſt, bruſt druckt vff bruſt,
1210 An des nydirſten ſpeles ram
Vnde ane boſe gedanken.
Auch heyßchit ez der ordin          (31 a)
Der liebe, daz men ſal lanken
Mid beten vnde mid wordin
1215 Daz ubirſte ſpil vor lange tzijd.
Da nach wan ez ſich gelenken
Wil, ſo mag men ſundir mijd
Dem nydirſtin wol wenken.
Alleyne van den frouwen,
1220 Dŷ men handelt vmme lon
An der vnkuſheyd ouwen,
Dŷ auch ſchuwen keynen hon,
Van den mag men nemen wol
Daz nydirſte vnde daz ubirſte lan;
1225 Sŷ ſijt allez laſtirs vol,
Da vm daz ubirſte ſŷ vurſman.

Wa vmme frund vil lieber myn
Du falt dich al fo valden:
Scham laß dyn gewate fyn,
1230 Den ordin denk tzu halden,


*Byfprochelyn.*

Vff daz daz byfprochelyn
Dir nicht tzu geben werde
Du haueft an dem tzegelchyn
Getzoûmet dyne pherde.
1235 Wer tzoumen wille gute pherd,


*Non ftudeas a cauda equo imponere frenum.*

Der mirke wol den aneûantz,
Daz er den tzoum nicht an den ftert
Stricke, da ym ift der fwantz.


*Entftrickunge der fexten rede.*

Auch wiffe daz dŷ rete,
1240 Dŷ fprechit van der fpife,
Had hij keyne ftete.
Daz ich alfus vortzife:
Dŷ fpife nympt [men] vmme daz,
Vurwar ich dir daz fagen wil,
1245 Daz fŷ den corper mache faz:
Abir der ubirften teylir fpil
Vmme daz dez fleißchis luft
Tzuwaffe vnde fich mere,
Vnde daz dŷ liebe blibe fruft

1250 Gecrenkit vnde nicht fere.
    Wa vmme fere hynckit,
    Dy gelichint van der fpife.
    Dỹ rede nicht enclynckit,
    Sam ichz dir bewife.

*Entſtrickunge der ſibeten rede.*

1255 Auch wirkit nicht daz argument
    Ez clymmit alz eyn webel,        (32 a)
    Daz der gebuwte fundament
    Lobte vor den gebel.
    Syeftu eyne fefte fchon,
1260 Du fỹ nicht durch ir fundament
    Pryfeft, fundir durch den chron,
    Dỹ tzŭn lufftin ift gewent.
    Men lobit ouch dy boumir tzart
    Durch ire frucht, vnde wolgeftalt
1265 Der telgen, dy tzŭm polle wart,
    Vnde nicht tzur erdin fijt geualt.

*Beſlieſſunge.*

    Sus meynich vnde ift alfo:
    Wer da wil daz ubirfte teyl,
    Der fal mit frouwen wefen fro,
1270 Dem ift befchert auch allez heyl;
    Y doch kan dir eyn heyl befcheyn,
    Du falt daz nydirfte nicht vurfman,
    Van fulchin frouwen alzich meyn,
    Doch laz daz ubirfte vore gan.

*Hij freget her dÿ vierten frage.*

1275 Ich neyk der werdin frouwen myn,
Ich dankte ir vff gutin wan,
Ich ſprach: frouw loſe mynen ſyn
Van eynem tzwifel, den ich han          (32 b)
Ghehat vor langen iaren,
1280 Vnde ſage mirs eyn vndirſcheyd,
Ich kundez ny irfaren
Da vm wil ich dir ſyn bereyd.

*Eyn fabula.*

Eyn fromir knabe vnſir art
Der wart in werbe vßgeſant.
1285 Tzu dem eyn etel frouwe tzart
In großir liebe waz gewant.
Alß her in dem werbe waz,
Wart her felſchlich bedichtit,
Da vm dy frouwe trurich ſaz.
1290 Syn ruchte wart vurnichtit,
So felſlich vnde ſo iemerlich
Vorſtorit wart ſyn gute nåm,
Daz ſyn dÿ frouwe ſchempte ſich.
Sÿ wart ym an dem hertzen gram,
1295 Doch waz her eyn vnſchuldiger man
Al der boſin falſchin ticht.
Her hatte auch nÿ ubiltan,
Her y gerecht waz vnde ſlicht.          (33 a)
Dÿ frouwe dachte an irem ſyn,
1300 Daz ſÿ durch ſyne ubiltat
Eyn andern wolde laßen yn
Tzur liebe an des knaben ſtat.

Sỹ vant gar tzoulich eynen man,
Den ẜ in ires hertzen ſcryn
1305 Begunde vele liebir han.
Sy ſprach: du biſt dỹ liebiſte myn.

Alß dit allez waz geſcheyn,
Do ſach men da den knaben
Van ſynem werbe alßich meyn
1310 Gar riſlich here traben.
Her ſnelle van ſich tete,
Do her kam an ſyne feſt,
Syn harnoſch vnde gerete.
Her leyff gar balde vngereſt
1315 Da her vant dỹ frouwen ſyn.
Sy gab ym nicht den alden gruß.
Sỹ ſprach: getzow dich ſuel van hyn,
Ich wil nicht me ſyn dyn genůß.
Iſt dir heyl geſcheyn tzu vorn,
1320 Da mid ge dyne ſtraßen,
Ich han eyn andir lieb gekorn,
Da vm muß ich dich laßen.        (33 b)

*Hij argueret her vor vnde wedir.*

Nu meynich werde konyngyn,
Ab ſỹ den erſte[n] ſolde lan
1325 Slichin vz irs hertzen ſcryn,
Synd her waz eyn vnſchuldig man.
Auch tete ny keyn miſſetat
Der ander, der waz gentzlich ſlecht.
Iz were gar eyn boſlich quad,
1330 Auch duchte mirs nicht weſen recht,
Daz ſỹ den ſolde laßen ſyn.

Wa vm ich nicht enrouwe,
Synd ich des in tzwifel byn
Vil fchone werde frouwe.

*Hij argueret her eyne ander rede.*

1335 Ich han iz gantz geloubin
Daz fy ir keyne mûge
Irer liebe beroubin,
Daz fament yn genûge.
Ließt fy den andern der ift flecht,
1340 Wy fal her kunnen tragen duld?
Der erfte der ift ie gerecht      (34 a)
Vnde ift gentzlich ane fchuld.

Ich weyz auch nicht gar eben wol,
Wy dy tzarte frouwe fyn
1345 Sich gerecht entfchuldigen zol,
Daß fy den andern ließe fyn.
Keyn frowe fynd ny lieb gewan,
Gentzlich wil ich loubin des,
An da fy getzockit han
1350 Der rechten liebe fpecies.

Auch kan nymand lieb gehan,
Dez dunket mynem fynne,
Daz fy frouwe edir man
Dy nicht der tzartin mynne
1355 Gute wille da twyngit tzu.
Wa vm ift nicht dy rede fchieb,
Daz dy frouwe fulle jo
Vurlaßin nicht daz lefte lieb.

Zal fy auch den erften lan,
1360 Daz ift eyn vngefoge fpot.

Selbwalt ift daz getan
Vnde ift auch kegn der mynnen bot,
Daz da fchon heruzher fpricht: (34 b)
Wer ift gentzlich ane fchuld,
1365 Den fal men jo berouben nicht
Sir liebe noch mit vnhuld.

*Hij berichtit yn dj konyngynne vnde lozit fyne rede.*

Entftrickunge der frage dyn,
Dy hanget me van willekor
Vnde willen gut des frowelyn,
1370 Dan van des gebotis bor
Der mynne, daz hij vore ftat.
Mir dunkit doch an mynem mût
Vnde were wol van myme rat,
Wŷ daz tzarte frouwichin gut
1375 Tete wol vnde tete recht,
Daz fŷ fich wedir gebe
Dem gutin fromin erftin knecht
Tzu eynem fteten liebe,
So vern alß fŷ begerlikeyd
1380 Der liebe tzu ym trage.

*Hij fregit her eyn cleyne fregelyn.*

Ich fprach: frowe mir befcheyd
Eyn andir cleyne frage:
Wŷ ab dan dŷ frowe keyn
Species der liebe
1385 Ab tzu male gar eyn cleyn (35 a)
Tzu dem erftin gebe?

### Entſtrickunge dez fregelyn.

Frunt daz wil ich ſagen dir,
Sprach tzu mir dẏ konyngyn,
Sẏ ſal twyngen ir begyr
1390 Mit großir macht vnde iren ſyn
Tzu heyzſchinde, daz ſẏ tzu vorn
Entfyng mid großir gyrlikeyd,
Vnde daz ir hertze hatte gekorn
Mid willen vnde begerlikeyd.
1395 Wente daz geboret
Tzu der hogen wiſheyd,
Daz eyner daz vurſtoret
Vnde tzoûlich wedirſeyd,
Da her in geerrit hat.
1400 Had her entvernet ichteſwaz,
Daz gebe her an dy ſelbin ſtat,
Da ez tzu dem erſten waz
Vnde dez endarb der ſelbe andir man,
Wil her redeligen ton,
1405 Nicht grymlich an ſyn hertze vån
Noch nemen an vor keynen hon.      (35 b)
Auch ſchadit iz ẏm nicht eyn ſcharṭ
Vnde iſt ym keyn ſchande nicht,
Daz her daz halde nicht tzu hart
1410 Daz einem andern iſt vurplicht.

Sicht aber dan daz frowelyn,
Daz ſy tzum erſtin [nicht en]kan
In liebe twyngin iren ſyn,
So daz dẏ liebe iſt vßgetan
1415 Irloſchin kegn den erſtin man,
Vnde daz an ir der mynnen geyſt

In liebe tzu ym nicht enreyſt;
So mag ſy wol den leſten han.
Went kore ſy den erſten man
1420 Vnde tetez nicht durch liebe nod,
Daz were vnredelich getan
Vnde were kegn der mynnen bod,
Daz da ſchon heruzher ſpricht:
Wer ſẏ gentzlich âne ſchuld,
1425 Den ſulle men beroubin nicht
Syner liebe mid vnhuld.

### Eyn rede weder dẏ konyngyn.

Nu mochtez du mir ſagen:　　　(36 a)
Daz dunkt mir vor den erſtin gan.
Ich wil nicht vorbaz fragen.

### Entſtrickunge der rede.

1430 Neyn! frunt du ſalt mirke han.
Vorſteen zal men nicht alle word
Sam men ſy beſcreben vynd,
Men zal nicht ylen vm den ord,
Wer weyz waz da ſchulit hynd.

### Wẏ men daz gebot zulle vurſten.

1435 Dit bot daz werdit ſus vorvult,
Sam ez auch beſcreben ſtat:
Wer iſt gentzlich ane ſchult,
Ab anders keyne ſache hat.
Nu hat dẏ frouwe ſache vil
1440 Kegn den erſtin knaben,

Synd daz ir geyſt ne kan noch wil
Yn gentzlich lieb gehaben.
Y doch get nicht den erſtin an
Dỹ ſache, her auch ny enließ,
1445 Y ir beger hat her getan,
Wa vmme mirke myn befließ:

*Befließunge.*

Ez mag nicht rechte vor ſich gan,
Daz ſỹ den erſtin laſſe.
Sỹ zal den leſten gantz vurſman          (36 b)
1450 Mid mogelichem haſſe.
Wol daz ir wille iſt gewant
Tzûm leſten mid gedanken,
Der erſte recht iſt doch bekant
Vnſchuldig ſundir wanken.
1455 Daz ny keyn frouwe lieb gewan,
Wol wil ich ſicher loubin des,
Ån da ſỹ getzockit han
Der rechtin liebe ſpecies.
Dỹ warheyd mûß ich melden.
1460 Waz ir will tzûm leſten kart,
Sal dez der erſte entgelden,
Dez hab ich werlich ny gelart.
Sprach men uff yn falſch gedicht,
Alßich daz vurnomen han,
1465 Doch was hers eyn vnſchuldig wicht,
Wa vm yn nicht enrurit an
Dỹ ſache, dỹ dỹ frouwe hat.
Da vm zal ym ſyn vnûorſeyd
Syner erſtin liebe ſtat,

1470 Dy her vor ſyn große leyd
Vnde vnſchuld ſal behalden.
Daz vindich ym hij vor eyn recht,        (37 a)
Fortuna wil ſyr walden,
Her blibin zal der mynnen knecht.
1475 Sus vindich auch der frouwen,
Daz ſŷ yn wedir halde lieb.

*Hij gyt dŷ konyngynne der frouwen eyne lare.*

Keme auch vnûorhouwen
Ein loſir falſchir boſir dieb,
Der loben vnde eren
1480 Begunde ſer dŷ frouwen tzart,
Vnde ſyn geruchte ſeren,
Vff daz (ſŷ) ſich tzu yme wart
Mid irer liebe kerte,
Mid fliße ſŷ dem wedirſte
1485 An hobiſchem geferte,
Sŷ ſpreche daz her heyme ge.
Wil her dan nicht abelan,
So ſpreche ſŷ gar ſnelle:
Eym andern byn ich vndirtan
1490 In liebe, trut geſelle.
Ich bin mir ſelber mechtig nicht
Ich habe mich vurſtrickit
Eynem vnde gantz vurplicht,
Dŷ mir nicht felſchlich nickit.
1495 Des knaben wort vnde auch geſtalt      (37 b)
Sal daz ſelbe frouwelyn
Vnde ſyn geferte myd gewalt
Trybin vz irs hertzen ſcryn.

Sẏ zal ſẏ van ir trybin
1500 Vnde nicht an yn gedenken,
So kan da nicht beclibin
Syn liebe, die da crenken
Mochte gar gerynge
Des erſtin knaben liebe,
1505 Wan tzu ſulchem dynge
Sich dẏ frouwe gebe.

*Hij fregit her dẏ vunften frage.*

Wol kanſtûz nicht genyeßin,
Sprach ich du werde keyſaryn,
Doch laß dirs nicht vurdryeßin,
1510 Enpynd mir noch eyn fregelyn:
Eyn man yn liebe waz vndirtan
Eyner tzartin frouwen gut,
Dẏ waz tzu eyner andern gan.
Y doch begerte ny ſyn mût,
1515 Daß her wolde laßen
Dẏ erſtin vnde dẏ leſten han;          (38 a)
Ab yn da vmme haßen
Dẏ erſte zal vnde abelan.

*Eyn rede.*

Ich meynez in geloubin
1520 Waz her ſo nicht gangen vz,
Sẏ ſulle yn nicht beroubin,
Her ſulle blibin werd tzu hus.
Dẏ warheyd ich wil melden:
Den knaben zal daz frowelyn

1525 Ser ſtrafyn vnde ſchelden,
Daz daz ſẙ da vor ſyn pyn.
Der knabe nicht had groſſe schuld,
Dez dunkit myme ſynne,
Wa vm dẙ frouwe habe duld
1530 Mid ym an ſyner mynne.

*Hij berichtit yn dẙ konyngynne.*

Daz dunkit mir keyn tzwifel ſyn,
Synd eyn r e g e l offinbar
Der mynne, ſprach dẙ konyngyn,
Lernet ſchone vnde clar,
1535 D a z eyn lieb dem andern zal
Halden ſtete kuſcheyd,
Sam ſcreben iſt an vnſem zaal;
Went kuſcheyd iſt der mynnen cleyd. (38 b)
Wa vmme dunkt mirs redelich
1540 Daz yn mag wol vurlaſſen
Dẙ erſte frouwe mynnyglich
Van liebe vnde haſſen;
Daz ſprechich van des botes recht.
Y doch tzempt wol der frouwen gut,
1545 Ab ſẙ wil tzu· eynem knecht,
Yn entfa, vnde iren můt
Meſſige, vnde habe duld.
Had her wol gebrochin,
Sẙ vergebem ſyne ſchuld;
1550 Sẙ had ſich wol gerochin.
Daz mirke wẙ ichz meyne:
Went wer der knabe alſo getan,
Daz her hette keyne

Ruwe, vnde nicht enhan
1555 Wolde kegn daz frouwelin
Vmme ſyne miſſetat,
So zal her io vurſchobin ſyn
Van liebe an der boſen ſtat.

*Hij fregit her dy ſextin frage.*

Nu meynich, ab den knaben
1560 Dẏ frouwe ließe wedir yn,
Ab ſẏ da vmme haben              (39 a)
Lob zal van andern frouwen fyn?

*Hij berichtit yn dy konyngynne.*

Ich rate allen frouwen gut,
Daz ſẏ nicht liebe aneuan
1565 Mid menren, dẏ ſo felſlich tut;
Der liebe ſullen ſẏ vurſman.
Wer nûwe liebe aneuat
Vnde ſich in hertzen nicht enſchempt,
Daz er gekuſt vnde liebit had
1570 Eyn ander wib, daz nicht ym tzempt,
Vnde vz ſynem ſynne kart
Dẏ froyde vnde ere,
Dẏ ym ſyn liebe frouwe tzart
Bewiſete flißlich ſere:
1575 Der iſt nicht ſicher liebe wert,
Ich ſettze yn an den vbirſtin grad
Frouw ſchanden, her ſẏ gantz entert,
Her plantze an der boben ſtad.
Ich neweyz waz in der werld hij

1580 Eyme gegeben werden
Mochte, daz annamer ſy
Vor alle luſt uff erdin, (39 b)
Dan ſchoner frouwen gutir art
Liebe kunnen walden haben.
1585 Daz iſt eyn lieblich luſtlich tzart
Gab, ebn allen gaben.

### Beſließunge.

Synd daz dẏ hoen werdikeyd
Der knabe nicht betrachtit,
Dez ſal ym liebe ſyn vurſeyd
1590 Der frouwen vnde vurachtit.

### Hij git ſẏ ym eyne lare.

Nu wiſſe frunt vil liebir myn:
Weyz dẏ frouw den knaben
Durch ſyne ſchulde tragen pyn,
So daz her wolde haben
1595 Lieb wedir vnde fruntſchaft,
Dẏ her mid ſchuld vurloren hat, —
Doch ſelden werdit da behaft
Liebe dẏ geloſchin ſtat —;

Der frouwen wil ich raten daz,
1600 Daz ſẏ zal iren willen
Helen vûr den knaben baz,
Irs hertzen gedanken ſtillen.
Sẏ zal ſich ym bewiſen ſo,
Daz ſy durch ſyn trubikeyd
1605 Nicht in hertzen ſẏ vnfro

Vnde nicht entrage trubis cleyd. (40 a)
Syet ſy auch den knaben gen
Flißlich an ir nackebur,
Sÿ zal ſich vz dem wege tzeen,
1610 Noch ſtén noch ſittzen an der tûr.
Syet ſÿ daz dÿ ergenant
Knabe nicht wil abelan,
Daz ſÿn ſyn iſt ſo gewant,
Daz her ſÿ mûß lieb gehan;
1615 Iſt ſÿ dan auch ſo gewant,
Daz ſÿ van ym nicht laßin kan;
So zal (ſÿ) cluchlich dan tzü hant
Keſen eynen andern man
Vnde haben in gedanken:
1620 Ach mochteſtu yn vmmeûan
Mid armen vmmelanken!
Da mid dÿ frouw vorgeßit bald
Luſt, ſpil, vnde frolykeyd
Des knaben vnde ſyn geſtalt;
1625 Syn liebe werdit kart in leyd.
Luſt, wille, alle vorgeſpil,
Dÿ ſÿ mid großir girlikeyd
Tzûm knaben hatte me dan vil,
Dÿ tzeen ſêr in fremdikeyd. (40 b)
1630 Dÿ frouwe wiſlich vnde recht
Tut ſam ichiz merke,
Daz ſÿ den ergenanten knecht
Nicht nympt tzur liebe werke,
Vnde achtit ſulcher liebe nicht.
1635 Went an ſulchem wynde
Der ancker, da her hynne wicht,
Nicht kumpt, daz men yn vynde

By obir vnde grunde,
Da her nach wunſchin waz gedacht.
1640 Wa ſenkin ſich begunde
Liebe, da nicht wider macht
Sy gentzlich haben kunde.

*Hij lernet ſÿ dÿ frouwen.*

Mid fliße ſich bewaren
Sullen alle frouwen gud.
1645 Sy ſullen in irfaren
Den ſy vaßin an den můd,
Daz ſÿ (ſich) nicht vorpyndin
In liebe ſulchin mennen,
Van den ir froyde ſwyndin,
1650 Dÿ men phlit loz tzu nennen.
Van den kumpt alle trubikeyd
Vnde liden groß ån ende
Vnde vngemeßin iemerikeyd,            (41 a)
Leyd, ſorge vnde ſende.

1655 Y reynen werden frouwen
Flet vnſtete ſam vorgift;
Y ſult yn wol beſcouwen,
An den ir ſettzit der mynnen ſtifft.
Mirkit eben wer her ſÿ,
1660 Den ir laßin an v tur.
Iſt her eygen˜, iſt her fry,
Dez fregit erſt dÿ nackebůr.
Mirkit ſyn geferte gantz,
Daz iz uch nicht enruwe.
1665 Mirkit wol den aneůantz;

Ab her auch ſchande ſcůwe,
Ab her ſÿ eyn trugener,
Da vor ſoltir vch huten.
Volgit eben myner ler,

1670 Mirkit wen ir truten.
Ab her mirke vnůormelt,
Ab her auch eyn romer ſÿ,
Ir ſult nicht laſſin vngetzelt
Allez, daz ym wonet bÿ.

1675 Hij an ſijt ir gepryſit.          (41 b)
Siet wem ir getruwen.
Men uch vorn ſchaden wyſit.
Nachtlage iſt wibe ruwen.
Tut nicht ſam der tutiſchman,

1680 Der, wan ym ſchade iſt geſcheyn,
Cluchlich, wyſlich reden kan.
Her ſpricht, der ſchade were keyn,
Hettich mich da vor gewart.
Tut aber ſam der wale

1685 Vnde der cluche lombart,
Dÿ prubin vor in hale,
Waz yn tzu ſchaden komen mach;
Sam wiſen vz dÿ tzilen tzwe,
Dÿ hij ſten geſcreben nach,

1690 Dy ir ſult merken ſundir fle:

Vor lombard råt kan,
Wål in tat, nach prubit alman.

Des abendes merke
Des tzukommenden tages werke.

1695 Wa vm y frouwen ſiet tzu vorn,
Flet dÿ loſin falfchin man,

Siet .wen ir han vßirkorn
Des abendes uff des tages ban.

Vil menner frouwen gunſt begern,
1700 Alleyn durch fleyſlich luſtlikeyd.
Y doch ſẙ duſind eyde ſwern,
Sẙ meynens al uff fromikeyd. (42 a)

Frouwen gûnſt ir auch eyn teyl
Begern eyne durch iren baach,
1705 Vff daz ander frouwen geyl
An yn lob han vnde gantz behaach.

Eyn teyl auch reyner frouwen tzucht
Mid lynden ſußin wordin,
Wan ſẙ han irs willen frucht,
1710 In ere dieblich mordin.
Wan dan dẙ falſchen menner ſeyn,
Daz ir wille iſt gegan,
Gar balde ſẙ tzu rugke flen
Vnde houwen loſlich obirſpan.
1715 So ſicht men wẙ ſẙ ſijt geweſt.
Begallit by dem hertzen,
Da vynt men eyn beſchiſſin neſt
Vff eyner vûlen ertzen.
Waz ſẙ vor bedeckit han
1720 An irem dubbeldin hertzen,
Daz ſicht men dan heruzher gan.
So get iz uz dem ſchertzen.
Da nach dẙ lieben, armen,
Eyntfaldigen, ſlechtin frouwen
1725 Han leytlich totlich karmen,
Wan ſẙ daz an yn ſchouwen. (42 b)

*Dy fibete frage, wy eyner zal dy liebe bewaren.*

Nv fage mir hoe keyfaryn,
Wy̆ eyner fal bewaren
Dy̆ liebe faft der frouwen fyn?
1730 Des kŭndich ny irfaren;
So daz fy̆ nicht enpynde fich,
Daz fage mir trut frouwe.
Berichte mir, des biddich dich,
Ich anders nicht enrouwe.

*Hij berichtit yn dy konyngynne.*

1735 Du falt dich da an pryfen
Had dyn liebichin trubikeyd
So faltu dir bewifen,
Daz dirs fy van hertzen leyd.
Mid arbet vnde fromikeyd
1740 Saltu dich da nach ftellen,
Daz fy̆ irhafche froyden cleyd.
Ir trŭren faltu ŭellen

Folgit auch der frouwen dyn
Aremot myd kummer,
1745 Eyn vngehure du mir fyn
Duchtift vnde eyn tummer,
Daz du dan ir hulffe keyn
Teteft bald nach dyner macht.                (43 a)
Went des andern liebichin eyn
1750 In notin zal hoch habin acht,
Vnde in allem leyde
Ym gentzlich mete liden.
Auch faltu zyn bereyde
Dyn lieb gar dicke myden.

1755 Ir geheyß mid willen
Denk tzu halden alle tzijt,
Ir vngemote ſtillen,
Ir tzorn ir bot gar duldig lijt.

*Eyn lare, wer ſyn lieb irtzornet had.*

Haſtu gebrochin ane vâr,
1760 So daz du ſỹ irtzornet haſt,
So volge balde myner lâr
Dỹ hij nach iſt ſcreben faſt.
Beſcheldit dich dỹ frouwe dyn,
Daz du boſlich haſt getan,
1765 Daz ſettze an dynes hertzen ſcryn;
Gedenk wỹ du dirs wilt entſlan.
Mid rotem angeſichte
Dich ſchuldig geb mid großem ſcham,
Doch daz du getichte
1770 Haſt getan gantz ſundir ram,
Vnde daz du wilt der frouwen tzorn
Gerne liden mid geduld,
Synd du gebrochin haſt tzuvorn
Vnde gentzlich kegn ſỹ vorſchuld.    (43·b)
1775 Tuſtu daz gerade,
Keyn frouwe kan ſo tzornik ſyn,
Begerſtu irer gnade,
Sỹ git ſỹ dir mid troſtis ſchyn.
Auch wil ich dir bedutin
1780 Du ſalt dyn lieb nicht lobin vil
Wa du biſt mang den lutin.
Vurwar ich dir daz ſagen wil:

Wer da fprechit vele word
Van fyme liebe tzallir ftund,
1785 Daz mirken dan dẙ nyder vord,
Da van dẙ liebe wirt gewund.
Went wan fich offinbaret
Tzwier lieben mynne,
Dẙ liebe lang nicht waret
1790 Da daz nym tzu fynne.
Sieftu auch dyn liebichin war,
So hote dich vor wenken,
Sittzen an der frouwen fchar,
Wiltu nicht liebe crenken.

1795 Biftu auch der fchare by,
So ftelle dich gerechte,
Ab dir dẙ frouwe fremde fẙ,
Ab ymand ir gedechte. (44 a)
Seyd men gutis waz van ir,
1800 Daz nym an dyne merke;
Daz bofe nicht behalde dir,
Gedenk an ire werke.

Dv falt nicht vbin dynen gang
An dynes liebes ftraßin,
1805 Den gar felden obirlang;
Daz mag dir zere baßin.
Wiltu fyn eyn fromir helt,
So halt dynes ganges ftur.
Wiltu blibin vnûormelt,
1810 Ge nicht vil an dẙ nackebur.
Dyn getzirde mid gewat
Daz faltu han behegelich,
So daz iz nicht fy obir ftât.

Formere dich auch meßichlich.
1815 Wer ſich tzu zer vßwiſit
Mid ſyner ſtoltzin tzirde,
Der werdit miſgepryſit,
Her werbit vil vnwirde.

Wiltu auch der liebe ſtât
1820 Berwaren werdichliche,
So wes milde obir grad,
Daz men dir nicht geliche.          (44 b)
Wer frouwen wille lieb gehan
Der zal nicht ylen vffe gud,
1825 Richetûm zal her vurſman
Vnde gebn ez den, der da lut
Schryen vnde behobich ſyn.
Went ſam ichz geprubit han
Vil dick an mynes hertzen ſcryn,
1830 Wer da had getzogen an
Dŷ tugent hoch der mildikeyt,
Dŷ iſt geprubit vnde gemerkt,
An dem iſt gantz dŷ lieb bewerkt.

Iſt eyner from, werd vnde gut,
1835 Nympt her an ſich gyrikeyd,
Des werdit her tzu male but.

Wŷ große boſheyd eyner treyt,
Had her daz getzirde
Der mildikeyt getzogen an,
1840 So krygit her wol wirde
Der tzarten frouwen vnde man.

Iſt eyner auch alſo getacht
Daz her ſtritin kemphin kan,
Vnde trybin ſigefacht,

1845 Der zal da nach ſyn beſtan,
Daz ſyn ſtoltze menlikeyd      (45 a)
Allen werde offinbar.
Wente dan ſyn fromikeyd
Keyn frochtiger geſtrafyn tar.

1850 Auch zaltu bereyte ſyn
Tzu dienſte vnde tzu willen
Allen werdin frouwen fyn;
Dyn leyt ſÿ dir wol ſtillen.

Wez otmodich vnde ſlecht,
1855 So biſtu lieb der frouwen dyn;
Homod zal dir ſyn vůrſecht,
Werff van dir dÿ wurtzil ſyn.

Eym itſligen bewiſe ſo
Dich, wan her denke dyner werk,
1860 Daz her ſÿ frolich pryſe io,
Vnde wer ſÿ neme an dÿ merk,
Nicht hôre mid vurdrieße.
Dyn tat auch alſo faße,
Daz men ſÿ nicht vurſtieße
1865 Vnde keynewiſe haße.

Mid gutin ſetin hobiſkeyd
Saltu vbin alle tzijt,
Vnde allez, daz ir lare ſeyd,
Dez ſaltu habin keynen mijt.

1870 Luſt fußikeyt der mynnen ſpil
Nicht ube obir maße,      (45 b)
Me dan dyn tzart frouwe wil;
Nach ir da mid dich faße.

Alle werk dyns lichenham
1875 Vnde geferte, dÿ du weyſt,

Daz ſỹ dyn liebe ſijt annam,
Mid fliße ſiſtu da tzu reyſt.

Der paffe nicht ſal leyen cleyd
Noch leye peffichlich habijt
1880 Tragen, went iz allez leyd
Gebit, vnde nicht dan mijt.
Went nymand wol behagen kan
Syme liebichin vßirkorn,
Wer tzeet fremde cleydir an;
1885 Wa vm wernich dich tzuvorn.

Tzûn gutin ſaltu roche han,
Tzu yn ſaltu dich halden,
Dỹ bozen lute gantz vurſman,
Gelugke zal dyn walden.
1890 Fluch verne boſe geſellen,
Daz gebich dir vor gutin rat;
Sỹ dyne froyde vellen,
Sỹ machin dich dym liebe vurſmat;
Auch werdeſtu dir ſelber gram.

1895 Fluch auch alle ubitat.                    (46 a)
Nym vor dyn gewate ſcham,
Auch ez dir nymmer ubil gad.
Du wareſt wol dỹ liebe dyn,
Wiltu an dỹ gebote ſeen,
1900 Dỹ by dem boch des ſales myn
Vnde hij vorn geſcrebin ſten.

Vele gutir laren,
Dỹ ſich hij wol dreffin tzu,
Du ſelber ſalt irfaren;
1905 Sus ſy dyn tzwifel uz der dru.

*Dȳ achtede frage, wȳ dȳ liebe ſich merit vnde*
*waſſit.*

Vil werde konyngynne
Ich byn in tzwifel zere,
Wȳ dȳ ware mynne
Waſſe vnde ſich mere?


*Hij yn berichtit dȳ konyngynne.*

1910 Myn liebir frund dȳ liebe dan
Waſſit vnde meret ſich,
Wan ir geſpil tzwe lieben han
Gar ſeltßin vnde ſwerlich,
Vnde obirlang mid forchtin ſeen
1915 Sich lieblich mid den ougen;
Sus waſſit meret alßich meyn
Dȳ liebe ſich gar tougen.
Wa tzwe mid großem frochtin          (46 b)
Ir liebe han vnde mid getwang,
1920 Da had dȳ liebe gefochtin
Sȳ weſſit girlich vnde lang.

Dan weſſit auch dȳ liebe ſẽr,
Wan der tzwier liebechin eyn
Wyſet tzornik vnde êr
1925 Sich dem andern alßich meyn.
Went ir eyner dan tzu hand
Frochtit, daz dez andern ſyn
Van tzorne werde nicht gewant,
Daz wer ym ſchedelich gewyn.
1930 Auch weſſit ſȳ wan daz geſchicht,
Daz dȳ liebe weret dar,
Dez ich doch geloube nicht,

Wa ſÿ werdit offinbar.
Went ez iſt eyn ſeltßin vuud,
1935 Daz liebe wille bliben dar
Virpunden gantz vnd vnvorwund,
Wa ſÿ iſt wordin offinbar.

Haſtu van dem liebe dyn
Liebliger ſußin dromer vil,
1940 Dez frouwit ſich dyns hertzen ſcryn,
Dy liebe da van waſſen wil.　　　　　(47 a)
Tuſtu ſÿ dyme liebe kund,
Syn hertze vnde ſynne
Werdin gantz da van gewund
1945 In rechtir großen mynne.

Begynt men auch tzu leyden
Dir dyn tzartez liebichin,
Ich redez by myn eyden,
Daz meret ſer dÿ liebe dyn.

1950 Sieſtu auch ein andern man
Dyn liebichin mid armen
Tzuchtichligen vmmeuan,
So haſtu ſwere karmen.
Liebir ſelbin du daz ſpil
1955 Woldeſt trybin dan tzu hand,
Da mid dyn liebe altzu vil
Tzu dyme liebe wirt gewant.
Y doch ſo wil ich lernen dir,
Du ſalt dez nicht gehaßen,
1960 Du neſalt auch dyn begir
Gentzlich da tzu faßen.

Ab dir dyn lieb entwandert,
Da wirt vurmerit mete

Dy liebe, vnde ſich vurandert (47 b)
1965 Van heym in ander ſtete.

Straffunge mid wordin hart
Dyner frunde van gebort,
Daz du nicht ubiſt liebe tzart,
Dẙ liebe girlich meren vort.
1970 Mirke cluglich mynen ſyn.
Dyner eldern ſlege ſcheldewort
Der liebe geben eyn begyn,
Da erſt ny liebe waz gehort.

Auch ſtetichlige danken
1975 In gantzer lebe entfangen,
Dẙ kunnen liebe lanken
Vnd tůn dich ſere bangen.

Mid frochtin heymlich ougenblik
Dyner allirliebiſten trut,
1980 Da tzu eyn lieblich luſtlich nyk
Dẙ liebe machtit me dan gut.

Dich auch tzu großir liebe treyt
Schattzunge der liebe werk
Entfangen gantz in girlikeyt.
1985 Daz habe wol an dyner merk;
Went nympſtu ſpil, luſt, frolikeyt
Van dyme liebe mid getwang, (48 a)
Daz machit dir begerlikeyt
Tzur liebe vnde werit lang.

1990 Gut geferte, behegelich gang,
Dẙ du tuſt kegn dym genoß
Dir irwerbin habedang
Vnde machin dyne liebe groß.

Haftu fchone fprache
1995 Vnde fuße wordir,
Dinr liebe ez ift eyn fache,
Ez machit liebe vordir.

Horftu dyn liebichin loben
In woltat mid gerechte gut,
2000 Daz tut gar grofflich toben
In bernendir liebe dynen mut.

Noch fijt vele fache mer
Dẏ du felber wol irfarft
Dẏ dẏ liebe oychin feer,
2005 Iz daz du myne lare warft
Dẏ hij vorn gefcrebin ftat.

*Dẏ nvnde, wẏ fich dẏ liebe mynnert.*

Ach etele frouwe mynnynglich
Ich gerne volge dynen rat
Sage wẏ dẏ liebe fich
2010 Mynre vnde crenke,                    (48 b)
Abewaffe vnde vurge,
Synt ich da an gedenke
Vnde hoch in tzwifel fte.

*Hij bericht yn dẏ konyngynne.*

Myn frund ich dirs fagen wil,
2015 Haftu mid dem liebe dyn
Seltfchafft vnde fpil tzu vil,
Daz crenket fer dẏ liebe hyn.
Wer auch tzu vil nach willen
Syn tzartis liebichin angeficht,

2020 Da will nicht lange quillen
Dỹ liebe, ſỹ wirt da tzu nicht.

Wer auch had tzu vele tzijt
Mid ſyme liebe tzuſprechin,
Der muß ſyr liebe werdin quid
2025 Vngerne vnde vurſechin.

Wer ubit auch vnmeßichlich
Syn gewat vnde ſynen gang,
Dez zaltu loubin ſicherlich,
Daz da nicht werit liebe lang.

2030 Wem auch tzu bald entwichit
Daz gud, ich dir daz ſagen wil,
Dỹ liebe van ym ſlichit                    (49 a)
Gar heymelichen ſundir gil.

Dỹ liebe in großir armot
2035 Enthalden, wirt vurſtorit gar
Van danken irer ſwynden not,
Daz ſỹ nicht kan nemen war
Der mynnen ſpil ſam ſỹ vorn.
Nicht recht tut ſỹ ir ire plicht,

2040 Da by geprubit vnde gekorn
Wird ſyn leben vnde gericht
Van allen vnde gantz vurſmat
Her had allir lute haß;
Her nymanden tzu frunden had,

2045 Syn armot der machit daz.

Went biſtu riche, ſo tzelleſtu vele
frunde;

Biſtu ellende, vurarmet, ich abewende
Mich van dir ſnelle, ſus haſtu groß
vngeuelle.

Dẏ liebe ſich auch crenkit,
2050 Wan dyn tzartis liebichin
Sicht, daz nydirſenkit
Wirt daz gute geruchte dyn.

Wer quad geferte an ſich had,
Gyrikeyt, vnfromikeyt,
2055 By deme nicht dẏ liebe ſtat,
Gar ſnelle ſẏ ſich vam ym treyt.     (49 b)

Wer ſich auch gemengit
Had tzu andern frouwen,
Bẏ dem nicht liebe tzengit
2060 Vnde wil nicht by ym rouwen.
Wol daz ſyn begerlikeyt
Tzu den frouwen nicht enſy,
Y doch wirt ym dẏ lebe vurſeyt,
Sẏ wil ym nicht leng wonen by.

2065 Irkennet auch dẏ frouwen dyn
Dich torlich vnvorſichtich,
Sẏ wil van dir geſcheyden ſyn,
Dẏ liebe ſnel da endit ſich.

Wer da ubir maßen
2070 Heyßchit auch der mynnen ſpil,
Den wil dẏ liebe haßen,
Went hers machit altzu vil.

Wer auch nicht wil bedenken
Sẏner lieben frouwen ſcham,
2075 Vnde ſich alſo gelenken,
Daz hers getan hab gantz mid ram:
Der zal vurſtoßin blybin
Van liebe ſyner frouwen werd,
An ym zal nicht beclybin

2080 Liebe, went her lafters gerd. (50 a)
Pyn, truren, liden vbir tzal
Wer lieb wil han mid truwen
Gentzlich liebir dulden zal,
Dan daz her wille bruwen
2085 Syr frouwen fcham mid fchanden
Durch fyn beger vnd fyne luft
Mid fulchin fnoden phanden.
Dy frow hat rote vnde fruft
Durch fyns fpeles froyde cleyn.
2090 Wer fich da tzu wil reyßin,
Der zal nicht fyn der mynner eyn,
Ein fchendir zal her heyßin.
Wer durch fynen cleynen fromen
Syns liebis fchadin nicht enfpart,
2095 Der gebour zal numme komen
Tzu fchonen frouwen gutir art.

Wer auch in kamphe frochtin treyt
In manheyd fynes libes crafft,
Wirt daz fyme liebe feyd,
2100 So blibit fyn liebe vnbehafft.

Wan auch dyn liebe frouwe ficht
Daz du bift alfo geracht,
Daz du dult kanft tragen nicht, (50 b)
So wirt dyn liebe nydirlacht.

2105 Auch liebe hynnen treckit,
Wan dich mid großir hofart
Dyn frouwe fiet befleckit.
Went·frouwen ny dyng liebir wart
Dan eyn man der an fich treyt
2110 Gewate, daz genennet ift

Ornat der otmodikeyt.
Wa vm fluch hofart fundir frift.

Wer claffit torlich ydel wort
Kegn fynes hertzen trut,
2115 Da van dỹ liebe wirt vurftort.
Velen lutin dunkit gut,
Dỹ willen fich fo pryfen,
Wan fỹ eyns gekomen fyn
Tzu iren liebin Amyfen,
2120 So ift gentzlich ire fyn
Daz fỹ fprechin bolen word
Vnde wundirs altzu vil,
Daz tzur bolerye hord.
Vornym waz ich dir fagen wil:
2125 Sỹ meynen, daz fỹ liebin fich
Da mete iren frouwen, (51 a)
Daz trugit fỹ gar wundirlich
Daz mag men an yn fchouwen.

Wer da befchymphit gotis macht
2130 Vnde fyner heyligen vßirwelt
Vnde fyne geyftligen acht,
Van dem dỹ liebe fere felt.

Wer auch den armen lutin
Syn almofen entrugkit,
2135 Dỹ frouwen yn nicht trutin,
Syn liebe nicht gelugkit.

Auch machit diephe wunden,
Wa vndir tzwen gefellen
Vntruwe wirt gevunden;
2140 Dỹ liebe kan ez vellen.

Wer ſyme liebe redet waz
Vnde meynt dez mit dem hertzen nicht,
Der irwerbit großin haz
Vnde iſt eyn falſchir bozir wicht.

2145 Wer me dan ſich (ge)tzemet
Sammelt obirmeßich gud,
Dez liebe wirt gelemet.

Wer ſich auch tzu kamphe tut
Vmb cleyne dyng, ab ſchymfilword,
2150 Sam ich iz mich vurſynne,              (51 b)
An dem iſt liebe nicht behord.
Suſt mynnert ſich dÿ mynne.

Auch ſijt vele ſache mer,
Dÿ du ſelbir wol irfarſt,
2155 Dÿ dÿ liebe mynneren ſer,
Wan du myne bote warſt.

Doch wiße myn vil liebir kynd
Dÿ liebe da nicht waret,
Wa ſÿ mynren ſich begynd,
2160 Daz han ich wol gelaret.
Men kome ir dan gar balde
Mid großir arcedye
Tzu hulffe, dÿ ir walde,
Da ſÿ ſich van vurnye.

*Dÿ tzeende wÿ dÿ liebe endige ſich.*

2165 Nu ſage mir frouwe mynnyglich,
Vil etele, ſchone frouwe,
Wÿ dÿ liebe endige ſich,
Ich andirs nicht enrouwe.

*Hij berichtit yn dyſ konyngynne.*

Ez daz dyn liebichin da nach ſtat,

2170 Daz ez dir tzu brechin wil

Geloubin, ab tzubrochin hat,

Da endigit ſȳ ſich me dan vil. (52 a)

Vynt men tzwier liebichin eyn

In geloubin erren

2175 Der cryſtenheyt, da wil keyn

Liebe lange werren.

Auch endigit ſich dȳ liebe dar,

Wa ſȳ mang den lutin flucht,

Vnde iſt worden offinbar,

2180 Da wil ſȳ haben keyne frucht.

Wan auch dyn liebichin lidet

Armot mid großir nôt,

Vnde ſich dan nicht entwidit

Dyn butil, vnde hulffe tût,

2185 Da van dȳ liebe endigit ſich,

Sȳ ſlichit heymwart altzuhant

Vurgeßlich vnde vnwerdiglich,

Sȳ verne wirt van dir gewant.

Auch haſtu eynen nvwen

2190 Frund in liebe vſȝirkorn,

Da van gar ſere gruwen

Begynnet dyme liebe tzu vorn.

Sus endigit ſich dȳ liebe dyn,

Went nymand zal vnde nicht nekan

2195 In liebe tzwen vurpunden zyn, (52 b)

Sam ich auch erſt geſprochin han.

Auch liebe nicht wil ſchertzen

Mid trugenhafften, vngelich,

Loß, falſchin, dubbelden hertzen,
2200 Dẙ wil ſẙ haßin ewiglich.
Went alle gute frouwen fyn
Sullen loze falſche man
Nicht tzur liebe laßen in,
Heßlich gentzlich ſẙ vurſman.
2205 Wẙ wiſ, wẙ from, wẙ ſchon eyn ſẙ,
Iſt her tzu boſir lieb gekart,
Der mynnen hobe her nicht bẙ
Wonen zal, ym zal auch hart
An der mynnen hobe
2210 Tzucht vnde ere ſyn vurſeyt,
Vnde gentzlich vz dem lobe
Der werdin frouwen ſyn geueyt.
Went wa liebe huſen zol
Vndir tzwen getruwen,
2215 Da muß eyn dem andern wol
Geloubin ane ruwen.
Auch dẙ rechte mynne
Suchit tzwe, dẙ gentzlich eyn
In willen ſijt mid ſynne,
2220 Andirs wil ſẙ haben keyn          (53 a)
Geloube mid eyndrachtikeyt,
Dẙ tzwe der mynne fotirs ſynt;
All liebe iſt an ſẙ geleyt,
Sam men wol beſcreben vynd.
2225 Auch tzockit ſer dẙ liebe hyn,
Wan men eyme andern man
Dyn lieb tzur echtſchafft bryngit yn,
Dẙ liebe da nicht weren kan.
Du zalt dich da nach valden,
2230 Daz du nicht dem liebe dyn

Echtſcafft redeſt tzu halden;
Dẙ liebe anders ſlichit hyn.

Vurliezit tzwier liebichin eyn
Venusmacht vnde ire werk,
2235 Da kan bliben liebe keyn,
Daz nym wol an dyne merk.

Noch ſijt vele ſache mer,
Dẙ du ſelbir zalt irſarn,
Dẙ dẙ liebe endigen ſer,
2240 Wiltu der mynnen bote warn.

*Eyn ſubirlich fregelin.*

Nu ſage mir hoge konyngyn,
Wa liebe gantz geendigit iſt,
Kan ſẙ da widir komen in?
Ich meyne, wa genomen                    (53 b)
2245 Had liebe iren ende gantz,
Da kunne ſẙ nicht komen
Frolich wedir an den tantz.

*Berichtunge dez fregelin.*

Had dich dyn lieb vurlaßen
Vurechtlich ane wiſchafft,
2250 Daz mag dir ſere baßen,
Daz liebe wird an dir behafft
Wedir, vndir iren ſtat
Frolich wedir krygit.
Men kumpt daz van dir miſſetat,
2255 Sẙ nicht me tzu dir wrygit.

Kumpt daz auch van vnmacht
Vnde broche der nature,
Dez hanich nv noch ny gedacht,
Daz da dỹ liebe dure.
2260 Doch ift daz nicht vnmogelich,
Daz liebe wedir kome dar.
Ich fage dir doch ficherlich
Vnde ift in geloubin war,
Mirkeftu den anevantz,
2265 Wa fullich liebe wedirkumpt,
Sỹ wirdit rechtlich nummer gantz,
Altzijt fỹ nyckit vnde grumpt.          (54 a)

*Dỹ elfte, wỹ eyner fyn lieb irfaren zal?*

In tzwifel byn ich noch gewant
Vil fchone frowe mynnyglich,
2270 Den laß mir werdin fnel irkant,
Myn troft myn heyl, des biddich dich.
Synt daz dỹ rechte mynne
Suchit tzwe, dỹ gentzlich eyn
In willen fijt mid fynne,
2275 Vnde wil haben andirs keyn;
Synt ez auch not vnde nûtze ift,
Daz eyner kuntlich ynne,
Wỹ fte fynes liebis lift
Vnde wỹ ym fỹ tzu fynne;
2280 Ab geloube an ym fy,
Ab fyn fyne wordir faft,
Lerne mich wa ich daz bỹ
Kennen zal, ich byns eyn gaft.
Ab myn lieb mich habe lieb,

2285 Dez byn ich gar eyn tummer wicht,
Ab ſÿ mir halde truwe ſchieb,
Dez weyß ich werlich gentzlich nicht.

*Hij berichtit yn dÿ konyngynne.*

Wiltu mynen laren
Volgen myn vil liebir frund, (54 b)
2290 Du ſalt ez wol irfaren,
Ez ſal dir wol werden kund.

Wan ſich dyn liebichin pryſit
Vnde falſch gehyndir ſuchit,
Loz vmmetzoge dir wyſit,
2295 Der liebe ſy gefluchit.
Wan du ſieſt alſulche dyng
.An dyme liebe ſchulen,
So wende dich van ym geryng,
Dyn liebe wil vurvulen.

2300 Bewiſit ſich dyn liebichin trach
In gebende der mynnen ſpil
Dir, ſam ſÿ gyrlich vore plach,
Dÿ liebe da nicht blibin wil.

Wan ſich dyn liebichin abetzeet,
2305 Dez ez tzuvorn nicht enphlach,
Vnde dich vngerne angeſiet,
Vurwar da iſt dÿ liebe ſwach.

Tut ſÿ dir kund mid boten
Dÿ liebe, tzwar ſÿ ſchuwit dich,
2310 Dÿ liebe wirt tzuſchroten
Da, dez loube ſicherlich.
Kumpt auch ir gebote nicht (55 a)
Vnde ſeyt dyr gutis waz van ir,

Kegn dir ift worden flicht
2315 Vnde gelofchin ir begyr.

Tvn auch ir getruwen
Boten, ab fÿ dir fromde fyn
Vnde dyn antlitße fchuwen,
Eynen andern hat fÿ laßen yn.

2320 Syt auch dym liebe vurdroßin
Dir liebe werk vnde mynnen fpil,
Dyn liebe ift vurgoßin,
Ift fÿ da fwer tzu obir tzil.

Wan auch dyn liebichin dez begynt,
2325 Dez ez vore nicht nephlach,
Vnde an dir nuwe laftir vynt,
Ich liebe da nÿ bliben fach.

Biddet heyßchit fÿ van dir,
Dez fÿ nicht tzuheyßchinde plach,
2330 Dez mach wol geloubin mir,
Daz fÿ an dir had keyn behach.

Wan auch gedenkt dÿ frowe dyn
Vil kegn dir vnde andir man,
Waz ghenne hobifche knabe fyn
2335 Habe getreben vnde getan,
Ab ym fyn leben vnde gefert          (55 b)
Mid fynne fregit flißiglich,
Wiße daz fÿ fyner gert,
In liebe fÿ nicht achtit dich.

2340 Wan fich dyn lieb getziret
Stoltßir dan ez had getan,
Ez lieblich tzu dir fpyret.
Ab wil eynen andern han.

Sieſtu eyne frouwen war
2345 Bÿ irem liebe ſitzen,
Werdit ſÿ dan bleichir var,
Wan ſÿ dich ſiet, ſÿ hittzen
Begynnet an der liebe dyn;
Dez wes frund van mir bericht,
2350 Du zalt ir noch dÿ liebiſte ſyn
Sicher daz ez entrugit nicht.


*Ein lare.*

Dv zalt tůn kund dem liebe dyn
Wÿ dich tut ſer vurlangen
Nach eyner andern frouwen fyn,
2355 Dÿ du gern vmmefangen,
Woldeſt mid den armen blank;
Vnde an der frowen ſtraßen
Saltu vbin dynen gank.
Begynnet daz tzu haßen
2360 Dyn liebis liebichin vßirkorn
Vnde treyt ſÿ da van trubikeyt,          (56 a)
Sÿ had dich ſicher lieb tzuvorn,
Daz ſagich dir vff mynen eyt.
Weut keyn frowe tragen kan
2365 Sulch duld an irem hertzen
Entfengit ſy, werden ſÿ da van,
Ez get yn vz dem ſchertzen;
Sam men daz werdit wol gewar
An irem angeſichte,
2370 Daz van trurin meniger var
Wirt, vnde gantz tzu nichte.

Auch wil ich dich heyßin,
Daz du zalt dỹ frowen dyn
Tzu tzorne digke reyßin;

2375 Dỹ lare nym gar wol tzu ſyn.
Went wau eyn lieb dem andern ſich
Vnwert mid tzorne wyſit
Durch williche ſach, war rechtiglich
Geloube da begryſit.

2380 Went wer da rechte lieb gehad,
Der forchtit tzetternde alletzijt,
Daz dỹ tzorn eyn ewig ſtat
Irhaſche, vnde nicht dan mijt.
Wa vm ſich vndir tzijten

2385 Getzempt wol tzwier lieben tzorn,
Vnde daz ſỹ ſament ſtrijten;          (56 b)
Laß duz nicht dym liebe tzu vorn.
Went tzwier lieben veyde
Nicht kan bliben lange tzijt.

2390 Ich redez by mym eyde,
Dỹ veyde große liebe git.
Van ſulchir veyde cleyne
Vurließit nicht liebe ire macht,
Geluttirt purlich reyne

2395 Ir ambegin wirt vnde gewracht.
Biddit dyn lieb gab .vnde gud,
Dez zaltu zyn van mir bericht,
Tut ſỹ ez nicht durch ſwynde nod,
Ir liebe iſt eyn loz gedicht.

2400 Sỹ ſuchit nicht dỹ liebe dyn,
Sy ſuchit dyne habe,
Da van ſỹ wolde riche zyn
Thu dich ir riſlich abe.

Suſt han ich dir tan irkant,
2405 Wa by du ſulliſt gyſſin,
Ab ſy dyn lieb tzu dir gewant
In loubin vnde wiſſin.

*Hij fregit her dij tzwelften frage.*

Myn heyl myn hord myn troſteryn
Du ſchone wolgetzirde
2410 Mir iſt eyn tzwifel an dem ſyn,                    (57 a)
Den bynt vff mir vil wirde.
Eyn liebman eyner frouwen
Durch ſyne luſt waz ſpelen gan
An eyne grone oûwen,
2415 Da vand her eyne frouwen ſtan,
Dỹ waz ym gentzlich vnbekant.
Dỹ ſelbin her durch venus not
Ryſlich luſtlich altzuhant
Nyden an dỹ erdin ſchrot.
2420 Her ſpilte mid ir an dem crut,
Daz ich hij vm ſwigen wil,
Sam men vbir dem berge tut,
So meyn ich daz wer da ſyn ſpil.
Nv meynich werde konyngyn
2425 Ab dỹ frouwe iren man
Da vm van liebe trybin hyn
Zal, ſynt her nicht me had getan.

*Hij berichtit yn dij konyngynne.*

Zoldich iz ſagen gantz vurwar,
So habich dez geloubin,
2430 Daz yn ſyn liebe frouwe clar

Da vm nicht zal beroubin;
So vern alße her daz felbe fpil
Nicht trybe vbir maßin       (57 b)
Vnde mid andern altzuvil,
2435 So mag fÿ yn wol haßin.
Hette auch dÿ ergenante man
Daz frowelyn tzu vorn irkant,
So daz durch willichen lieben wan
Her fynen gang da hette gewant,
2440 Ab hette her willich frowelyn
Tzu vorn da vm gebeten vil,
So mag ym wol dÿ frowe fyn,
Vurfagen irer liebe fpil.

### Dÿ drittzende frage.

Nv fage mir hoge keyfaryn,
2445 Ich kan nicht myn fragen lan:
Eyn hobifcher junger knabe fyn
Waz eyner frouwen vndirtan
In liebe. her fÿ gutlich bad,
Daz fÿ ym orlob gebe,
2450 Her wolde an eyn ander ftad
Settzin fyne liebe.
Nv meynich waz daz frowelyn
Da tzu fagen folde,
Ab der junge knabe fyn
2455 Ir orlob haben wolde.

### Hij berichtit yn dÿ konyngynne.

Daz were nicht der frouwen lob,     (58 a)
Daz fÿ ym vulbort gebe,

Daz her hette orlob
Tzu fromder frowen-liebe.

2460 Dẙ frowe zal mid gantzer macht
Hertlich da nach ſtreben,
Daz dẙ knabe vorgedacht
Syn kus noch armer geben
Nicht zulle andern frowen tzart.

2465 So tut ſẙ redelich vnde recht
Vnde iſt gar van gutir art.
Sẙ zal behalden iren knecht.

Gedenkit abir dẙ frowe tzwarn,
Sẙ neruche ſyn nicht ſam eyn ſtob,
2470 Her erſt nicht hij waz laz yn farn,
Waz iſt mir vm ſyn orlob.
Kumpt dan da nach der knabe her
Vnde meynt her habe wol getan,
Vnde ſettzit wedir ſyn beger,
2475 Da ez erſt waz, vnde nicht enhan
Wil orlob, daz her nomen had,
Vnde heyßchit wedir tzuchtiglich
Syner erſtin liebe ſtat,
Vnde ſtellet ſich gelich,
2480 Ab her ny habe genomen        (58 b)
Orlob van der frowen ſyn;
Heyßt dan dẙ frowe komen
Y̊n wedir tzu der liebe ẙn,
Wol daz da mid dẙ frowe gud
2485 Brechit offinberlich,
Vnde kegn der mynnen bote tud,
Ydoch der frowen brechelich
Obirtret entſchuldigit nicht
Des gutin knaben miſſetat,

7*

2490 Noch vurſynſtert ſyne ticht,
Da her mid gebrochin had.

Siet ſÿ auch den knaben
Syns orlobis willen bruchin,
Kan her dan nicht gehaben
2495 Vnde ſyn wil nicht geruchin
Eyn ander frowe, dÿ her had
Gebeten durch ir mynnen ſpil,
Heyßchit her dan dÿ erſtin ſtat
Syr mynne, ich dirs ſagen wil,
2500 Daz ſyn tzartis frowelyn
Nemach vnde nicht vurſigen zal.
Sÿ zal yn laßin wedir yn          (59 a)
Tzur liebe an der mynnen zaal,
Synt daz ſÿ auch gebrochin
2505 Had vnde obirtretin.
Sÿ had ſich wol gerochin,
Wan her ſÿ had gebetin.
Sÿ ſamentlich gebrochin han,
Suſt han ſÿ ſament große ſchuld.
2510 Ich rechtirs nicht geprubin kan,
Ir eyner mid dem andren duld
Zal willichlichen tragen.
Suſt ſÿ geloſt dÿ tzwifel dyn.
Ich kan nicht geſagen
2515 Dir anders bÿ dem eyde myn.

### Dÿ viertzende frage.

Wÿ wyr man gebrochin han,
Daz habich frowe wol gehord;
Ich kan noch nicht abelan,

Ich wolde gerne wiſſin vord,

2520 Wẙ men daz gehalden zal,

Wan dẙ ſchonen frowen

Han getretin obir mal,

Daz woltich gerne ſchouwen. (59 b)


*Berichtunge der frage.*

Ichteſwelche meyſter alt

2525 Dy woltin ſagen vor eyn recht,

Wy al geferte vnd geſtalt,

Daz van menren iſt geſecht,

Dẙ da felſlich han getan,

Sam ez vorn geſcreben ſtat,

2530 Daz daz auch dẙ frouwen an

Sulle gen, dẙ miſſetat

Han getan kegn ire man.

Daz recht wil ich beſchelden,

Ich tzur warheyt geſworn han;

2535 Dẙ warheyt mußich melden:

Vnheyl vnde vngelugke

Dem muße vmmer walden

Vnde wonen vff dem rugke,

Der nicht ſchempt halden

2540 Tzur frowen, dẙ ſich nicht nekan

Behalden vnde werden ſat

Van luſten eynes gutin man,

Vnde des keynen ſchamen had.

Ez iſt allen frouwen ſcham

2545 Vnde ſwachit irer wibheyt crantz, (60 a)

Dy tzwene man nach willen ram

Tzur liebe ladit an den tantz.
Wilch frow ir liebe teylen wil
Me dan an eynen gutin man,
2550 Dẏ krygit ſchande altzu vil,
Frow ſchanden namen muß ſẏ han.
Men tzellet ſẏ vor der frowen eyn,
Dẏ men handelt vmme lon.
Lob noch ere hat ſẏ keyn.
2555 Schuwit ſẏ nicht ſulchin hoen.

Durch kunne doch den mannes näm
Vnde pryuiley yn wol getzempt,
Daz ſẏ daz mûgen anevan,
Dez ſich wiblich kunne ſchempt.

2560 Wa vmme daz dẏ meyſter alt
Sagen, daz iſt nicht gelich.
Ez wirt nicht an den ſchild gemalt,
Daz man nicht halden ſtete ſich,
Sẏ krygen riſlich wol eyn ſûen
2565 Irer veyde, dez ſo balde nicht
Dẏ falſchen frouwen kunnen tûn,
Dez ſaltu ſyn van mir bericht.

Willich frowe iſt alſo getan,          (60 b)
Sam hij vorn iſt geſecht:
2570 Begert ſẏ wedir lieb gehan,
Iren erſtin gutin knecht;
So zal der hobiſche knabe gud
Sich irer mynne ſchamen,
Sẏ zal ym numme ſyn tzu mût,
2575 Daz hogit ſynen namen.
Went her offinberlich
Mag frilich da irynnen

Dỹ (liebe) daz nicht werlich
Lang ift, vnde vil van hynnen.

*Eyn gutlich fregelin.*

2580 Nv..fage mir hoge keyfaryn,
Ab der knabe nicht nekan
Laßin van den frowelyn,
Wan her begynnet denken an,
Wỹ große luft vnde froyde vil
2585 Mid ir had vil getrebin,
Da van her lidet große quil,
Ym dunkit fỹ fy fyn lebin.

*Berichtunge.*

Mid gantzem fliße abetzeen
Zal fich der vil gute knecht          (61 a)
2590 Her zal fỹ haffin vnde fleen,
Sam hij vorn ift vil gefecht;
Daz zal fyn arcedye zyn.
Kan ym dỹ nicht helffin dan,
So blibe her eyn vuler fwyn,
2595 Vnde plantze vff vulir ertzen plan.

Daz were gar eyn crankir man
Van hertzen vnde fynne,
Der nicht kũnde laßin van
Al fulchir frouwen mynne.
2600 Her ift nicht arcedye wert,
Men zal ym nicht gemachen fund;
Syn wundin, dỹ ym fijt entfert;
Men tribe yn vz hyn vor dỹ hund;

Snodir dan eyn todir man
2605 Ift daz vngelucgkige wicht.
Wa vm ich nicht ym helffin kan,
Syn wundin wil ich ruren nicht.
Ich neweiz nicht rechtirs fichir tzwar,
Da nach eyn man da nach fyn quaft,
2610 Dẙ man der frouwen neme war,
Her eygit wol alfulche laft.
Ich han gehort vnde vil gelert,          (61 b)
Daz alfulchir frouwen
Sulche menner fijt gewert;
2615 Suft laß dyn tzwifel rouwen.

### Dẙ vunftzende frage.

Ach fchone, vyne, clare, werd,
Ich noch eyn lutzil fregen wil.
Zal dẙ frouwe fyn entert,
Dẙ iren kus vnde armer fpil
2620 Vnde anders keynen willen
Gebit eyme fremde man?

### Berichtunge der frage.

Dyn tzwifel wil ich ftillen.
Daz ift tzumale boflich tan,
Wente dan dẙ frowe gut
2625 Den mannen machit gutin wan.
Wa men fulche tzeychin tut,
Da meynt men liebe komen an.
Wol daz dem tzartin frowelyn
Ny anders waz tzu fynne;

2630 Wa vm nicht fullen frouwen fyn
So fchertzin mit der mynne. (62 a)

*Dij fextzende frage.*

Ab abir eyn tzart frouwelin
Mag nuwe liebe anevan,
Ab eyn junger knabe fyn,
2635 Dez mochteftu wol tzwifel han?

*Berichtunge der frage.*

Ab fich daz tzemet edir nicht,
Irlufftit fŷ dŷ blicken
Der liebe, dŷ fŷ da tzuwicht,
Sŷ mußin an den ftricken
2640 Da nuwen lieb ån iren dank
In hittze gantz entrouwen;
Der eyner kurtz der andir lank,
Daz zyn man edir frouwen.

Sich doch waz ich dir fagen wil:
2645 Hyn obir langen tagen
Begundich vm daz felbe fpil
Eynen wyfen meyfter fragen.
Der fcreb an fyme briebe:
Wer wille recht faft liebe han,
2650 Der zal nicht nuwe liebe (62 b)
Wunfchen edir anevan,
Da yn noch nôt noch fache recht
Tzutzeer edir twingit,
Daz fy frowe edir knecht;
2655 Went daz groß fchande bryngit.

Had auch eynes lieb gebrochin
Vnde ym nicht loubin halden
Sam vorn ift gefprochin,
So mag her fich wol valden
2660 Tzu eyner andern ane var
Mid fyner nuwen liebe.
Suft fcreb der meyfter offinbar
Mir an fynem briebe.

Wa vmme frund vil liebir myn
2665 Du ane fache nicht enzalt
Nuwe liebe laßin in,
Wiltu an eren werdin alt.
Ab vindeftu daz mifgetan
Had dỹ liebe frouwe dyn,
2670 So machftu frilich anevan
Vnde laßin nuwe liebe in.

### Dỹ fybentzende frage.

Dv rofa fchon vor allir blut
Min frow vor allen frouwen,
Eyn tzwifel fer mir denken tut,
2675 Den laß mich noch befchouwen.

Ab daz můge wol beftan
Daz eyn hobiz knabe fyn
Sich habe lieblich vndirtan
Tzwen mynnichligen frowelyn;
2680 Dỹ eyne zal her eyne
Pur lieb gehan van hertzen,
Dỹ andern intzgemeyne,
Y doch in tugenden ertzen.

### Berichtunge der frage.

Mid eyner frund auctoritat
2685 Wil ich dir wol bewyſen,
Dẏ da vngeſtrafflich ſtat,
Daz keyner tzwen amyſen
Van ſynes hertzen rechtin grund
In liebe wol gedenen kan.
2690 Keyman heldit daz vorbund,
Wa vm ich ratin wil da van.

Velen iſt tzu ſynne,
Wẏ nicht tragen obireyn
Dẏ rechte pure mynne       (63 b)
2695 Vnde dẏ genennet iſt dẏ meyn.

Wiſſe myn vil lieber frund
Daz dẏ beyden liebe
Haben gentzlich eynen grund
Vnde ſchulit alße diebe
2700 Sament in eynem hertzen
Gelich auch in ſubſtancia,
Van eyner ſelbin ertzen
Gentzlich concordancia.
Alles daz, daz eyne is
2705 Van ortſprung in materia,
Daz iſt daz ander, daz iſt wys.
Eyn ſijt ſẏ in ſubſtancia;
Doch ubinge vnde wyſe
Der tzwiger liebe vorgenant,
2710 Sam ich iz dir vurtzyſe,
Dy iſt nicht alleyn gewant
Vnde tragen nicht gantz obir eyn;
Suſt had iz noch eyn crempel,

Sam du felbir machſt geſeyn

2715 In eynem hij exempel:

Erſt zaltu drinken pure wyn,

Da nach zaltu dynen trang        (64 a)

Alleyne laßin waßir zyn.

Vurwandelt vnde genomen wang

2720 Sich wyſe had dyns appetit,

So daz du wol haſt vnderſcheyt

Wŷ ſŷ in geſmache ſijt.

Obireyn ſich doch gentzligen treyt

Vnde iſt eyn in ſubſtancia

2725 Dyn appetit vnde vnvorkart,

Vnde iſt eyn in materia.

Suſt han ich frundichin dich gelart.

Kurtzlich, wer ſich gemenget

Had me dan tzu eyner frouwen,

2730 Dŷ liebe da nicht tzenget,

Keyn liebe da kan rouwen.

Ab ich tzwen heren dyenen wolte,

Wŷ tzempte daz den eren myn,

Wan ich dem eynen dyenen ſolte,

2735 Daz ich den andern ließe ſyn?

Wer wil in mynne weſen fro

Vnde vbin wil der mynnen ſpil,

Tzu eyner frowen her ſich tho.

Genûge iſt beſſir dan tzu vil.        (64 b)

2740 Auch ſpricht eyn regel offinbar,

Daz ‘eyner dubbelder liebe

Keynewyſ kan nemen war.

Synd auch alße diebe

Sijt in eynem hertzen

2745 Dŷ tzwe liebe vorgenant
Van eyner felbin ertzen
Vnde gentzlich in eyn gewant;
Wol tragen fŷ nicht ebir eyn
In vbinge vnde wyfe,
2750 Y doch mag daz nicht beften,
Daz eyn hab tzwe amyfe.

Tzwar ez ift vnmogelich,
Daz eyn man tzwen frowelyn
Vnde ift gar vnredelich
2755 In liebe zal verpunden zyn.

*Hij fregit her dŷ achtzende frage.*

Ich noch nicht enrouwe;
Sage mir werde konyngyn,
Ab auch zal dŷ frouwe
Van irem liebe getrebin zyn,
2760 Dŷ da an dŷ ftricke                    (65 a)
Der nuwen lieb⁰ ån iren dank
Sunder falfche nicke
Getzogen werdit mit getwang.

*Hij berichtit yn dŷ konyngynne.*

Da wil wijr nich van fagen;
2765 Der meyfter had vns des bericht.
Vorn in eyner fragen,
Wa vm darbftu dez fragen nicht.

*Eyn andir fregelyn.*

Nv meynich werde konyngyn,
Sam vns der meyfter had gefecht,

2770 Ab daz tzarte frouwelyn
Auch tete kegn des botes recht
Der mynne, wan ſÿ eynen man
Eyner andern frouwen gut
Begunde lieb in hertzen han.

### Berichtunge dez fregelyn.

2775 Werlich ſÿ nicht recht netut.
Keyn bederbe wib zal auevån
Eyneꝛ andern frouwen
Mid wiſchaft iren lieben man,
Sam men mag wol beſchouwen
2780 An eynem bote offinbar                    (65 b)
Der mynne, daz gar zere
Vorbiedit witlich vnde clar:
Lieb andrer lute mid wiſchaft nicht
       abetrute.
Wa vm tzempt nicht der frowen gud,
2785 Daz ſÿ der andern frowen man
Tzur liebe vaße an den mût
Noch eynem andern voge an.

### Hij freget her dÿ nvntzenden frage.

Nv ſage mir frowe hocgeborn,
Wÿ zal tûn daz frowelyn
2790 Daz vnclucglich had gekorn,
Vnde tzur liebe laßin yn
Eynen boſen falſchen man.
Zal ſÿ yn behalden ſich
Ab eynen nuwen aneuan
2795 Tzur liebe, dez berichte mich.

*Hij berichtit yn dy konyngynne.*

Sӯ zal yn nicht vurlaßin,
Dӯ warheyt mußich melden,
Noch keynerwyſe haßin.
Y doch ſal ſӯ yn ſchelden,
2800 Da nach mid wordin ſußin
Zal ſӯ yn tzuchtlich lernen dan,      (66 a)
Ab ſӯ ym kunde bußin,
Daz her wolte laßin van
Van ſynen boſen ſeten
2805 Vnde boſheyd, dӯ her an ſich hat,
Mid liſten vnde beten
Irwerbit her ſuſt gutin ſtat.

Syet aber dӯ tzart frowe dan,
Daz ir loze falſche knecht
2810 Nicht van boſheyd laßin kan
Noch ne wil, ſo tut ſӯ recht,
Daz ſӯ yn trybe mang dӯ ſwyn
Vnde keſe eynen fromen man;
Went her wil doch eyn ezel zyn,
2815 Sӯ zal yn nymme lieb gehan.

Hette auch eyn man eyn frowelin,
Daz her nicht kunde richten an,
Daz ſӯ ir boſheyd lieze zyn,
Dy mag her auch wol faren lan.

*Hij freyit her dy tzwentigiſten frage.*

2820 Nv ſage mir hoge keyſarӯn,
Ab her geloubin breche
Der vil gutin frouwen ſyn,
Der gentzligen vurſeche      (66 b)

Der werlde luſt vnde mynnen ſpil
2825 Vnde ſogete ſich tzu gote wart.

*Hij berichtit yn dĳ konyngynne.*

Frund ich dir daz ſagen wil:
Waz ſyn gemůte ſo gekart,
Daz her wolte lieb gehan
God vnde ſyne vßirkorn,
2830 So waz daz boſlich nicht getan,
Geloubin had her vnvorlorn.

Allez daz in erdrich iſt
Daz zul wir wigen gar gering,
Vnde im hertzen iheſum criſt
2835 Habin lieb obir alle ding.

Aber ab der ſelbe knecht
Sich wedir hette vmgedan
Vnde wolte vff daz nuwe echt
Frouwen liebe anevan;
2840 So zal her keyne frouwen mer
Dan ſyn erſte frowelin,
Daz ſagich hij vor eyne ler,
Slieſſin an ſyns hertzen ſcrin;
So vern alß dĳ frouwe wil
2845 Mid dem genanten knaben          (67 a)
Tribin vort der mynnen ſpil
Vnde wedir lieb gehaben.

Wil ſĳ nicht ſyn liebichin ſyn
So zal her ſich beclagen
2850 Kegn ander frouwen fyn,
Daz ſĳ ſĳ vmme wagen.

*Eyn argument vnde eyn wedirſage.*

Hij mochteſtu mir wedirſtan
Vnde ſagen, daz daz nicht gerecht
Sy vnde kegn daz bot getan
2855 Der mynne, daz gar ſchone ſecht:
Dir lieb• nicht heler vil hab etc.
Synt der gute fromer man
Andern fromen lutin
Had ſyn liebe kuntlich tan.

*Irloſunge der wedirſage.*

2860 Nv ſich ich dir bedutin
Daz bot wil vnde enpinden
Myn liebir frunt dy ſage dyn:
Getzellet vz den kinden,
Dẏ ſamentligen dulden pyn,
2865 Mag wol liebe offinbart                    (67 b)
Werdin dren geſellen,
Van den ſẏ blibit vnvorkart,
Dẏ ich wil hij vortzellen:

*Wer dẏ erſte heler ſẏ.*

Der man zal eynen knaben
2870 Ab frowen, dẏ ym helen
Syn liebe, heymlich haben,
Ab her begynne quelen
An ſynes liebis mynne,
Dem her muge ſagen,
2875 Waz ym ſẏ tzu ſynne
Vnde dẏ ym helffe tragen

Syn obirgroße hertzeleyd
Vnde vbirflußig liden,
Daz her van fyner frowen treyd,
2880 Dẏ her muß fwerlich miden.

### Wer dẏ ander heler fẏ.

Her wedir her zal auch gehan
Dẏ frouwen eynen heler,
Wan fẏ gedenkt an iren man,
Dẏ ires leydes fteler
2885 Mordir vnde kenner fy.
Den zal fẏ doch nicht nennen          (68 a)
Noch irtzeygen iergen by;
Ir man zal yn nicht kennen.

So zal auch daz frouwelin
2890 Wiſſen noch irkennen,
Wer ires liebes heler fyn;
Her zal ez ir nicht nennen.

### Wer dẏ dritte heler fẏ.

Der dritte heler famentlich
Zal yn wefen wol irkant,
2895 Der zal wißin heymelich,
Wẏ al gefchefte ift gewant,
Daz fẏ mit eynander han.
Her zal wefen tuttiquant,
Her zal daz fpelichin vndirgan.
2900 Der zal werden vßgefant,
Der muß yn wol beclagen
Kegn ander frouwen fyn

Mid kunftichligen fagen,
Daz fỹ nicht wil fyn liebichin fyn.

2905 Her zal vogen vnde fagen,
Ir keynen zal her melden,
Den knaben zal her fere clagen,     (68 b)
Dy frouwen fere fchelden.

### Dỹ eynvntzwentigiſt frage.

Synd daz dỹ lieb iſt fo getan,
2910 Daz fỹ gantz gefodit wirt
Van hoffene vnde liebem wan,
Den geloube da gebirt;
So mußich noch ich tummer gek
Dich werde frouwe fragen,
2915 E ich van hynnen ge enwek,
Woldeſtu mirs gutlich fagen,
Ab eyn frow eyme gutin knecht
Hette waz gelobit
Vnde in geloubin vorgefecht,
2920 Der her had lange hobit;
Nv meynich ab daz frowelin
Da mid geloubin breche,
Daz fỹ dem gutin knebelin
Irer wordir fus vurfeche.

### Berichtunge der frage.

2925 Frunt waz ich dir fagen wil,
Daz iſt gar fchentlich boflich tan,
Daz frouwen reden mynnenfpil
Den menren edir lieben wan,     (69 a)

Dez ſÿ nicht willen halden.
2930 Sÿ ſijt wol allez laſters wert,
Der tufil zal ir walden,
Frown eren hob han ſÿ geſert.

Ez iſt nicht gutir frouwen tat,
Ab ſÿ waz geredet han,
2935 Daz ſÿ dez tzu rugke gad,
Recht ſam ſÿ es ny geſprochin han.
Wan der fromir knabe gut
Dez vnvorbort had noch vorſchuld,
Men zal ſÿ werffin vff der hut
2940 Vnde myd yn halden keyne duld.

Den frouwen wilich fluchin,
Dÿ irer wordir nicht enacht
Vnde nicht enrûchin,
Wÿ ſyes habin vorgemacht.
2945 Daz iſt alſulchir frouwen tat,
Dÿ men handelt vmme lon,
Dÿ da intzgemeyne gad,
Dÿ auch ſchuwen keynen hon,
Dÿ allez daz ſÿ ſprechin
2950 Sicherlich an eyner ſtund                    (69 b)
Dez morgens ſyes vurſechin.
Sÿ haben boſe falſche grund,
Sÿ haben dubbelde tzungen
Venyn an irem munde,
2955 Hertz, leber vnde lungen
Men yn nicht duphin kunde,
Ir hute ia
Iſt morne neyn,

Ich ir ny eyne truwe ſa,

2960 Ir mût iſt altzijt mang dÿ beyn.

Y doch an ſulchin frouwen
Saltu mirken eyn geſchefft,
Daz ſaltü eben ſchouwen,
Went ez tzu dyner frage drefft.

2965 Wan daz van wundir ſo geſchicht,
Daz ſulch eyn frow had eyn amys,
Daz ſaltu ſicher zyn bericht,
Daz ſÿ gebrechit keyne wys
Geloubin irem amyſe,

2970 Sÿ had yn liebir dan ir lip.
Daz ich hoch an ir pryſe.                    (70 a)
Sÿ halt ſich an yn gentzlich ſtip.

Waz hij ich vorn han geſeyt
Van ſulchin meynen frouwen,

2975 Daz werdet auch wol tzu geleyt
Den andern, dÿ ſich ſchouwen
Vnde willichligen geben
Den menren vngebeten.
Vurfluchit ſÿ ir leben,

2980 Der tufil zal ſÿ treten.

Wa vm wer daz eyn vbiltat
Vnde ſchande groß den frouwen reyn,
Da vff der knabe gehoffit had,
Daz ir ja ym worde neyn.


*Dÿ tzwe vntzwentigiſt frage.*

2985 Nv ſage mir werde konyngyn,
Ab tzwe lieben ſamentlich

Hetten lange ſtete zyn
In purer liebe mynnynglich,
Ab dan der tzwier lieben eyn
2990 Nicht leng mid dem andern wil
Han der puren liebe ſpil,
Sundir myd ym daz gemeyn,　　　　(70 b)
Zal dỹ frouwe irme man
Der bete auch enthoren?

*Hij berichtit yn dỹ konyngynne.*

2995 Dv ſalt numme tzwifel han,
Ich wil yn dir vurſtoren.
Wol iſt daz ſo in warheyt
Daz dỹ rechte liebe pur
Hoch vor der gemeynen treyt
3000 Vnde haben zal den erſtin kûr.
Dỹ frouwe zal doch alßich meyn
Dem manne nicht vurſagen,
Went tzwe lieben weſen eyn
Zult in gelicher wagen.
3005 Doch hetten ſỹ by eyden
Dỹ puren liebe mynnynglich
Van ambegyn beſcheyden
Tzu halden vnvorbrechelich;
Mid libe vnde leben
3010 Zal ym dan daz frowelyn
Hertlich wedirſtreben
Daz nicht geſche dỹ wille zyn.　　(71 a)
Sicht aber dan daz frowelin,
Daz ir liebe gute man
3015 Begynnet vff ſỹ tzornik zyn

Vnde in liebe ſy vurſman;
So zal ſy gutlich volgen nach
Balde ſynem willen
Synen tzorn machen ſwach
3020 Syn vngemute ſtillen.
Synd tzwe lieben ſo getan
Zullen weſen ſamentlich,
Daz ſy eynen willen han.
Wa vm zal laßin iren krich
3025 Dy frouwe vnde abelan.
Daz dunkt mir weſen gar gelich:
Der hane wol io kemmechin han,
Wa vm du gutis hynnichin ſwich.

### Dy druvntzwentigiſt frage.

Dv hoge werde konyngyn
3030 Enpynd mir eyne fabulam,
Da vm wil ich dir frouwe zyn
Tzu dienſte vnde horſam.

Eyn ritter ſtoltz an vnſem land    (71 b)
Mid fliße waz da nach beſtan,
3035 Daz ym werdin wol irkant
Kunde, dy he vor ſich gan
Sach ſam eynen engel fyn.
Her leyt durch ſy gantz ſwere groß.
Daz mirkte wol daz frowelin.
3040 Sy ſprach: ich wil nicht dyn genoß
Zyn, wa vmme laß da van.
Ich wil halden keyn vorbund,
Ich wil nymand lieb gehan.
Da lange nach in eyner ſtund

3045 Dẏ frouwe tzu dem ritter fprach:
Ich kan daz wol irynnen,
Daz du jar nacht vnde tach
Durch mich mußt zere brynnen.
Auch weyßich, daz du lange tzijt
3050 Mich gerne hetteft lieb gehad,
Dez du doch mofteft haben mijt.
Wiltu an myner liebe ftad,
So zaltu erft geloben mir,
Daz du wilft halden myne lar
3055 Vnde allez daz ich gebiete dir.          (72 a)
Vnde wan ich des worde gewar,
Daz du mir nicht enheldeft daz;
So zoldeftu irworbin han
Mynen ewigligen haß
3060 Vnde alle dynen lieben wan.

Dẏ ritter tzu der frouwen fprach:
Behote mich der milde god,
Daz ich gelobe nicht den tach,
Daz ich gebreche dyn gebod.
3065 Allez daz ich frouwe weyß,
Daz dir mag tzu willen zyn,
Daz thu ich gern vnde dyn geheyß,
Myn lib zal dir vorpendit fyn.

Alße dit alles waz gefcheyn
3070 Gar tzoulich hertlich ym gebột
Dẏ fchone tzarte frouwe reyn,
Daz her fẏ ließe ane nột
Vnde fetßte van ir fynen fyn
Vnde numme fich gegebe
3075 Mid arebet ab mid gewyn

Tzu irer werden liebe,
Vnde nymmer ir gedechte (72 b)
Wa her mang den lutin wer.
Dem ritterligen knechte
3080 Suſt bôt dẙ frowe grynlich êr.

Daz waz dem ritter nicht tzu dank,
I doch hers duldichligen leyd.
Her ward vnmechtig vnde crank,
Daz ym ir liebe waz vorſeyd.

3085 Da nach dẙ ritterlige man
Waz an eyne große ſchar
Durch kurtzewile ſpelen gan
Tzu ritteren vnde frowen clar.
Da horte her van der frowen zyn

3090 Gar boſe geruchte ſagen,
Da van ſyn hertze hette pyn,
Ez kunde ym nicht behagen.
Sẙ ſprachin van ir ſchandeword
Vnde großir boſheyd altzuvil,

3095 Dẙ ny van mynſchen waz gehord.
Da van der ritter hatte quil.
Her dachte: werde riche god,
Ab ſẙ nicht ſwigen willen,
Ich hoffe, daz iz ſẙ ir ſpot, (73 a)

3100 Vnde ire tzungen ſtillen.

Dẙ rittere vnde frouwen
Ließin nicht ir ſchandeword,
Sẙ wolden nicht gerouwen,
Sẙ ſprachin vff ſẙ laſter vort.

3105 Dẙ ritter dacht an ſynen mût:
Du zalt daz wedirſprechin,

Daz werde ubil edir gut,
Mid dyme libe wrechin.
Gar ſcherfflich her tzum ritter ſprach
3110 Vnde tzu den frouwen alle gar:
Van der frouwen ich enſach
Ny vndanch; ny wart gewar,
Daz ſỹ habe miſgetan
Ab kegen frouwen ẽre.
3115 Ir zult ſỹ vnbeſchuldin lan,
Iz crenkit groblich zere
Vwen ritterligen nam,
Daz ir frouwen ſchendet.
Auch bryngit ez den frouwen ſcham; (73 b)
3120 Wa vm dỹ rede wendet.

Alß dit der frouwen wart geſecht,
Daz dit der ritter hatte getan,
Sỹ ließ den ritterligen knecht
Heyßchin vnde vor ſich gan.
3125 Sỹ gab ym nicht den alden gruß;
Sỹ ſprach: ich muß dich laßin
Vnde nvmme weſen dyn genoß.
Hij nach machſt du dich faßin.
Erſt hattich gebotin dir,
3130 Wỹ du dich zoldeſt ſtellen,
Vnde nicht gedenkin mir
Mid lobe mang geſellen.
Dez haſtu nicht gehalden.
Ge, kum nvmme da ich byn,
3135 Ich kan dir nicht gewalden.
Suſt gyng dỹ werde ritter hyn.
Nv meynich werde konyngyn,

Ab daz were recht getan
Van dem gutin frouwelin. (74 a)
3140 Solde ſÿ den ritter ſuſt vurſman?

*Hij berichtit yn dÿ konyngynne.*

Frunt ich dir daz ſagen wil.
Der frown gebot daz waz tzu hart
Vnde geſtrenge altzu vil.
Da mete ſÿ den ritter tzart
3145 Vertrieb, vurdrugkte vnde vurwan.
Iz tzempt gutin frouwen nicht,
Daz ſÿ menner ſo vurſman,
Dÿ ſich yn ſo gantz vurplicht
Han, vnde ſich an ir gewalt
3150 Gegeben willichligen.
Daz iſt nicht frouwen gut geſtalt,
Daz ſÿ yn ſo entwichen,
Wan ſÿ keyne ſache han.
Da vm dÿ menner ſijt gewert,
3155 Daz ſÿ dÿ frouwen zult vurſman.
Der ritter hat auch nicht geſert
Vnde nicht gebrochin
Daz gebot der frouwen zyn, (74 b)
Daz her had wedirſprochin
3160 Schande, dÿ dÿ rittere fyn
Vnde dÿ frouwen alle gar
Felſlich vnde ſchentlich
Sprechin van ſyr frowen clar,
Der her hat gegeben ſich.
3165 Der ritter an der frowen ler
Mid gutem fryen willekor

Setßte gentzlich zyn beger,
Sam ſỹ ym geredte vôr.
Daz tete der ritter vmme daz,
3170 Daz her irwerbin kunde
Der frouwen liebe deſte baz
In gar kurtzir ſtunde.

Hette her aber vor gewiſt
Daz ſy ym ſo gebotin han
3175 Wolte, her wol lenger friſt
Hette vorbaz ſuchin gan.

Wa vm ez nicht gerecht enſtat
Vnde zal haben keyne macht,          (75 a)
Daz ſỹ ym gebotin hat.
3180 Sus laß dyn tzwifel vz der acht.


*Dỹ viervntzwentigiſt frage.*

Dv etele ſuße tzukir ſam
Du werde konyngynne
Enpind mir noch eyn fabulam,
Dỹ wont mir an dem ſynne.
3185 Eyn fromir knabe vnſir art
Gar lieblich vmbefangen
Hatte ſyne frouwen tzart.
Her ſprach mich tut verlangen
Nach eyner werdin frowen gut;
3190 Ich wil dynen orlob han.
Tzu ir gewant iſt gantz myn mŭt,
Tzu ir ich trage lieben wan.
Her nam riſlich ſynen gang.
Her hatte ſynes liebis mijt;

3195 Àn fynen dang her fich getwang.
Her gyng nicht tzu ir lange tzijt.

Da nach ym hertlich bangen　　　　　(75 b)
Dẙ liebe in dem hertzen
Tete fer vurlangen;
3200 Ez gyng uz dem fchertzen.
Her hob fich balde an dẙ fart,
Vff daz her mochte fchouwen
Syn allirliebifte liebichin tzart
Syn allirliebiftin frouwen.

3205 Her grußte fẙ gar fußlich vil,
Her fprach hij ift dyn liebir man
Vnde heyßchit dyner mynnen fpil
Vnde wil ez tzoulich wedir han,
Synd her boflich nicht getan
3210 Had, vnde ift gantz ane fchuld
Dez zaltu yn geneßin lan,
Vnde tragen mid ym duld.
Daz her van andern frowen fprach,
Dez meynte her ny van hertzen.
3215 An ym gefche des todis flach,
Ab her mid frouwen fchertzen
Begunde y van der getzijt,
Daz her waz van dir fcheyden
Vnde dyner wolde haben mijt,
3220 Spricht her by fynen eyden.　　　　(76 a)

Dẙ frouwe fprach gar grynlich ėr
In heßichligem fynne:
Ge dynen weg ez trugit dich,
Dir werdit nicht myn mynne.
3225 Du haft getan groß vngefoch.

Orlob haſtu genomen;
Ge heym, es iſt da mid genoch,
Dvn darbſt nicht wedir komen.

Nv meyne werde konyngyn,
3230 Synt her hat nicht me getan,
Ab ym da vm dẏ frouwe zyn
Der liebe muge abeſtan.

### Berichtunge der frage.

Der mynne van naturen an
Iſt, ſam ich iz merke,
3235 Daz dẏ loſen mynnen man
Sich wunſchin mynnen werke
Anderer frowen mynniglich.
Y doch ſẏ des van hertzen nicht
Meynen, frunt myn, ſicherlich.
3240 Sẏ machin kunſtlich loz gedicht,
Vff daz ſẏ irer frouwen                     (76 b)
Geloubin vnde ſtetikeyt
Mugen recht beſchouwen,
Dẏ ir frouwe tzu yn treyt.

3245 Willich frouwe edir man
Durch alſulche ſache
Wil zyn liebis lieb vurſman
Eyne durch dẏ ſprache,
Dẏ iz vff vurſuchin ſprach
3250 Synes liebis ſtetikeyt,
Vnde ab ſyn liebe were ſwach;
Der tut nicht recht vff mynen eyd,
Ab anders keyne ſach treyt.

Da vm ym irer mynnen ſpil
3255 Van rechte muge zyn vurſeyt.

Wa vmme ich beſließin wil:
Wil dẏ frowe rechte tůn,
Sẏ zal mid irme knaben
Machin eyne feſte ſun,
3260 Vnde wedir lieb gehaben.

*Dẏ vunffvntzwentigiſt frage.*

Ach ſchone werde konyngyn
Beſcheyde mir eyne frage vort:
Ez zolden tzwene knaben zyn     (77 a)
Gelichir ſtalt gelichir bort;
3265 Allez daz der eyne had,
Daz zal auch der ander han
Yn geferte in gewat:
Y doch der eyner vore gan
In richetum den andern zal,
3270 So daz ſẏ eyne vngelich
Sijt an ires gutis mal;
Der eyner arm der ander rich.
Dẏ ſolden dienen ſamentlich
Durch mynne eynem frowelin.
3275 Nv ſage mir, ab der knabe rich
Der frouwe zulle dẏ liebiſte zyn?

*Berichtunge der frage.*

Iſt daz frowlin riche,
Daz tzyret irer wibheyt crantz
Dem richin ſẏ entwiche
3280 Vnde tzucke den armen an den tantz.

Gelobin vnde pryſen
Dẏ frowen zal men mogelich,
Dẏ armer gantz amyſen
Keynewiſe ſchamen ſich                    (77 b)
3285 Vnde haben lieb durch ire not,
Vnde yn mete teylen
Gud daz irem aremot
Vnde kummer kunne heylen.

Ich neweyß waz frowen edir man,
3290 Dẏ da trybin mynnen ſpil,
In ere baz gelobin kan,
Vurwar ich dir daz ſagen wil,
Dan daz eyn dem andern ſẏ
Troſtlich an ſir trubikeyt,
3295 Vnde vaſt in ſynen notin bẏ
Behulflich, wan her kumer treyt.

Iſt arm dan daz frowelin,
So keſe ſẏ den richin.
Daz dunkit mir keyn ſchande zyn,
3300 Sẏ tut ez tzemelichin.
Went frunt myn du zalt wißen,
Wa tzwe lieben arm zyn,
Da machſtu frilich giſſen,
Daz ir liebe ſlichit hyn.

3305 Dẏ liebe da nicht blibin wil;         (78. a)
Wa armot gekomen iſt,
Da werit nicht lang mynnenſpil.
Iz ſluſit hyn in kurtzir friſt.
Daz kumpt van ſchamen, den ſẏ han,
3310 Vnde irer danken trubikeyt.

Da van ir ſpil luſt mûß vurgan
Vnde wirt gewant in ſendikeyt.

*Dỹ ſexvntzwentigiſt frage.*

Sage mir frouwe mynnyglich,
Ab dỹ genanten knaben
3315 Syn in allem ding gelich,
Wen ſolde ſỹ dan haben?

*Berichtunge der frage.*

Wer da erſt gebetin had
Dỹ frowen vm ir mynnenſpil,
Dỹ habe irer liebe ſtad.
3320 Wer erſt kumpt, erſt her malen wil.

Men kemen ſỹ geliche vor,
Vnde reyffin dan der frowen tzu:
Frow vff thu dir mynnen tôr,
Vnde hilf vns armen vz der dru,      (78 b)
3325 So ſtet ez an dem willekor
Der frouwen, wen ſỹ laßin in
Wil, ab laßin al da vor.
Sỹ mag keſen an dem ſyn,
Wer ir beuellit allir beſt,
3330 Vnde da ir wille iſt gewant,
Den laße ſỹ an ire feſt
Vnde gebem irer mynnenbant.

*Dỹ ſyebenvntzwentigiſt frage.*

Eyn ritter vßirmaßen
Hatte lieb dỹ frowen zyn.

3335 Tzu mute des nicht vaßen
Dȳ frowe wolte noch tzu ſyn.
Sȳ hatte lieb den gutin man,
Y doch waz nicht dȳ liebe recht.
Wa vm begunde abelan
3340 Van ir dȳ ritterlige knecht.
Daz waz der frouwen nicht tzu dank.
Sȳ ſprach: du zalt behalden mir;
Ich wil tun dir keynen wank;
Daz redich in geloubin dir.                    (79 a)

3345 Hij vff tzart frowe mynnynglich
Du hoge werde konyngyn
Sage mir, des biddich dich,
Gutlich dynes mutes ſyn.

*Berichtunge der frage.*

Ez iſt eyn mortlich miſſetat
3350 An frowen, ſrunt daz ſagich dir,
Dȳ da heyßchin liebeſtat
Vnde ſettzin keyn begir,
Daz ſȳ wedir lieb gehan
Willen mid begerlikeyt
3355 Iren lieben gutin man,
Dȳ gantz liebe tzu yn treyt.
Wer wille zyn gehalden
Lieb van andern lutin,
Der habe lieb; her valden
3360 Sich zal tzu wedirtrutin
Vnde tzu der liebe gantz,
So ſtet her hoch in pryſe.
Frow ere git ym iren crantz.               (79 b)

Went der ift gar vnwife,

3365 Der van andern des begert,

Daz her nicht wolte geben.

Her ift keyner liebe wert,

Vurfluchit fÿ zyn leben.

Wa vm der frowen wol vorfeyt

3370 Mochte van dem gutin man

Werden ir begerlikeyt,

Her zal fÿ numme lieb gehan.

### Dÿ achtvntzwentigift frage.

Sage mir hoge konyngyn,

Ab weren tzwene knaben,

3375 Dÿ wolten eyn tzart frowelin

Sament lieb gehaben;

Der eyne folde wefen alt

In iaren vnde eyn fromir man,

Der ander jung vnde mißgeftalt

3380 In fromikeyt, vnde keyne han

Tugent, lob, noch ere.

Nv fage mir frowe konyngyn,          (80 a)

Wer tzu kefende were

Van dem gutin frowelin.

3385 Went kore fÿ den jungen,

Daz macht ym lichte fromen,

Daz worde bald vurdrungen

Vnde van hynnen komen

Syn vngeftalte fromikeyt,

3390 Vnde fer gebeffirt werdin.

Daz nicht gefchicht, wirt ym vurfeyt

Dÿ liebe van der werdin,

9 *

Da van auch dỹ frowe vil
Vurdiente lobis vnde prys,
3395 Daz van irer mynnenſpil
Der vngeſtalte werde wys,
Vnde irwerbe eren cleyd,
Vnde fromikeyt, dỹ her nicht hat,
Gewandelt gantz in bederbikeyt
3400 Mid irer werdin liebe ſtat.

### Hij berichtit yn dỹ konyngynne.

Frunt! wol daz vnfromikeyt          (80 b)
Dez ergenanten jungen
Da van mochte nyderleyt
Werdin, vnde vurdrungen;
3405 Der frowe ich doch raten wil,
Daz ſỹ dem alden fromen man
Gebe irer mynnenſpil,
Wil ſỹ an dem wiſſen ſtan.
Went ez al ſo komen
3410 Mochte, daz ir lare
Dem jungen keynen fromen
Tete noch geware.

Went nicht beclybit alle ſåm,
Dỹ an dỹ erdin wirt geſeyt
3415 Mid fliße vnde gantzem råm,
Auch alle blůt nicht fruchte treyt.

### Dỹ nvnvntzwentigiſt frage.

Sage mir hoge konyngyn:
In liebe waz getoppelt faſt
Eyn mynnynglich juntfrowelyn,

3420 Dŷ wart vurtruwit vnde belaſt      (81 a)
Mid eynem man tzur echtſchafft.
Dŷ bat ir erſte mynnen man
Vm irer liebe fruntſchafft,
Vnde daz ſŷ yne wolde han
3425 Lieb, ſam ſŷ tzu vorne plach.
Dez weygerte ſŷ dem gutin knecht.
Nv meynich, ſynd dez nicht geſchach,
Tete ym da mid dŷ frouwe recht.

*Berichtunge der frage.*

Nuwe truwe mid echtſchafft
3430 Zal vurtrybin keynewys
Des erſtin liebes mynnencrafft;
Her zal mete zyn amys.
Y doch wil ſich nicht valden
Daz frowelin tzu liebe měr,
3435 Vnde keyner liebe walden,
Vnde had ſich gantz entzogen ſěr,
Daz ſŷ nvmme lieb gehan
Wil an irem ſynne,
Sam ſŷ vorn had getan;      (81 b)
3440 So mag ſŷ ire mynne
Dem gutin knechte tzuchtiglich
Mid gutir liſt vurſagen,
Des darb her nicht tzu leide ſich
Tzeen vnde nymand clagen.

*Dŷ dryſſigiſte frage.*

3445 Sage mir frouwe hocgeborn:
Eyn tzart frouwe vnde eyn man

Hatte lange tzijt tzu vorn
Geweſt der echtſchafft vndirtan.
Dy̆ worden durch ir veyden
3450 Vnde iren ſteten krych
Van eynander ſcheyden;
Sy̆ lebeten ſament vngelich.

Da nach dy̆ ſelbe gute man
Gar fruntlich bat daz frowelin,
3455 Daz ſy̆ yn wolde lieb gehan;
Dez begerte hoch ſyn ſyn.
Nv meynich frowe mynnynglich
Du hoge werde konyngyn,
Ab daz were redelich,               (82 a)
3460 Daz ſy̆ yn ließe wedir in?

### *Berichtunge der frage.*

Kurtzlich ich dirs ſagen wil,
Daz daz gute frouwelin
Ym nicht zal der mynnenſpil
Irloubin, noch yn laßin in.
3465 Ez were ſchentlich ſchemelich
Vnere mang den lutin,
Daz tzwe geſcheyden aber ſich
Begunden wedir trutin.

### *Dy̆ eynvndrißigiſt frage.*

Sage mir ab daz were recht:
3470 Eyner frouwen vndirtan
In loſir liebe waz eyn knecht,
Dy̆ waz tzu eyner andern gan.

Dy̆ hatte her lang gebetin vil
Daz ſy̆ ym wolte geben
3475 Irer werdin mynneſpil.
Her tete gentzlich eben,
Ab her zyn liebis frowelin (82 b)
Tzu vorn hette ny irkant,
Vnde liebe an ſynem ſyn
3480 Hette ny an ſy̆ gewant.

Do her der anderen liebe frucht
Hatte gantz irworbin,
Do tete her ſyne gutin tzucht
Recht ſam ym ny geſtorbin
3485 Were ocſe edir ſwyn.
Her hatte ir liebe keyne ruch,
Sy̆ waz ym gentzlich nicht tzu ſyn,
Sy̆ tucht ym zyn eyn ſchußiltuch,
Syns ſchaden hatte her ruwe.
3490 Her bad zyn erſte frowelin
Van dy̆ vurlornen truwe,
Daz ſy̆ zyn liebichin wolde zyn.

*Berichtunge der frage.*

Frunt ich ſage vor eyn recht,
Daz keyn der tzwier frowen gut
3495 Den boſen falſchin mynnenknecht
Zal entfan an iren mût.
Her zal auch numme lieb gehad (83 a)
Zyn van werdin frouwen.
Her zal durch zyne miſſetat
3500 Mid ezelen ewig rouwen.
Went ſullich vngehure luſt

Ift der liebe heßeryn,
Schoner frowen lieblich kuft
Zal ym nicht vndirtenig zyn.

*Dĵ tzwevndrißigift frage.*

3505 Eyn ritter waz gantz mifgeftalt
In tugent vnde in fromikeyt;
Den hatte eyn frow tzu fich gevalt
Vnde ire liebe an yn geleyt.
Van irer lare fußikeyt
3510 Wart der ritterlige man
Gantz gekart in fromikeyt.
Im weffin gute fete an.
Her wart irlufftit alfo clar
In tugent vnde mere,
3515 Daz her van allir frowen fchar
Waz gepryfit fere.

Den ritter bad eyn frowelin,          (83 b)
Daz her ir dienen wolde
An der mynnen ftrickelin.
3520 Her tete daz her folde,
Sprach dĵ ritterlige knecht.

Nv meynich werde konyngyn,
Ab dann gefchege recht
Dem gutin erftin frowelin,
3525 Synd daz fĵ dem gutin man
Mid flißichliger lere
Had fromikeyt getzogen an,
Lob, tugent, tzucht, pryf, ere.

### Berichtunge der frage.

Van dem ritterligen man
3530 Iſt daz gar eyn vbiltat,
Daz her nicht irkennen kan
Syner frowen woltat.

Y doch ſynd daz daz frowelin
Fliß an den vil gutin man
3535 Had geleyt vnde iren ſyn,
So zal ſy̆ ſo nicht laßin van.
Wan dy̆ frowe daz vornympt,
Daz zyn liebe iſt gewant                    (84 a)
Vnde tzu andern frowen glympt,
3540 So zal ſy̆ riſlich dan tzuhand
Heyßchin iren gutin man,
Vnde ym vorbieten hertichlich,
Balde daz her laße van,
Daz ſy̆ zym namen lobelich;
3545 Vnde daz her zull gedenken,
Daz ſy̆ ſy̆ dy̆ genne weſt,
Dy̆ erſt begunde ſenken
Syn quad geruchte vz der feſt.

Den ſelbin man zal anders keyn
3550 Erber frouwe lieb gehan
Ån dy̆ erſte alßich meyn.
Van ym ſy̆ ſich nicht trybin lan
Zal, ſynd ſy̆ yn geſchaffin had.
Keyn ander had tzu yme recht.
3555 Sy̆ halde yn feſt, daz iſt myn rad.
Her zal auch zyn keyner andern knecht.
Sy̆ ym gemachit nuwe
Had dy̆ krochelechtin hud.

Her breche ir keyne truwe,
3560 So tud her ſam dẏ rechte tud.　　　(84 b)

*Dẏ druvndriſſigiſt frage.*

Ich noch eynen tzwifel han:
Obir měr wart vßgeſant
Eyner frowen liebe man
Durch werb fern in fremde land.
3565 Der ſelbe man waz vz ſo lang,
Daz keyn hoffin tzu ym waz.
Der mynnen luſt dẏ frowen twang.
Sy dachte, daz ſẏ tete baz,
Daz ſẏ mid irer liebe,
3570 Wolte her nicht komen bald,
Sich eymen andern gebe,
Der da hette gut geſtalt.

Dez wart des gutin fromen man
Meteheler ſnel gewar.
3575 Her ging tzu der frowen dan.
Her ſprach: ſchone frowe clar,
Sam ich ez han vurnomen
So iſt dir tzu ſynne
Eyn nuwe liebe komen.
3580 Dẏ tut dir keyn gewynne,
Noch auch cleynen fromen　　　(85 a)
Tut by myme eyde.
Laß dit geſchefft entſlomen
Vnde thu ez nicht tzu leyde
3585 Dyme liebin gutin man,
Der da ny keyn vbiltat
Noch wandel had an dir getan;

Ez nicht frow van mynen rad.

Dẏ frowe ſich an ſynen rad

3590 Nicht karte vnde enhorte nicht;

In hertzen waz her ir vurſmat.

Sẏ ſprach: du biſt der red eyn wicht.

Getzempt ez frowen, den ir man

Leytlich abe geſtorbin iſt,

3595 Wan tzwe jar ſijt hin gegan,

Eyn nuwe liebichin ſundir friſt

Keſen an des todin ſtat:

So dunkt daz mir keyn ſchande zyn,

Vnde iſt auch nicht eyn miſſetat,

3600 Daz ich eyn andern laße in,

Synd daz vnſe gute man

In erdrich noch den leben had,          (85 b)

Vnde van ym nicht gewiſſin kan,

Ab ez ym wol ab vbil gad.

3605 Het her mich van hertzen lieb,

Vnde were an dem leben,

Her hette botin edir brieb

Mir lange wol geſcreben;

Geſlechte ſind der botin

3610 Da noch nicht vurſtorbin iſt

Vorſwunden noch tzuſchrotin.

Her iſt frunt tzwar nicht gutir liſt.

Wez zal ich ſyner frowen mich?

Tzijt genug had her gehad,

3615 Daz er ſcrebe: hij bin ich.

Wa vm ich an eyn ander ſtad

Wille ſettzen mynen ſyn,

Vff eynen andern gutin man,

Synd ich froyde noch gewyn,

3620 Van ym nicht gehabin kan.

Nv meynich werde konyngyn,
Ab auch were daz gerecht,                    (86 a)
Daz daz gute frouwelin
Sus verließ den gutin knecht.

*Berichtunge der frage.*

3625 Keyn frowe zal vurlaßen
Iren lieben gutin man
Noch keynewyfe haßen,
Der vzgeretin edir gan
Ift in werbe lange tzijt,
3630 Da yn getwang tzu große nôt.
Des her nicht kunde wefen quijt,
Synd fyn here ez ym gebôt.
Ab had her redeliche
Sache, dŷ wol lobis wert
3635 Sijt, daz her entwiche
Lange tzijt fyr frowen werd.

Dŷ frowe zal des frowen fich
Vnde haben froyde groß,
Daz men vz lande lobelich
3640 In tugent pryfit ir genoß;
Vnde daz her mang der furftin fchar
Mid fyner manheyt wirt bekant;        (86 b)
Vnde daz zyn name offinbar
Wirt werdiglich an fremde land.
3645 Syd daz her fyner frowen lieb
Der vil gute fromir knecht
Nicht enbot noch nicht enfcrieb,

Tzu clugheyt wirt ym daz gelecht.
Went keyner zal eyme fremde man
3650 Synes liebis heymlikeyt
Sagen noch gewiſſin lan,
Synd ez bryngit allez leyd.
Went hette her briebir vzgeſant,
Vnde dan der briebir macht
3655 Dem gebotin tan bekant,
Offind vnde gantz entacht;
So mochtis zyn gekomen,
Daz der gebote ſtorbe,
Van andern vnde genomen
3660 Werdin, daz her worbe.
Da van ir tzwier heymlikeyt
Worde kund vnde offinbar,          (87 a)
Vnde ir lieb in hertzeleyt
Vurwandelt werden vnde gekart.
3665 Auch mochte durch ſyn boſheyt
Des werbes bote ergenant
Syn werb nicht laßin vngeſeyt
Den lutin, wan her were tzu land.
Wa vm dẏ frow vurlaßin
3670 Durch ſulche ſache iren man
Nicht nezal noch haßin,
Noch keynen nuwen aneuan,
Wil ſẏ lob, ere vaßen.

*Dẏ viervndrißigiſt frage.*

Sage mir werde konyngyn
3675 Ab eyner, der vurloren hat
Fuß, vinger, hand ab ougelyn

Mid mancrafft, ſyner liebe ſtat
Da vm enperren ſolde;
So daz yn dẙ frowe zyn
3680 Da vmme nicht newolde      (87 b)
Tzur liebe laſßen wedir yn?

## Berichtunge der frage.

Keyn gud frowe zal vurſman
Durch alſulche ſache wert
Iren hertzeliebin man,
3685 Ab her in ſtryte wirt geſert.
Willich frowe tut alſo,
Dẙ ſẙ gelaſtirt vnde geſchand;
In eren ſy ſẙ numme fro,
Ir gute nåm werde vnbekand.

## Dẙ vunffvndriſßigiſt frage.

3690 Sage mir werde konyngyn:
Eyn ritter ſtoltz an vnſem land
Dem waz eyn frowe gantz tzu ſyn,
Der kunde her ſelber nicht bekant
Tvn vnde offinbaren,
3695 Wẙ daz her ſẙ hette lieb.
Sẙ kunde nicht irfaren,
Synd her ir ſcreb keynen brieb.    (87* a)
Groß liden ſẙ ym wrachte
Mid ſorge an ſyns hertzen ſchryn.
3700 Her eynen ſyn irdachte,
Dẙ tuchte ym dẙ newſte zyn.
Her balde eynen knaben vant,

Dem her zyne heymlikeyt
In geloubin tete irkant.
3705 Her fprach: ach wes nv bereyt,
Ez get mir vz dem fchertzen,
Synd ich nach der frowen fpil
Vurbrynne fer in hertzen.
Myn frunt ich dich bidden wil,
3710 Daz du dich willeft machen hyn,
Vnde fagen tzu der frowen,
Daz fÿ mir gentzlich fÿ tzu fyn,
Vnde tut mich nymmer rouwen.

Der knabe fprach: al fromikeyt
3715 Mugit ir mir wol getruwen.
Vwen fyn in heymlikeyt            (87* b)
Wil ich ir wol vurnvwen.

Nv fich eyn vngehure dyng
Van dem felbin knaben.
3720 Her balde tzu der frowen gyng,
Doch keyne wordir haben
Wolde her van dem ritter gud.
Her neyk gar fchon dem frowelin.
Dÿ ritter waz ym nicht tzu můt.
3725 Her fchaffete felber zyn gewyn.
Her bad fÿ alfo tzuchtiglich,
Daz fÿ ym kunde keyne wys
Vurfagen, fÿ enmofte fich
Ym geben bald vor eyn amys.

3730 Sÿ macheten eyn gelofte vord,
Sÿ gab ym irer mynnen fpil
Vnde alles daz tzur liebe hord.

Vff diß ſache ich dich wil
Bidden werde konyngyn
3735 Vil ſchone frowe mynynglich,
Daz du mir ſageſt dynen ſyn,   (88 a)
Dez tzwide liebiſte frowe mich.

### Berichtunge der frage.

Synd daz dŷ frowe mynynglich
Den boſen loſen falſchen man
3740 Haben nicht enſchempte ſich,
So dunkt mir daz gerechte ſtan.
Daz myn frow ſŷ wol gewert
Mynes heren lobeſam,
Alßich mich dez han belert,
3745 Sŷ haben ſich mid allem ſcham.

Der genne zal nich kouffin vleyß,
Der kouffinſchafft nicht trybin kan
Vnde des marktes nicht neweyß.
Sus ſolt auch nicht genomen han
3750 Dŷ gute frowe diſſen knecht.
Y doch had ſŷ an ym behach,
Sŷ hab yn ſich, daz iſt wol recht.
Hij mirke frunt eyn cleyne nach,
Daz keyn frowe noch keyn man
3755 Diſſer tzwier vorgenant   (88 b)
Tzur mynnen ſpil zal ruche han
Vnde numme liebe tun bekant.

Auch ſullen ſy geſcheyden zyn
Vz allir werden frowen ſchar
3760 Vnde werdir ritter fyn.
Men zal ſŷ numme heyßchin dar,

Synd her den ritterligen nåm
Gar boflich had vurfenkit,
Vnde fyr werdir frouwen fchåm
3765 Gar lefterlich gecrenkit.

*Dj fexvndrißigift frage.*

Eyn ritter bad eyn frowelin,
Dẙ waz eym andern vndirtan,
Daz fẙ zyn liebichin wolde zyn
Vnde in hertzen lieb gehan.
3770 Sẙ fprach: wan ich gefcheyde mich
Van myme liebin gutin man,
So zaltu wiffin ficherlich,
Daz ich dich wille lieb gehan.        (89 a)
Gar eyn cleyne tzijt da nach
3775 Dẙ frowe tzu der echtfchafft
Vurtruwit vff den elfftin tach
Wart, vurftrickit vnde behafft
Mid deme, den fẙ lieb tzu vorn
Hatte lange tzijt gehad.
3780 Alß dit vornam dẙ hocgeborn
Ritter, her tzur frowen trat
Vnde heyßchete fyner mynnen fpil.
Daz fẙ ym redte lang tzu vorn,
Daz her begerte me dan vil
3785 Vnde lange hatte vßirkorn.
Sẙ fprach: ich nicht gefcheyden mich
Habe van myme gutin man;
Anders woltich gerne dich
Vil liebir ritter lieb gehan.

3790 Nv meynich werde konyngyn,
Ab dem ritter fche gerecht,
Daz daz gute frowelin
Ym geloubin fus vurfecht.                    (89 b)

*Berichtunge der frage.*

Des darbftu keynen tzwifel han.
3795 Hij vorne ift ez nydirlacht:
Dÿ liebe dÿ zal nicht beftan
In echtfchafft noch gehaben macht.
Wa vm dÿ frow tzu lobende ift,
Vnde tzyret irer wibheyt crantz,
3800 Daz fÿ den ritter fundir frift
Tzur liebe laße in den tantz.
Dem ritter gebe fÿ dÿ bruft
Vnde der obirftin teyler fpil,
Der ander habe fyne luft,
3805 Sam dÿ echtfchafft haben wil.

*Dÿ fyebinvndrißigift frage.*

Sage mir werde konyngyn,
Ab in der mynnen kore
Menner, dÿ da jungen zyn,
Gen dÿ alden vore.

*Berichtunge der frage.*

3810 Wan men wolte an gefeen                    (90 a)
Rycheyt, wyfheyt, fromikeyt,
Lobelige fete irfpeen,
Dÿ velen jungen fijt vurfeyt,

So gyngen vor dẙ alden man.

3815 Doch rede der natûre,
Dẙ jungen lute voregan
Heyßit an dem kûre.

Wiſſe, daz dẙ jungen man
Gyrlicher, gemeßelich

3820 In alder frowen liebir han,
Dan dẙ in alder yn gelich
Siit; ſus auch herwedirher.
Dẙ da ſijt in jaren alt,
In mynne liebir rouwen

3825 Willen, vnde zyn geualt
Tzu den jungen frouwen.
Aber ſo iſt nicht geſtalt
Der frowen ſyn herwedirher.
Sẙ zyn jungen edir alt,

3830 Tzun jungen man iſt ir beger;     (90 b)
So daz dẙ frowe liebir wil
Mid eyme riſchen jungen man
Vbin irer mynnen ſpil
Vnde geſeltſchafft tzu yn han.

*Dẙ achtvndrißigiſt frage.*

3835 Ab gabe tzwier liebichin eyn
Van dem andern nemen zal,
Daz iſt keyn tzwifel alßich meyn.
Der tzwifel tud mir keyne qual,
Went gabe machit liebe faſt.

3840 Aber werde konyngyn
Ich kan nicht gehaben raſt,
Synt ich noch in tzwifel byn,

10*

Wŷ dŷ gabe zyn geſtalt
Zal, dŷ eyn dem andern git,
3845 Went kouffinſchafft iſt menigfalt.
Des tzwifels werich gerne quijt.

### Berichtunge der frage.

Frunt ich wil berichtin dich
Vnde mynren dyne qual.
Eyn van dem andern tzemelich
3850 Nemen mag vnde nemen zal          (91 a)
Frylich ſundir alle vår
Vnde ſundir allen hon:
Bendil, vnde ornat des har,
Brattzen, ſpennichin, vnde cron,
3855 Sappil, ſpegil, gortil,
Kam, pryſen, corden, ermelin,
Henſchin vnde ſchortzil,
Buxin, vnde vingerlin,
Krut, confert, becken, hantfaz,
3860 Laden, keſtichin, vnde ſcryn,
Butil, vnde gemeynlich daz,
Daz luſt gebet vnde ſchyn,
Vnde getzyrt den lichenham;
Ab mach, daz daz liebichin dyn
3865 Heymlich, frylich, ſundir ſcham
Mag an dich gedechtig zyn.
Aber du zalt merke han,
Ab dynes lieben liebis ſpil
Me nach der gifte ſŷ beſtan,
3870 Dan nach dem gutin willen dyn.
Iſt daz alſo, dich dan tzuhant

Wende van ym, daz rate ich dir.　　(91 b)
Wes nicht me tzu ym gewant;
Settze da nicht dyn begyr.

3875 Frunt ich thu dir auch bekant:
Git men dir eyn vingerlin,
Daz habe an dir lynkern hand
An dem cleynen vinger dyn;
Vnde des vingerlines fteyn
3880 Zal ynnenwendig zyn gekart,
Vff daz yn befcouwe keyn
Nyden tzu der erden wart.
Went meynichlich dẙ linker hand
Vormidet fchentlich boflich taft
3885 Vnde tzur reynikeyt gewant
Tzur reynikeyt ift fẙ geraft.

Auch dẙ wintzige vinger cleyn
Ift vor den andern vßgemalt,
Dyn tod dyn leben, alßich meyn,
3890 Da ynne hufit mid gewalt.

Wer auch wil tryben mynnenfpil,
Der zal ez helen heymelich
Vnde bedecken altzu vil
Mid weme her bewere fich.　　(92 a)
3895 Tzu tzeychin deffer fache cleyn
Zaltu nicht entdecken
Dynes vingerlines fteyn
Vnde nicht hij vore trecken.

Auch zaltu nicht genennen
3900 Dyn lieb an keynem briebe.
Laß dich auch nicht kennen.
Scrybiftu dyme liebe,

Dv zalt yn nicht befegelen
Mid dyner fignaturen.
3905 Daz habe vor eyn regelen,
Vnde habiz hoge curen

Mid dyme liebe famentlich.
Ein fegel habe vnvurmelt,
Wiltu wiffen ficher dich
3910 So blibt dyn liebe vngefelt.


Hij endiget fich der andir teyl duffis buchis.

## der dritte teyl

*diſſis buchis, dj ſich begynnet: Me lare vnde regelen.*

(92 b)

Me lare vnde regelen
Dv hoge werde konyngyn
Woldeſt mir beſegelen
Sprechſtu an dem ambegyn.
3915 Dÿ laß mich wiſſen nvtzurſtund
Vil ſchone frowe mynnynglich,
Anders werdich nicht geſund.
Entoffin ſÿ mir dez biddich dich.
Auch werde konyngynne
3920 Dv redteſt tzu mir alßich meyn,
Sam ich iz mich vurſynne,
Wol iſt dirs tzu mûte cleyn:

Dv zalt zyn der ritter eyn
Dÿ hij zijt an diſſem zaal.
3925 Mang den ſchonen frowen reyn
Zaltu han daz ubirſte mal;
Da tzu han ich dich vßirwelt.
Auch zaltu den kore han
Mang diſſen frowen hij getzelt.
3930 Selbir ich dir vndirtan
Wille zyn mid mynem hĕr.

Bidde waz du habin wilt,
Dir gefchicht nach dyner ger.
Myn gunſt in liebe tzu dir fpilt.　　　(93 a)

3935 Nv biddich werde konyngyn,
Siit du mir geben haſt den kôr,
Wol daz ichs nicht gewerdig byn,
Mich laßiſt an dir mynnen toer.
Dorſtich iz fprechin ane vâr,

3940 Sôn waz mir ny tzu fynne
Keyn frowe, fam du frowe clar,
Dv werde konyngynne.
Wol daz ich vurſtrickit byn
Vnde eyner andern vndirtan;

3945 Dŷ mag nach der lare dyn
Mynen orlob wol gehan,
Synd fŷ mich gentzlich ane fchuld
Vnde fundir alle miſſetat,
Wŷ foltich kunnen tragen duld,

3950 So jemerlich vurfchobin hat.
Ich y vnd y ir undirtan
Byn geweſt al myne jar,
Ich ir hij nicht nennen tar;
Ich mag fŷ numme lieb gehan,

3955 Synd fŷ auch gebrochin hat
Geloubin, den wijr famentlich　　　(93 b)
Geredten an der mynnenftat.
Sŷ habe, wen fŷ wille fich.

*Hij antwordit ym dĳ konyngynne.*

Waz ich dir geredet han,
3960 Des faltu frylich fiche zyn.

Dv zalt zyn myn liebe man,
Tuſtu nach den boten myn,
Vnde waßich frunt geheyße dich.
Went ließich dich ſo ſlechtlich in,
3965 Daz wer mir hon, des ſchemptich mich.
Ez mag ſo lichtlich nicht gezyn.
Dv moſt tzu vorn liden ſwer
Mid pyn zalich dich lieb gehan
Vnde ſolgen myner ler.
3970 Went keyn ding lange waren kan,
Daz men kryget ane nôt.
Sußikeyt auch ane ſûr
Vnde ſundir ander varwe rôt
Nicht lange blybin nacgebûr.
3975 Zalich dich frunt lieb gehan,
So moſtu vbin ritterſchafft.
Dv zalt ryten vnde gan,
Vnde halen mir mid ſigefacht            (94 a)
Den habich, der geſtrickit ſtat
3980 Vff eyme guldin ricke,
Mid dem briebe, den er hat
Geclymmet an dem ſtricke
An konyng Sydrus hobe,
Da van du krygeſt hoen prys,
3985 So wil ich dir tzu lobe
Mich geben ſnel vor eyn amys.

*Wij her der konyngynne dankte vnd hyn reyt.*

Ich neyk der frouwen mynnynglich
Vnde dankt ir myd beratenem ſyn.
Ich ſprach: der tuſil hale mich,

3990 Wan ich nicht thu dẏ bote dyn.
Sẏ gab mir harnofch vnde phert,
Sẏ fmvgkte mich mid ritterfchafft;
Sẏ fprach: frunt waz dyn hertze gert,
Daz zal zyn an dir behafft.

3995 Ryt liebir frunt, wes wolgemut,
God dich mir fende wedir bald,
Ryt vnd wes in eren vrût,
Ich gebe dich der gotis wald.

Eyne nam ich an dẏ fart.

4000 Ich reyt durch eynen großin wald.      (94 b)
Da bejente mir eyn juntfrow tzart,
Schoner vil dan fchon geftalt.
Sẏ reyt eyn vngefatilt roß,
Ir tzoum daz waz des pherdes hår.

4005 Ich bôt ir riflich mynen groß.
Dez dankte mir dẏ mayt clår.

Sẏ fprach: daz du fuchift hijr,
Daz kan dir warlich nicht gefcheyn.
Ich enwille helffin dir,

4010 Anders ift dyn wille keyn.

Vnwerclich ich daz megetin
Begunde da tzu fragen,
Waz were da dẏ wille myn;
Kunde fẏ mir daz gefagen,

4015 So woltich ich geloubin dan
Vnde thvn nach irme råt,
Vnde gantz geloubin han,
Daz fẏ mir geredet hat.

Sẏ fprach: du wilt irwerbin

4020 Den habich an konyng Sydrus hob,

Vff daz an dir beerbin
Mag der konyngynnen lob
Vnde van andern frowen prys. (95 a)
Da vor dy̆ felbe konyngyn
4025 Sich gebet dir vor eyn amys;
Anders ift dir nicht tzu fyn.

Gar wunderlich waz mir tzu fyn.
Ich bekentes ane vår
Dem vil fchonen megetin,
4030 Daz ez gefprochin hette war.

Den habich kanftu krygen nicht,
Sprach tzu mir das megetin,
Des zaltu zyn van mir bericht,
Dv moft da vor eyn kemphir zyn,
4035 Mid kamphe hart betzugen daz,
Daz dyn liebe konyngyn
An konyng Sydrus pallas
Mid fchone tzart den frowen fyn,
Dy da halden ire raft,
4040 Keynewys gelichin,
Vnde fulcher fchone zyn eyn gaft,
So daz fy̆ entwichin
Mugen wol der frowen dyn.
Daz moftu betzugen hart
4045 Vnde eyn bewyfir zyn
Mid kamphe vor den frowen tzart. (95 b)
Myn liebir frunt auch wiffe das
Dv kanft nicht an des zales tör
Gen noch in daz pallas,
4050 Dy̆ hotir, dy̆ da fittzen vôr,
Enwyfen erft den henfchin dir

Da men den habich mete treyt.
Des zaltu wol geloubin mir,
Dv vindeſt daz vff mynen eyt.

4055 Den henſchin machſtu nicht gehan,
Ez were dir vnmogelich,
Dv nemoteſt erſt beſtan
Tzwene kemphin ritterlich,
Dỷ dir nicht gelichint ſint

4060 In manheyt, crefftin vnde macht.
Vff irme helme ſam der wynd
Vnde daz mêl biſtu geacht.

Ich han geprubit vnde geſeen,
Tut mir vw hulffe keyne ſtur,

4065 So mag myn wille nicht geſcheen,
So trybich gar eyn tzijtvurlur.
Wa vmme trut juncfrouwelin
Begerich vwer gnate,                    (96 a)
Laßit mich v dyner zyn

4070 Mid alle mym gewate.
Get mir troſtis hulffe ſchyn
Y etele ſchone clare meyt,
Wỷ daz irgê dỷ wille myn,
Da vm wil ich v zyn bereyt.

4075 Daz etele ſchone megetin
Tzu mir ſprach gar tzuchtiglich:
Kundeſtu faßen dynen ſyn
Vnde alſo geſtellen dich,
Daz du dorſteſt anevân

4080 Sundir frochtin hertiglich,
Daz ich vorn geſprochin han;
So woltich balde tzwiden dich.

Ich ſprach: werde troſteryn,
Allez, daz ir heyßit mich,
4085 Dez wil ich eyn begynne zyn
Sunder frochtin ſicherlich.

Sẙ kuſte mich an mynen mund.
Sẙ ſprach: far hyn, wes wolgemůt,
Dyn beger dir werdit kund,
4090 Keyn vngeuell dir ſchaden tůt.

Sẙ gab mir ire ſtoltze ros,          (96 b)
Da ſẙ ſelbin obin ſaß
Dẙ bluyende bernde ſuße flos,
Daz da vngeſatilt waz.

4095 Sẙ ſprach: habe dir diß phert,
Daz zal dich balde bringen
Tzům habich, den dyn hertze gert.
Dir zal wol gelingen.
Auch zaltu hoge mirke han,
4100 Wan du dẙ tzwe recken hart
Mid ſigefachte haſt beſtan,
Dẙ den henſchin hotin tzart;
So ſich dich vor cluglich wys,
Daz du van yn nicht anevaſt
4105 Den ſelbin henſchin keyne wys.
Sich aber, daz du ſelber gåſt,
Da her iſt gehangen
An eyme guldin ricke.
Da zaltůn ſelbir langen
4110 Enpinden vz dem ſtricke,
Anders machſtu nicht gehan
Nach willen dynen ſigefacht
Vnde nicht an Sydrus pallas gan,

Da der habich iſt behafft.

4115 Alße dit allez waz geſchen,      (97 a)
Begundich mich bereytin bald
Vnde mine waphin anetzen.
Ich reyt vorbaz in den wald.
Da vandich grubin greſelich
4120 Vnde gar wilde ſtete,
Vele tyere grymmichlich,
Daz mich ſer gruwen tete.
Tzu leſt vandich eyn waſſir groß
Breyt vnde obirmaße dieff.
4125 Ez ſnel in bulgen ſtorme floß,
Ez vßirmaßin ſere lieff.
In allenthalben waren lang
Dỹ oebir hoch vnde michel ſcharr,
Da kunde ſỹn keyn tzugang;
4130 Daz waſſir an dỹ rypen garr.

Alßich reyt an dem oebir hyn,
Tzu myme großin gelucke
Van golde vnde geſteynte ſyn
Vandich eyne brucke,
4135 Dỹ daz waſſir obirgyng;
Ir ander ende hert bewracht
An der andern rypen hyng.
Sỹ waz gar wunderlich getacht.
Mitten waz ſỹ nederich,      (97 b)
4140 Daz ſỹ daz waſſir obiruel.
Der bulgen ſtorme greſelich
Vordrenkte ſỹ vil vnde ſnel.

An diſſir halbe da ich waz,
Eyn gar menlich ritter

4145 Vff eyme fchonen hengfte faz
Gar grymmich vnde bitter.
Dem gab ich gutlich myn falut.
Her mich gegrußte wedir nicht.
Her reyff fmelich obirlut:
4150 Waz fuchftu hij du armer wicht?
Vz dyme lande verne
Hij ich menfchin nÿ gefach.

Ich wolde ryten gerne,
Ich do wedir tzu ym fprach,
4155 Obir diffir brugke,
Vnde wolte gerne feen,
Waz wer myn gelugke,
Ab myn wille mochte gen.

Tzwar du fuchift dynen tod.
4160 Des keyner hij vormijden
Kunde ane libis nod
Obir langen tzijden.                    (98 a)
Y doch wiltu tzu rugke gen
Vnde bald dÿ waphin dyn
4165 Legen abe vnde abetzen
So wil ich dir genedig zyn.
Dyn jugent vnde eyntfaldikeyt,
Daz kan ich wol irynnen,
Dÿ han dich narre hij geleyt;
4170 Dv kanft mir nicht entrynnen.

Ich fprach: worphich dÿ waphen hyn,
Waz lobis hetteftu da van,
Daz du mich bloßin knebelin
Gewaphint flugeft hij van dan?
4175 Kanftu abir mid gemacht,

Wan ich trage waphin an
Mid mir haben figefacht,
Vnde van diffir brugke flan,
Daz ich da nicht obirge:
4180 So ift dyn kamph wol lobis wert;
Wan ich van dir daz gefe,
So zaltu zyn van mir geert.
Mag ich mid fryd nicht obirgen,
So wil ich doch dit brugkelin
4185 Stechin, ftoßin vnde tzen     (98 b)
Hertlich mid dem fwerde myn.

Do alfulche worte
Dŷ grymmelige ritter groß
Van mir fagen horte
4190 Van tzorn ym zyn fweyß vzgoß,
Her tzetterde myd den backen,
Van rechten tzorne wart her bleych,
Ez krebelte ym in dem nacken.
Her fyne-huben nedir ftreych;

4195 Her fprach: du junger tore man,
Tzu vnheyl biftu hij gefant,
Daz du den tod zalt anegan
In ellend vnde in fromde land.
Auch kanftu keyne nuwe měr
4200 Der liebin konyngynne dyn
Van wunne diffis richis hěr
Tzu hobe bryngin wedir in.
We dir armer tore man,
Daz du durch eynes wybes råt
4205 Den tod nicht forchtift anegan;
Daz ift van dir eyn tummer tåt.

Alße dit allez waz gefcheen,
Den hengft hob her tzun fijten,    (99 a)
Syn fwerd began her grymlich tzeen,
4210 Sam men plijt in den ftrijten.
Her gab mir flege alfo hart,
Daz myn fchild van ander brach.
Durch daz loch dŷ ritter tzart
Mir eyne große wundin ftach.
4215 Syn flege waren alfo groß
Daz myn proney gantz tzureyß.
Daz blůt vnmeßlich da vz floß.
Mir kal gar fẻr des ritters fteyß.

Ich dachte an daz megetin,
4220 Ich leyt fwere gantze,
Ich greyff hertlich doch tzu fyn,
Ich hob vff myne lantze,
Ich ftach den ritterligen man
Geringe durch fam eynen fchoub,
4225 Daz her an dŷ erdin ran.
Her wart blint, ftům vnde doub.

Alßich durch dŷ hubin fach,
Daz dŷ große ritter
Vur mir an der erdin lach,
4230 Dŷ vorne waz fo bitter;
Ich meynte ich woltym abeflan    (99 b)
Syn houbit, fuße vnde hand.
Do began her gnade han
Van mir, ich heb ym ab˙ den rand.
4235 Ich ließ van myme ftrijten
Vnd wolte mich heben fnel van dar,
Myn phert woltich befchrijten,

Eyns recken wart ich do gewar,
Den fachich vbir der brugke ften.

4240 Her waz lang vnde michil groß.
Der hatte van mir wol gefeen
Daz ich irmorte zyn genoß.
Her alßich vff der brugkin waz
Rurte fy̆ fo hertichlich,

4245 Sy wart in allinthalbin naz
Van zyner fterche crefftiglich.

Myn pherdichin wijftich alfo gut,
Ich achtete nicht den großin man,
Syn roddelen waz mir nicht tzu můt,

4250 Ich meynte ich woltin wol beftan.

Der brugkin gang ich nicht enließ
Wol hattich obirgroße nôt.                    (100 a)
Van waffir vnde vil vordrieß.
Gekoren möchtich han den tod.

4255 Erft trocken waz ich da nach naz,
Eyne wile ich vndir
Da nach myn pherdichin obin waz,
Daz tuchte mir keyn wundir,
Got halff mir daz ich obir kam.

4260 Van tzorne ich des nicht enließ.
Den großin recken ich da nam,
Vnde grymlich vndir daz waffir ftieß.

Ich, alßich befte kunde,
Wart eyn meyfter nye;

4265 Ich heylete myne wunde
Mid cleyner arcedye.
Ich falbete myne wunden,
Ich trocknte myne cleyder naß,

Da nach in kurtzin ftunden
4270 Begund ich riten vorbaß
Gar frolich vnde ryfche
Durch gebirgete, anger grôn,
Durch gar fchone wyfche      (100 b)
Van blumichin vnde ryneren fchon.

4275 Tzuleft wol obir myle vier
Vand ich eyne wefen ftoltz,
Dŷ waz van fcûde gentzlich ler,
Waffen fach men da keyn holtz.

An der felbin wyfchen waz
4280 Gebuwit fchon vnde wolgeftalt
Eyn wolgetzyret pallaz
Michel, hoch, rund, fenenfalt.

Keyne porten ich gefeen
Kunde da noch keyne tôr
4285 Keynen mynfchen da irfpeen.
Ich mofte blybin alda vôr.

Van filbir eynen tifch bereyt
Vand ich an dem anger gron
Mid eynem wyßin tôch beleyt,
4290 Da obin trank vnde fpyfe fchon.

Da by nicht verne altzuhand
Nicht verne van dem tyfche
Ich eyne filberyn kouchen vand
Gevult mid waffir ryfche.      (101 a)
4295 Da waz in waffir vnde gras
Fotir vnde habir,
Daz myn gutis pherdichin aß.
Da by wox grone clabir,
Da an band ich myn pherd geryng,

11*

4300 Vff daz iz zolde rouwen.
Ich daz pallas vmmegyng,
Ich wolte mich befchouwen,
Ab ich ymand fege dar.
Ich fchowte her, ich fchowte hyn,
4305 Ich ward nymand da gewar.
Der hunger wart gewaldig myn,
Ich by dẙ tafil nydir faß,
Synd mir der hunger da tzu twang.
Ich trank gyrlich vnde aß.

4310 Da nach eyn cleyne nicht gar lang,
Wart eyn phorte vffgetan.
Mir waz tzu fynne rechte,
Wẙ ich den tormer horte flan,
So lût waz daz gebrechte.

4315 Da fach ich bald herußher gan
Eynen großin gygant. (101 b)
Her waz nicht eyn gemeyne man.
Ein ftangen furte her in der hant
Van copphir groß vnde michil fwer.
4320 Her ließ fẙ vm zyn houbit gen
Recht fam ez eyn fetir wer.
Her gyng harte vor mir ften.

Her grefelichin tzu mir fprach:
Waz tuftu hij du armer man?
4325 Enforteftu nicht des todis flach?
Wẙ tarftu tzu dem tifche gan
Vnde effin diffir fpyfe
So frylich vnde vnerlich?
Ich meyn du fijft nicht wyfe,
4330 Daz tu diffir konynglich

Vnde ritterligen tyſche
Anegryſiſt ſam dŷ ſwyn
So frylich vnde ſo ryſche.
Du dunkeſt mir eyn affe zyn.

4335 Ich ſprach: ſpyſe vnde wyn
Des konyng, dŷ zal vnvorſeyt
Allen vnde gemeyne zyn
Eym ydern manne zyn bereyt.
Auch mag ich eſſin mid gelich     (102 a)
4340 Diſſis tyſchis ſpyſe,
Synd ich auch byn ritterlich.
Wol dunkich dir nicht wyſe.
Dye ritterſchafft mich da tzu bracht
Hat, daz ich hij gekomen byn;
4345 Wa vm dye rede nicht newracht.
Du dunkiſt mir vnredlich zyn.

Her ſprach: du gute tore knecht,
Gelich ſijt wol dŷ rede dyn,
Doch halde wijr nicht ſulich recht.
4350 Wijr tzu tyſche nicht hij in
Laßen eſſin alle man
Dan dŷ ritters man alleyn,
Dŷ da recht tzu eſſin han.
Auch mag an diſſen pallas keyn
4355 Vorbaz ryten edir gen,
Des wilich dir irynnen,
Her nemuße mich beſten
Mid kamph vnde obirwynnen.
Wer mich nicht gehaben mach
4360 Mid kamphe vnde ſigefacht,
Den beſtet des todis ſlach,

Keyn leben iſt an ym behafft.     (102 b)
Wa vm ſte vff, ge balde hyn,
Ab ſettze dich tzu were
4365 Vnde vurſuche dyn gewyn
Vnde ſage mir dyn begere,
Wa vmme du ſijſt komen her.

Ich ſprach: durch den henſchin tzart
Des habichis, daz iſt myn beger,
4370 Den wilich tzuckin tzu mich wart,
Wan mir daz heyl dan iſt geſchen.
So denkich an des konyngis hob
Myd gutem fryde balde gen,
Irwerben da prys vnde lob.
4375 Den habich wilich nemen dar.
Laß yn balde tzu mir gen
Den hotir, der da nemet war
Des pallas; ich wil yn beſten.
Der mir daz weren wolde,
4380 Den woltich gerne angeſen,
Daz ich nicht enſolde
An des konyngis pallas gen.

Ach tordir man, her tzu mir ſprach,
Biſtu gewordin ane ſyn?     (103 a)
4385 Ich rechtir affen ný geſach
Werlich vff dý truwe myn.
Du mochteſt leben duſind iar
Vnde noch ſo vil, daz ſag ich dir,
E dyn begyrde worde war;
4390 Dez zaltu wol geloubin mir.
Auch ſo wil ich dich beſten,
Des zaltu zyn van mir bericht.

Ich laße dich nicht van mir gen,
Tzu lande kumpftu wedir nicht,
4395 Tarftu dich fettzen kegen mich.
Irflugich dich, des hettich fchand;
Tzwehundirt fiit mir nicht gelich
Ritter gud an dyme land.

Ich fprach: dir crafft enacht ich nicht.
4400 Ich habe mich alfo gewant,
Des zaltu zyn van mir bericht,
Ich wil irweren vnfe land.
By mir zaltu wol gyffen
Der ritter creffte vnfir art,
4405 Vnde werlich wyffen,
Daz ir eyn ift dir tzu hart.
Wol daz ez nicht gar eben ftat,       (103 b)
Daz eyn gut man ritterlich
Mid eyme, der tzu fuße gat,
4410 Kamph begynnet vnde krich.

Her fprach: du bift tzu flugke.
Wer hat dich armer her gefant
Tzu dyme vngelugke?
Dyn tod daz ift myn rechtir hand,
4415 Da myd ich me dan dufind man
Mid tzu male cleyner macht
Irflagen vnde irworgit han
Vnde tzu dem tode bracht.
Byn ich nicht an der ritter tzal
4420 Y doch ift myn begerde,
Daz ich behalde kamphis mal
Wy daz du bift tzu pherde;
Went lieftu dich da nydir flan

Ey(ner) der tzu fuße gat,
4425 Des moſte große ſchande han,
Dyn ritterſnâm iz nicht ere had.


Ich ſprach daz zal nymmer gen,
Daz ich vff dẹm pherde
Dich fußman will wedirſten,
4430 Ich wil auch an dẏ erde.                    (104 a)
Eyn fußman mid dem andern zal
Kemphen vnde ſtrijten
Vnde irwerben kamphis mal;
Sus waz an alden tzijten.
4435 Ich tzuckte ſnel her vz myn ſwerd
Da mid ich an den hvnen ſtach.
Syns ſchildis rand dẏ wart geſert
Da van vnde van eynandir brach.
Da vm her tzornik vnde e̊r
4440 Wart an zynem hertzen.
Her brvmte ſam eyn grymmich ſte̊r,
Ez gyng ym vz dem ſchertzen.
Mid ſyner großen ſtangen
Her mich wedir van ſich trieb.
4445 Myn ſchild began her langen,
Den her ſam eyn ſtob tzuwrieb.
Her abir hob dẏ ſtangen an
Vil hoge in dẏ lufften,
Her meynte mich da nydir ſlan
4450 Van tzorne ich do ſufften
Began vnde lieff ym an den ſlach,
E her yn vullenbrachte.
Van tzorne her mich nicht neſach.
Ich ſnel ym abewrachte                    (104 b)

4455 Mid eyme flach dÿ rechtern hand,
Daz her fÿ mid der ftangen
An dem crute legen vand:
Da mochte her fÿ langen.
Alßich vorbaz an yn lieff
4460 Vnde woltin gentzlich mordin:

Her lutir ftimme tzu mir rieff
Mid gar fanften wordin:
Ach etele ftoltze ritter
Ich meyne vnde enhoffis nicht,
4465 Daz du wilt zyn fo bitter,
Daz du mich obirwunnenen wicht
Irmordin wilt fo jemerlich;
Daz were nicht eyns ritters tat.
Thu nicht fo vnhobelich,
4470 Synd mir dyn crafft irvellet hat.
Wiltu dich vorfynnen
Vnde laßen mir den leben,
So wil ich dir irynnen
Vnde fulche wittze geben,
4475 Daz du fundir alle var
Vnde fundir alle pyn
Vnvorhouwen komeft dar,                  (105 a)
Da hyn ftet dÿ wille dyn.
Du zalt des zyn van mir bericht,
4480 Daz du den henfchen fundir mich
Noch habich kanft irwerben nicht.
Begnade mir des biddich dich.

Ich fprach, du zalt den leben dyn
Van mir wol behalden

4485 Tuftu nach dem fprochelyn,
Myn gnade dir zal walden.

Her fprach: hij zaltu beyden mir,
Ich wil da nach geryngen,
Daz ich des habichis henfchen dir
4490 Wil geben vnde bryngen:

Aha du mordir vnde dieb,
Ich tzu dem gyganten fprach,
Vnde hertlich an yn hieb
Ich an fyne phande ftach.

4495 Ich fprach ich kan irtzeygen,
Daz du eyn vorretir bift.
Du woldeft mich betregen
Mid dyner lofen falfchen lift.
Snel, wiltu den leben dyn
4500 Behalden vnde frijften,               (105 b)
So zaltu myn geleytir zyn
Sondir falfche lijften
Vnde furen mich, da der henfchen ift;
Anders wil ich morden dich,
4505 Vnde wil dir geben keyne frijft,
Wa vmme fure da balde mich.

Myn geheyß nicht laßen
Nedorfte da der gygant.
Her an des pallas ftraßen
4510 Mich do furte altzuhant.
An eyner fulen guldin
Sach ich da gehangen
Myn begerte henfchelyn.
Ich begunde yn irlangen.
4515 Ich da ny keyn menfche fach,

Y doch hortich eyn jemerich fchrey,
Scryen lut: owe! owach!
Grob, cleyne, gryflich, menigerley:
Der wynner vnfe viant
4520 Der had vnfen henfchen
Mid crefften roublich vns entwant!
Sus waz des fcryes reufchen.                  (106 a)

Ich hob mich vz dem pallas
Ich lieff ryflich vnde gyng,
4525 Da myn pherd gebunden waz,
Vnde enpand ez gar geryng.
Ich nam balde eyne fart,
Ich fegente den refen,
Ich vand dȳ fchonfte ftete tzart
4530 Van anger vnde wefen.
Dorftich iz fagen ane vår
Ir geliche ny newaz.
Wolgebouwit fach ich dar
Eyn fchon guldin pallas,
4535 Daz waz fexhvndirt ellen lang
Vnde tzwierhvndirt ellen breyt.
Daz tag, dȳ mûre vnde vmmegang
Waz van filbir wol bereyt.
Allez daz van vßin waz
4540 Daz waz tzumale felbiryn;
Van ynnenwart das pallaz
Van golde waz gemachit fyn.
Van gemmen wolgetzyret
Sach ich receptakel vil                       (106 b)
4545 Gar meyfterlich durchwyret.
Da waz allir mufiken fpil.

Van gold in eyme throne
Ich Sydrus fach den konyng
Sittzen alfo fchone.

4550 Ich (fach) da menig wundir dyng:
By dem konyng faßen
Obirtzal vil frowen clar
So fchone obirmaßen,
Daz ichs nicht gefprechin tar.

4555 Auch obirtzal ich ritter vil
Sach ich vm den konyng ftan,
Dy obeten ritterlige fpil;
Sy waren ftoltz vnde wolgetan.
Vorne an dem pallaz

4560 Vff eyme guldin ricke ftunt
Dy habich, der myn gere waz;
Da by lagen tzwene hund,
Dy tzum habich hortin.
E men abir komen

4565 Kvnd in des pallas phortin,
Tzu weren vnde fromen
Eyn fefte waz gebuwit dar,
Dy waz vßirmaßin hart. (107 a)
Dy hottin tzwelff ritter clar

4570 In crefftin ftarch in tugenden tzart.
Dy ließin nymand durch fy gen
He newyßte yn den henfchen tzart,
Ab mid kamphe fy beften
Wolte vnde mid crefftin hart.

4575 Alßich fach dy ritter fyn,
Ich dachte ich were yn tzu crank
Ich wyfete yn den henfchenlyn;
Do offinde fy mir des weges gang.

Sy ſprachen, daz der ſelbe weg
4580 Nicht ware mynes lebens heyl,
Wy daz ich torſte zyn ſo gek,
Daz ich kồr des todis teyl.
Ich ruchte nicht ir wordir,
Ich ylete ymmer vorbaz
4585 In daz pillaz vordir,
Da der konyng ſelber ſaſ.
Ich viel bald an myne kne
Vnde gruſte yn gar tzuchtiglich.

Dy ritter ſprachin: wer iſt die?
4590 Sy fregetin van mir fliſiglich,        (107 b)
Waz myn geſcheffte were dar.

Ich ſprach: den habich wil ich hyn
Tzeen, des mugit ir nemen war.
Daz iſt myn ger hij mid gewyn.

4595 Ir eyner ſprach: wa vmme daz?

Ich ſprach: durch eyn frowelyn,
Nicht durch vwer keynen haſ,
Da vor wil ſy myn liebichin zyn.

Her ſprach: wiltu den habich han
4600 Vnde tragen yn van hynnen,
So moſtu kamph mid mir beſtan
Vnde erſt mich obirwynnen.

Ich ſprach: daz han ich vnvorſeyt.
Hyn mitten in dem pallas
4605 Wart vns ſnel eyn kreytz bereyt,
Da ez allir flechtiſt waz.
Wiir lieſin ſament vnſe pherd

Louffin alfo balde,
Da van wart eyn gebrechte hert,
4610 Daz griflich lute fchalde.
Wij vns fo hertlich ftachen,     (108 a)
Daz wijr viellen an daz crvt.
Sper vnde fchildir brachen
Daz ez gnyttzirt obirlut.
4615 Vnfe fper tzu brochen waren.
Tzu fuße wijr da an der erd
Begunden vns tzu houffe paren
Vnde tzuckten vnfe fwerd.
Da mid dem andern vnfir eyn
4620 Syn yfen pantzir vnde cleyd,
Daz dẏ hůt her durch her fcheyn,
Van tzorne grymmichlich tzufneyt.
Tzu left gabich ym tzwene flach
So hertlich an zyn houbit,
4625 Daz her nicht eyn kyt nefach.
Her blind wart vnde getoubit.
Vur tod lieſſich yn ligen dar.
Den habich greyff ich van dem rik,
Do volgeten mir dẏ hvnde nar,
4630 Dẏ da lagen an dem ftrik
An eyner guldin kethen.
Alßich wolde vmmetreten     (108 b)
Do fach an dem ricke
An eyner guldin kethen
4635 Hangen vnde ftricke
Eyn briebichin vul gefcreben.
Ich kunde nicht gewiffen waz
Ez were; ich doch eben
Fregeten, eynen der mirs las.

4640 Her ſprach: frunt hij ynne
Sten geſcreben ſamentlich
Dẏ regulen der mynne,
Dẏ der mynnen konyng rich
Gebotin had tzu halden,
4645 Dẏ du tragen moſt mit dir,
Zal dyn gelucke walden.
Anders kanſtu nicht van hijr
Mid fryde frunt den habich dyn
Tragen vnde bryngen.
4650 Nym ſẏ mid dem ſtrickelyn,
So mag dir gelyngen.
Dẏ greyff ich vnde mich van dan    (109 a)
Irhob mid orlob tzouwlich bald.
E ich vmme ſeen began
4655 Waz ich gekomen in den wald
Da ich vant dẏ ſchonen meyt,
Dẏ da waz myn leydeſtab,
Dẏ mir all dyng vorgeſeyt
Hatte vnde ir pherdichin gab.
4660 Do vurgaßich allez leyt,
Da begundich rouwen.
Tzuhant kam da dẏ ſchone meyt
Rijten vz der ouwen.

Sẏ grußte mich gar tzuchtiglich
4665 Mid mir ſẏ wolde rangen.
Sẏ frewte vßirmaßin ſich,
Daz mirs waz wol gegangen.
Sẏ gab mir orlob vnde ſprach:
Rijt balde tzu der frowen dyn,
4670 Wan du wilt nacht vnde tach

So wilich dir tzu dienſte zyn.

Alßich weder heyme kam,
Gar fruntlich mich dỹ konyngyn    (109 b)
Began mid armen vmbeuan.

4675 Sỹ ſprach: wilkvm vil liebir myn,
Allez des du biſt begert,
Daz wilich nicht vurſagen dir.
Dv zalt es ſicher zyn gewert,
Eygen dir ich gebe mir.

4680 Dv zalt mir zyn dỹ liebiſte man,
Den ich vff diſſir erdin
Y vnd y gehaben kan.
Mir zal keyn liebir werdin.
Bynd den habich an daz ryk,

4685 Werff dyn waphin an dỹ erd,
Bynd dỹ hunde an daz ſtryk,
Hij tzu hus zaltu zyn werd;
Synd du daz wol vurdienet haſt
Myn vßirkorne liebir bôl.

4690 Hij zaltu han eyn ewig raſt,
Settze dich her vff diſſin ſtôl,
Dyn frouwe wil ich ſterben.
Nach myme tode ewiglich
Zal an dir eyne erben

4695 Mynes ſchonen zales rych    (110 a)
Auch zullen dir zyn vndirtan
Dỹ ritter vnd der frouwe ſchar
Dỹ dv hij ſieſt vordich gan
Stoltzlich ſchone vnde clar.

4700 Ich ſprach da vm lijſt dv geert
Vil ſchone frouwe mynnynglich

Daz were dankes wol gewert.

Ez ist tzu viele sichirlich;

Y doch zalz mir nicht zyn vursmat,

4705 Vff daz ich nicht irtzorne dich.

Ich lebe gern nach dyme råt;

Vbe wy̆ dv willest mich.

Auch werde konyngynne

Ich han eynen brieb gebracht

4710 Van regulen der mynne,

Dy̆ konyng Sydrus had gemacht.

Dy̆ woltich gerne lesen dir,

Vff daz dv konyngynne

Woldist auch gesagen mir,

4715 Wy̆ sy̆ dir sijt tzu synne.

Sy̆ sprach: van den reglen vil

Han ich lange sagen hord.          (110 b)

Ich sy̆ confirmeren wil,

Men zal se mid vns halden vord.

4720 Auch zal men sy̆ tvn bekant

Beyde frowen vnde man

Offinbar in alle land,

Dy̆ an der mynne geeriz han.

Nach yn sy̆ sich regeren

4725 Sullen vnde halden,

Vff daz sy̆ nicht den tyeren

Gelich der mynne walden.

Ich sprach: tzart frowe wy̆ du wilt

So zal mirs wol behagen;

4730 Wem zyn mut nach mynne spilt,

Dem wil ich sy̆ sagen

Sam fÿ hij gefcreben fynt.
Ir ift dryßig vnde eyn.
Men keyne nv tzu tzijden vynd
4735 Me an erdrich alßich meyn.


Hij endigit fich konyng Sydrus hob.

*Hij begynnen der mynnen regelen.* (111 a)

(Dẏ erſt regel der mynne.)
Sache der echtſchafft van der liebe iſt keyn
recht entſchuldigunge.

Dẏ ander regel der mynne.
Wer nicht helet der kan nicht lieb gehan.

Dẏ dritte regel.
Keyner kan dubbeldir vorpundin zyn.

Dẏ vierte regel.
4740　　Dẏ liebe alletzijt ſich meret edir mynnert.

Dẏ vunffte regel.
Daz iſt vnſuße vnde ſundir ſmag, daz eyner
nympt van eyme, der vngerne zyn liebichin iſt.

Dẏ ſexte mynnen regel.
Der man nicht vbe mynnen ſpil e ym zyn
heymeligen har vff gen.

Dẏ ſyebete regel der mynne.
Daz tode lieb had tzwe najar e zyn* lieb
4745　eyn ander keſe.　　　　　　　(111 b)

Dẏ achtete regel.
Keyner ſundir redeliche ſache zal zyner liebe
beroubit werdin.

### Dẏ nvnde regel.

Keyner lieb gehabin kan anc da yn liebe tzudryngit.

### Dẏ tzeende regel.

4750     Liebe alle tzijt van gyrikeyt wil ellende zyn.

### Dẏ elffte regel.

Ez getzempt nicht lieb gehan dẏ, van den men ane ſchamen vnde ſchande nvptien mag begernde zyn.

### Dẏ tzwelffte regel.

Eyn recht war liebhabir van rechtir ger
4755 nicht nympt tzu danke noch tzu willen fromde kus vnde vmbevang ſundir ſynes liebis alleyne.

### Dẏ dryttzende regel.

Liebe ſelden lange.(warit) wan ſẏ wird offinbar vnde gemeyne.

### Dẏ viertzende regel.     (113 a)

Liebe dẏ (men) lichtligen irwerbit dẏ wird
4760 vurſmat, dẏ men ſwerlich krygit dẏ wirt lieb vnde wert gehalden vnde werit lang.

### Dẏ vunfftzende regel.

Eyn itſlich lieb in des andern angeſichte wirt bleychir ab rotir vår.

### Dẏ ſextzende regel.

Begert men ab biddit men van eynes lie-
4765 bichin ichteſwaz, ſiet daz zyn lieb, da bebit vnde tzettirt ym zyn hertze van.

### Dẏ ſybentzende regel.

Nuwe liebe trybit dẏ alden hyn.

Dẙ achtzende regel.

Alleyne bederbikeyt machit eynen itſlicheu liebe werdig.

Dẙ nvntzende regel.

4770 Wan liebe mynren ſich begynt, ſo vurget ſẙ ſnel vnde kumpt ſelden wedir da ſam ſẙ da vorn iſt geweſt.

Dẙ tzwentigiſte regel. (113 b)

Der liebhabir iſt vul forchtin alle tzijt.

Dẙ eynvntzwentigiſte regel.

Van gyſſen vnde dunken, daz zyn lieb ge-truwe ſẙ vnde nicht vbil thu, da weſſit ſer dẙ
4775 liebe van.

Dẙ tzwevntzwentigiſte regel.

Wan eyn zyn lieb ·wa mid vurdenkit, da weſſit liebe vnde begerlikeyt van.

Dẙ drvvntzwentigiſt regel.

Den da moygen gedanken der liebe, der ge-eſſit noch enſleſit nicht gar vil.

Dẙ viervntzwentigiſt regel.

4780 Alle tat ab gewerk eynes liebhabirs wirt ge-endigit in ſynes liebis gedanken.

Dẙ vunffvntzwentigiſte regel.

Wer da rechte lieb gehad, dem dunkit keyn dyng vff erdin ſeliger beßir vnde nvttzir zyn, dan daz her gedenke, wẙ her zyne liebe konne tzu
4785 willen vnde behegelich zyn; daz iſt all zyn ge-danke vnde beger.

Dẙ ſexvntzwentigiſt regel.  (114 a)
Liebe kan der liebe nicht geweygeren.

Dẙ ſyebenvntzwentigiſt regel.
Der liebhabir kan nicht geſetigit werdin van
zynes liebis mynnenſpil ſam ſijt kus vmbefang
vnde lieblich koſen etc.

Dẙ achtvntzwentigiſt regel.
4790   Gar eyn cleyne ſache tut eynen vbiltat ge-
denken van ſyme liebe.

Dẙ nvnvntzwentigiſte regel.
Der kan nicht lieb gehan den obirflußig luſt
moygit vnde reyßit.

Dẙ dryßigiſte regel.
Dem rechtin lieb(habir) dunkit alle tzijt, wy
4795   ym zynes liebis bilde vnde geſtalt tegenwardig
ſy vnde wẙ hers ſie.

Dẙ eynvndryßigiſte vnde dẙ leſte regel.
Eyn frouwe van tzwen menren werden lieb
gehad vnde eynen man van tzwen frouwen iſt
nicht vnmogelich noch kegn dẙ gebote der mynne.


Hij endigen ſich der mynnen regelen vnde
der dritte teyl diſſis buchis.

Hij begynnet dỹ befließunge diſſis buchis.

4800 Der mynnen regel vnde zal
Nemet hij zyn ende,
Dỹ durch liebe liden qual
Ich yen yne ſende.
Wer E. V. E. R. H. A. R.
4805 Vnd da nach dỹ ſillaben důs
Sament fůgit, vindet deR

. . . . . . . . . .

Wol der yn gemachit hat.
In difß verſchin vaſte
Syn tzunåm geſcreben ſtat
4810 Syn heymod vnde raſte:
Wolt ir yn vinden getzeuwit uch balde tzu
Minden
C. E. R. ſ. vnd Ne heyßit auch zyn tzunåme.
Keyne curen der menſuren noch clauſuren
Had her diſſir rym gehad,
4815 Synt her duren nicht noch luren mid den
buren
Kund an ſyner houbit ſtad.
Vur den tyeren corrigeren noch formeren
Kund her ſynen tractat.
Hett her nyndirt zyn gehyndirt her chy-
lyndirt

4820 Hette vnde gemeſſin,
Daz dẏ ryme ſundir lyme vnde ſwyme

(115 a)

Hetten wol geſeßin.
Wer kan tichtin der zal richtin mid gewichtin,
Daz ſẏ eben vaſte ſten;
4825 Synd her phlichtin vnde ſchichtin van den
ſichtin .
Muß vnde van dem wege gen
Nicht durch tat dẏ ubil ſtat her doch hat
Redeliche bodeſchafft.
Her vûr wât des hymmels grâd engel ſtât
4830 Wunſchit zyn an vch behafft.


Nach M. nach vier cccc. nach iiij vier dit
zynen ende nam boch. do ſende den geyſt
maria tzu throne. dẏ iuntfrow ſchone helle
pyn vns ſnel abewende.

# LIEDER.

# I (4 a)

Hute fpricht fe tzu mir ja,
Van der ich han groß truren vnde froyde;
Sus meynich daz ez eben fta;
Sye twingt mich me dan kranen achiloyde.

5 Daz ja ift morne worden neyn;
Sus quelt fe mich de mynnichliche reyne,
So daz ich froyde han tzu cleyn;
Daz ich muß duldich liden van er eyne.
Sye twelt mich, dazich nicht enweyß,

10 Ab ich fy an dem krut ab in den ftrunken;
Vorwar ich bitters ny enweyß,
Daz fo vorfurte mir myn lieblich dunken.
Ich mag wol fprechin fo men feyd,
Daz ich waz an der mynnichlichen fynne,

15 Eyn halbe mand, uff mynen eyd,
Vertzennacht myn, alßich daz nv irkynne.


Mochtich er helfen fnyden graß,
Ich meyne an der derden mynnen garten,
Mir kunde tzwar nicht werden baß;

20 Ich wil uff lieben wan doch tzu er warten,
Daz fye mir halde noch daz ja,
Daz fye y gab mir froyden armen knechte,
Tzu irme denfte mich entfa;

Er eygen gebich mich mit allem rechte.
25 Sye twelt mich dazich nicht enweyß etc.

Ich y vnd y gedenet han
Der, dye mich ubit ſus nach erem willen.
Wil ſye mich dez entgelden lan
Daz merker nyder ſye mid ſage quillen?
30 Daz iſt mir werlich altzu ſwer
Y lieben werden reynen tzarten frouwen,
[Nv git] ir gutlich wiſe ler,
Daz ich ſye ſchier nach willen moge ſchouwen.
34 Sye twelt mich dazich nicht enweyß etc.

## II (115 b)

Ez anheyßchit nv de tziit,
Daz men ſich van eyde
Scheyde;
So leyde
5 Iſt mir armen nv geſcheen.
Ich waz meniger ſorge quiit,
Dye mir groſe veyde
Breyde;
Dye weyde
10 Machit daz ich nicht geſeen
Mag, da ynne nach wunſche iſt belannet
Bemannet
Vurmuret
Beſchuret
15 Vnd leyder nv vorhuret
Da ich vff hatte luret

Eyn thorm, da vff den tzynnen curet
Ein wachtir, der mich heßlich heyßit flen.


Wiftich kunft, lift, ftarche macht,
20 Wye men mochte dichen
Vurlichen
Dy fichen,
Dye da fcrankit vmme gen;
Den woltich tag vnd nacht
25 Slufin vnde flichen,
Krychen,
Nicht wychen
Dye flawe vnde vurfpeen;
Biz ich beyde planken vnde hagen
30 Vmfagen,
Tzutrechen,
Vurfechen,
Tzuftechen
Kund vnd gar tzubrechen,
35 Stormen vnde nach willen rechen
Da oben den werdir, fro woltich ften.


Mir ift aber worden kund,
Wye men noch mit tete,
Gerete,
40 Vorete
Nicht dye vefte wynnen kan;
Doch wil ich tzu allir ftund
Denken an ir fete,
Mete,
45 Nach bete,
Vnde hoffin nicht vurlan.

Mid allem vngeferte ich varen
Wil tzwaren,
Nv laßen
Dye ſtraßen
Tzwifel vnd hern trurenfelt,
Dye mich ſuſt lang han gequelt.
58 Lieb troſt nv laß mich zyn dyn eygen man.

## III (116 a)

Ach boumes blut dutuſt mir leyd,
Dv nympſt mir luſt vnd hynderſt mich.
Al gud han ich van dir geſeyd,
Nv mußich mid dir halden krich.
5 Dv nomen haſt     dye froyde myn,
Da vmme baſt,      frucht muße dyn
V·urgen, vnd aſt     werden fyn,
Dye vore vaſt       mid lynder blut
Gar luſtlich waz getziret.

10 Ich fluche dir mid Jonatas
Sam her den berg tzu Jelboe
Vorfluchte, frucht daz her noch gras
Noch blute tragit nymmerme;
Daz du mir hur     du falſche rys
15 Benemeſt ſtur,     den myn amys
Mir tat vuyr       van wormes biß
Vnd wyndes ſluyr   dir telgenhang
Gar heßlich ſy tzuſpyret.

Ich wunſche dir des argen vil
20 Mid jamericheyt tzu allir ſtund.

Nicht me ich kan noch wunſchen wil.
Ich fluche dich an der helle grund,
Der nyder ſchar ˙ derſelben grund
Auch neme war. wer nicht tud kund,
Vffſtige clar den himmel rund.
Mand vnd jar myns lebens tziit
27 Blibich mid ir vurwiret.


## IV (116 b)

Tzart liebeſte hertze, trut geſpil,
Du lichtir bryl,
Min heyl min troſterinne,
Irloube mir, ich fregen wil,
5 Da ich van quil
In hertzen vnde brynne.
Wa vm tuſtu nicht ſam hij vorn
Du allerliebiſte frowen myn?


Wer eyn dingh gebet hij vnd tar,
10 Der mag vurwar
Wol heyßin tuſchenhagen.
Eyn ezel wol in roſſis ſchar
Tzucht lernet tzwar,
Her wil doch ſegke tragen.
15 Wy frow han ich dynen tzorn?
Ab ſchympſtu mir myn hoeſter ord?


Neyn, ich doch eyn luttzil ſang!
Vortziit gerang
Eyn vorſch nach hoem priſe.

20 Gefatßt wart her vff eynen bang,
  Da van her fprang
  Nach fyner alden wife.
  Dye wordir in myn hertze porn
  Sye machen vngefoge pyn.

25 Gedulden pyn fich meniger feyd,
  Dem doch ny leyd
  Gefchach by fynen tagen.
  Suft werbit her mit liftikeyt
  Der mynnen cleyd
30 Alleyne durch eyn bagen.
  Dyn gewalt han ich irkorn,
  Vurwerfit mich myn falden vund.

  Waz ich nicht han noch ny gewan,
  Ich nicht nekan
35 Vurwerfin erenhaßir.
  Ich fcouwte dich eynfmales an,
  Da van ich pran
  Sam eyn vurcaldit waffir.
  Dv meynft zyn nicht frow hocgeborn?
40 Du tribift fchertz in fruntfchaft tzwar.

  Ich meyne dyner abe fyn;
  Habe orlob myn.
  Ich wil dir nicht tzu frunde han.
  Ja vff nym in dye hote dyn
45 Dit fwenelyn.
  Ich wil blumen brechin gan.
  Ach daz ich y wart geborn!
  Du fterbift mich doch ane fchuld.

Nv wol hyn! daz ift eyn troft.
50 Der armen roft
Ich nymmer nie gewynne,
Dyn gunft enhabe mich irloft,
Myn fud myn oft,
Myn hoefte beterynne.
Han ich troft an dir vurlorn,
56 Doch harrich nach der gnade dyn.


## V  (117 a)

Eyn krone von allen wiben tzwar
Hij vnd tar
Hyn wa ich far
Keyn wandelfbar
5 Treyt dye. reyne tzarte,
Eyn luftlich rofengarte
An ir befloßin ftat.
Kufch, ftete, fedich, wolgeftalt,
Ich byn vorqualt,
10 Tud fye nicht bald
Eyn wenken, ald
Ich werde mid forgen fnelle.
Wib! fye, ich habe geuelle,
Mir kan gefcheyn keyn quad.
15 Ach frowe reyne,
La mir alleyne
Syn dyn genote
Vnde voreyne
Dich gar eyn cleyne
20 Myr, et amote.

Doch gan ich dyr wol, tuſtus nicht,
Des wes bericht
Gantz vnde ſlicht;
Auch vundeſtu icht,
25 Daz dir an mir miſtuchte.
Dez ich doch nicht enfruchte,
Ich wolde vorteylit zyn,
Ich wil dir altzijt ſyn bereyt,
Daz mir wol leyt
30 Groß wederſtreyt.
Vff mynen eyt,
Ich laße dich frowe gute
Nicht vz mynem mûte;
Daz machit dyn tzarte gutlikeyt.
35 Fyn tzarte milde
Wiß rote vilde
Eych vnde hertze;
Wiltu, ſo wilde
Mir werden
40 Pyn vnde ſmertze.

## VI (117 a)

Eyn E daz iſt myn wunne.
Noch clarer wen dye ſunne
Gift ſye ſchines blicken.
Myn hertzechin nach ir rynged
5 Ez clynged vnde ſprynged
Ez wil van liebe entſticken.
Mochtich nicht den by ir ſyn,
So wer myn ſorge ſenked;
Sye dunkit mir ſicher alzo fyn,
10 Myn liden wurde gecrenked.

## VII (117 b)

. g . . . . . . f g d cc | cc ff c d cc | .. cc
b a g f e f ee gg c d e f e f e d cc |
℞ e d cc g f ee | bb g ē' b a gg.
c d ee g a g f e d cc.

Ich vnd eyn hobiz tochterlin
Dye y vnd y mir brachte pyn,
Daz ſye mir tete gnaden ſchin
Vnd neme mich zu knechte.
5 Sye duchte mir ſo kůrlich fyn,
Davor woltich ir eygen ſyn
Gantz erblich alls daz leben myn,
Vnd machtus wye ſys dechte.
Sye iach zu balde zu mir ja,
10 Des vrochtich cleyden mir daz gra.
Ir waz tzu mir in ſpottze ga,
Sye lieblich loſlich mir anſa,
Da von mir leitlich truren ſcha;
Mir wart gelonet rechte.

15 Sye ſprach zu mir, uff mynen eyd:
Myn fruntſchafft dẏ iſt vnuerſeyt
Dir vnd alle man gemeyt;
Wa vm ſoltich dich haßen?
Ich ſprach, ich woltir ſyn bereyt
20 Alleyn in mynne, dye men treyt
In eren hoger werdicheyt;
Daz wolde ſy nicht vaßen.
Sye iach zu mir: frunt, ich eynweyß,
Daz ich y ließe dyn geheyß.
25 Das word mich grymmichlichen beyß,

Ez mir in iamers liden ſteyß,
Ez ſneyt myn hertzichin mit der ſeyß,
Vnd held des keyne maßen.

Synt ich ſye fruntlich ließ vorſtan,
30 Wye gerne daz ich vndirtan
Ir were uff der tugenden bân,
Vnd ſichirlichen wijſte,
Daz ſye dez keyne ruche han
Enwolde, dann uff lozen wan,
35 Der ich doch nicht vorſchuldit han
Mid keyner falſchen lijſte.
Zu leſt wart mir eyn vmbefang,
Dye durch myn hertze troſtlich ſlang.
Gar liebis hoffins ſußir ſcrang
Da van genomen anevang
Nv hat in mir, des wil ich dang
42 Ir ſingen ſunder frijſte.

## VIII (118 a)

cccc gggg | c̄ ḡ ē ḡ ē b g g cc gg
cccc gggg
e f e d cccc. | ℞ c g e g c̄. gggg
c̄ ē c̄ (ḡ e c ḡ) gggg c d cc.
gggg

Ich gruße dich trut frouwelin;
Daz weyß ich wol, eyn ſu eyn ſwin
Dye ſijt van eym geſlechte.
Du tuſt mym hertzen große pin;
5 Sal ich da vm eyn meſſerlin
Mir koiffen ane hechte?

Van dir myn hertz ift wundet fẽr
Ja wan ez gefchoßin wer.

Mich fchoßin had dir mynnen ftral.
10 Sich fijt ir da von alfo val,
Dez hattich nye gemercket.
Frow du bift myns lebins fal;
Bin ich dan van holtzis mal
Ab fteyn tzu houfe werket?
15 Van dinem blik myn hertze brint.
Vuyr leffchit waffir edir wynd.

Ach liebifte frouwe gnade mir!
God gnade gijt, der gnade dir;
God muße dich beraden.
20 Ich muß vur wochin halden vijr.
Biz mantag kum aber hir,
So wil ich vonen ftraden.
Zwar frow du wilt nicht troften mich,
24 Dir ift gefeit got trofte dich.

## IX  (118 b)

d a d e g f ee | d e dd | gg dd b a g a
gg. d̉ ć gg b a gg f' e dd
℟  g a bbb a g a gg. d̉ ć b ć b a gg ć
a f d f c dd f g aaa g ff f e dd.

Kurtzlich gronet vns der walt.
Befiet wys wedir fy geftalt!
Ir dunkit vns eyn narrelin;
Daz korn engeld nicht daz es gald,
5 Machit uch van hynnen bald.

V geld wil hij nicht gebe ſin.
Koiffet da ez gelden wil,
Da tribit uwer koifenſchaft.
Ir triben gar eyn affenſpil;
10 Wer ruchit uwer wordir kraft?


Vns iſt van uwer ſchone geſeit
Vnd auch van uwer herlicheit
Da zu van uwer mynne.
Dye tun vns groſße iamericheyt
15 Vnd vngefoge hertzeleit
Hindir vnſem ſynne.

. . . . . . . . . . .

Wer keret ſich an uwern zorn?
Wer wirfit penning an den ryn,
Dỷ had ſy ſichir al vurlorn.


20 Tribit narrenwagen vort!
V zorn iſt hij vngehort;
Ir ſijt zu male vngewilt.
Vurſuchit uff eyn ander ort,
Daz waſſir dringet durch dye bord,
25 Henget van uch uwern ſchild,
Ir mogen uwern ſchildichin wol
Hengen van uch by dy wand.
Went ir druwet noch ſo dol,
29 Ir buwen ſichir an den ſand.


# X (118 b)

Frouwe dich frouwlichir frucht,
Myn ſußir ſam getzirt in tzucht,

In kunſt in gunſt in eren ho.
Du biſt eyn gral der wunne io,
5 Eyn paradys in froyden vro,
Eyn fiol fin, eyn roſengart,
Eyn ametiſt mit ſcham bewart,
Eyn luſtlich ouw getziret rich.
Nergen vint men din gelich,
10 Allir ſorge eyn abeſtich.
Soldich leben ewichlich,
Zu dir ſprech ich nymer: wich;
13 Ich ruchte auch nicht der nȳder krich.

## XI (119 a)

„Ach hore mich liebis frouwichin gud!“
Sprich geſelle, wy ſtet din mût?
„Allirliebiſte frouwe myn,“
„Nach dyner gunſt ſtet al myn ſyn!“
5 Laz ſyn! ſwig! hab dir rede hot!
„Ach liebiſte frow, mich twingit not.“
Geſelle kere dynen ſyn
Van myner tur wa ander hin.
„Durch allir frowen gûte“
10 „Troſte myn gemûte,“
„Vnd kere dich liebiſte frouw tzu mir!“

Wol hin! ich wil doch troſten dich;
Nicht liebirs hettich ſicherlich.
Wiltu truw vnd ſtete ſin,
15 So ſoltu ſin dye liebiſte myn.
„Wȳ gerne frouwe mynnichlich“
„Rome nicht vnd ſich vor dich,“

„Ich gerne do dÿ lare dyn,"
„Durch dich ich lijde gerne pin."
20 Frochtich ich nicht dÿ boſen wicht,
Dÿ nachkaffen claffen ſlicht,
Du ſoldeſt heymlich komen her.


„Ach der frochtich noch vil mer."
Hab dult dir ſchicht nach dyner ger.
25 „Ich danke dir reyne frouwe tzart,"
„Myn ſorgen pin ſijt uff der vart."
„Dye liebe iſt allir ding eyn her,"
„Das ſcribit vns eyn magiſter."
„Ja ſelbe ſich an dyne art."
30 „Dye liebe zu dir mich had gekart,"
„Ich liebe dich hute vnd alle tzijt,"
„Du haſt mich ſorge machit quijt,"
33 „Ich wil dir denen ewichlich."


# XII (119 b)

ee cc | g f ee |. b d ć b aa ee f e dd | e f e
d g f ee . b ď c b ćć bb | ć a f d f e dd
aa g f cc | ℞ ďd ćć a b aa. a b a g
aa dd f e dd g a b a g fe fe


Hilff werde ſuße reyne frucht,
Vur allem wandel wol bewart,
Gecront in erentrichir tzucht,
Mid allir togent obirclart.
5 Ich hette wol geſworen daz,
Daz mit hale mir eyn wib,
Dar ich eynich trurich ſaz,

Myn hertze durch den gantzen lib
Konde ſo geſtolen han,
10 Vnde vff ſulchir froyden bân
Getrecket, daz ez waz beflacht
Mid froyde, dŷ nŷ wirt gedacht.

Daz kuſte duchte mir din munt,
Da von wart ich irfroyet,
15 Mir wart nŷ beſſer froyde kunt,
Ich vant myn hertze nŷ ſo fro.
Ach kundich ſlichin auch mit hâl,
Dir ſtelen ſo daz hertze din;
So enrochtich keyne qual.
20 Ich gerne heyßin vnde ſin
Wolde dan al ſollen dieb.
Du mynnichlichis liebis lieb
Lerne mich dŷ ſelben kunſt,
Daz ich bald ſtele dine gunſt.

25 Hey kundich lernen ſulche lijſt,
Daz alle dunken weren aen,
Dich ſpen trut frow in kurtzir frijſt
Gar willichlichen tzu mir gaen
Mit minnichlichen blicken tzart;
30 So wer tzuſtort mir ſorgen ort.
Sal ich in leben ſyn bewart,
Geb ia tzu troſte mir daz word,
Daz y vnd y begeret hat
Myn hertze ſunder abelat
Tag, nacht, ſtund, mand, daz gantze iar,
36 Vnd wil dez vurbaz nemen war.

## XIII (120 a)

Van liebin han ich vil gehort
Singen vnde ſagen.
Daz tribich vort vnd vmmer vort.
Van den liebiſtin tagen
5 Der luſtichlichen ſußin tzijd
Dez wunnichligen meygen,
De mich hur had machit quijt
Der loſen falſchen feyen,
De mich vornichtet vnde lijd
10 Han geſundert lange iar,
Vnde ſijd       froydebar,
So daz nijd,  dieſe nar
Vnde mijd       miſſeuar,
Mir mit ſtrijt, mit bitterichcheid,
15 Mid vnfrid,     mit iamericheid
Han gefoget hertzeleid,
Daz ich vor we nicht nennen kan.


Wẏ groß ſẏ mir gefoget han
We vnde vngelucke,
20 Daz wil ich allez faren lan
Vnd ſlan ez hin tzu rucke.
Dieſes liebin meygen kunft
Wil ich mit ſange pryſen.
Hettich kunſt, hettich vernunft
25 Der alden vederwiſen,
So wer mirs vnmogelich,
Daz ich, ſam ſẏ iſt gewert,
Lobte rich    ſẏ, ſi ert
Ewichlich,    vnde mert

30 Sorgen fich,    fŷ gelert
   Mir mit wich,  mit froyden pur,
   Daz ich krich,  der biltzgebur
   Nicht enroche, dan ich lur,
   Alßich habe y vnde y.

35 Daz mir eyner fchege heyf,
   De mich dießer werde mey
   Gar troftichlichen funder feyl
   Gegebin had fo menigerley,
   Daz ich van froyden nicht enweyß
40 Van luft wez ich begynne.
   So hoch mich an der mynnen creyß
   Myn heyl myn trofterynne
   Had gar werdichlich getzuckt,
   Vnde mich gemachit fund,
45 Van mir ruckt  forgen bund,
   Nyder druckt   tzuyuels grund,
   So daz druckt  vnde wund
   Slichit kruckt   al miffetroft,
   Vnde huckt     myn lebens roft.
   De mich alfus had irloft,
51 Wil ich vmmer loben bas.

## XIV  (120 b)

An mir faltu keyn tzwyfel han,
Altzijt faltu mich vinden recht.
Trut lieb uorfoche dynen knecht.
Du fieft en gruntlich bofheit ån,
5 Wes wiltu mich uorterbin lan
Myn heyl myn troft myn falden lecht?

Vundich din word als e nv echt,
Daz ez uorblebe ußgetan:
So werich froer vil dan fro,
10 Mir beßirs kundich wunſchen nicht;
Geb fruntlich mir din angeſicht,
Vnd laß mich ſyn din ſunder o.

Mochtich biz an myns todes mal
Gantz blibin din vnufgeloſt,
15 Vundich an dir den ſußin troſt;
So enrochtich ſchatß noch gral.
Min hertze ſam eyn tzintzich al
Haſtu durſlungen, daz ich roſt
Noch raſt enhabe, daz du tôſt,
20 Lieb bald irleſſche myne qual,
So werich froer etc.

Ich han irfaren etteſwas,
Des ich doch wil geloubin nicht.
Ich wil gantz ſin nach dir gericht
25 Vnd ſlan hin tzwifel an daz gras.
Mich mach nicht wol irfroyen baz,
Dan mit gunſt din angeſicht.
Wan mir daz kurtz van dir geſchicht,
Daz y vnd y myn gerde was;
30 So wordich froer vil dan fro etc.

## XV (121 a)

Vff gnade bin ich komen her.
„Ja waz wer nv din ger?“
Myn ger iſt, daz du gnadeſt mir;

Wol daz ich han irtzornet dir.

5 Ich armer vngehure wicht,
Ich weyß van keyme tzorne nicht,
Ich habe fchuld mir froyden laft.
Werich bi dir geblebin faft,
So droftich nv nicht clagen nach.
10 Ich kenne, daz mir recht gefchach.
Ich meynde mich geviffched han,
Dŷ fijt mir durch daz netze gan.


„Nv fage trut frund dynen râm.“
Ich tar nicht wol vor großem fchâm.
15 Werich geblebin, dar ich waß,
So wer der brieb nicht worden naß.
Ich meynde mich gebeßirt han.
„So werftu myner abeftan.“
Frouw du haft ez algefecht,
20 Nv gnade frouwe dynem knecht;
Synd mit liften mir eyn teer,
Daz ez had geplegen eer,
Mid lynden fußen worden loß
Gantz in liebe tzu fich koß.


25 Nâm reyner frouwen fchonich tzwar
Wer an daz tû mir offinbar,
Daz ich daz fwache lofe lip
Nicht fchende, daz tun gute wib.
Ich meynde mich alleyne lieb.
30 „Hatteftu dez eren brieb?“
Ich hattez briebe vnde phand,
Mid mund vorfichirt vnde hand,
Dŷ fŷ mir vorbrochin had.

Ab daz ir erlich wol anſtad,
35 Dez ſwichich alßich han geſecht.
Nv gnade frouwe dynem knecht.

„Daz tu mich mideſt daz iſt recht.“
So wil ich blib vort ire knecht?
Der lozen ſchar dẙ gebich er
40 Tzu knechten; ich dyn nicht enber.
„Ich wunſche, daz ez ir ſo ge,“
„Daz ſẙ geyl in froyden ſte.“
Neyn nicht *) gutis ich ir wil,      (121 b.)
Ich wunſche ir vngeluckes vil,
45 So vil alze ſee dez iſt gewert.
Dy loze valſche ſẙ entert,
God gebe ir allez hertzeleyd,
Frouw ſchande had ſẙ ſchon gecleyd.

Mir ſchach nẙ werß ſam ſẙ mir tůt.
50 „Sẙ kans wol wedir machen gud.“
Ich roche ir gute nicht eyn ſtro.
Wiltu, ſo binich weder fro;
Wiltu, ſo werdich weder geyl.
„Duld eyn cleyn, dir ſchicht wol heyl.“
55 Daruff ſo wilich frolich ſyn,
Du y vnd y dẙ liebiſte myn
Biſt geweſt vnde blibiſt vord.
Ich wol getruwe dyner word.
Myn tzeyl, myn troſt, myn ſelden bůnd,
60 Nu hilff mir ſchier in kurtzer ſtund.
Amen.

## XVI (121 b)

Tzart mynnichliger ort,
Du liebſte frouwe myn,
Gedenk an dyne bord.
Halt feſte dyne word,
5 Blib ſtete truwe vord,
Myn guldin engel fyn.
Lob iſt an dir behord,
Tzucht, ẽre iſt an dir ſchin,
Meyl iſt an dir vurſtort,
10 Myn oſt, myn ſud, myn nord,
Dich myden mir tut mord
Mid vngefogen pyn.
Dyn ſtral had mich gerord,
Laß mir dyn eygen ſyn
15 Myn troſt, myr ſalden ſchryn.

Ich wil lieb vff dyn ja
Syn geyl, friſch, wolgemut.
Wẙ wol mir da geſcha,
Do liſlich dyne kla
20 Mir klummen fruntlich na.
Du ſuße wandels bũt
Slach vff lieb dyne bra,
Du liebſte frouwe gũt,
Dar an mich ſo entfa,
25 Daz ich uff rechter ſla
Dich ſpore ſunder ſchra
Vnd allez tzwifels bũt.
Zal grẽn nicht werden gra,
Nym bla an dyn behũt,
30 Du biſt dieß alles tũt.

Beſließin mynen ſang,
Myn guldin engel fyn,
Sal vůrbaz dir tzu dang
34 Mit truwen ſunder wang.
Ich y vnd y vur lang
Sang durch eyn tochterlin,
Daz ny mit truwen rang
Recht nach der liebe myn.
Mid willen ſunder ſwang
40 Ich gerne dynen twang
Wil dulden durch den ſchrang
Dẙr liechten ougen ſchin.
Sprich lieb, durchtziere blang,
Daz tu ſyſt lieblich myn
45 Alßich bin eygen dyn.

## XVII (122 a)

De wile ich lebe iſt ußgetan
Froyde mynes hertzen.
Zal dẙ da von irloſſchen ſtan?
So get ez vß dem ſchertzen.
5 Ich hattez nicht, ſy gab ez mir;
Ich meynde daz ez were ſo;
Des hattich mich gericht nach ir.
Durch ſẙ woldich weſen fro,
Durch ſẙ truch ich rote var,
10 Myn hertze nam ir lieblich war,
Dez lonet ſẙ mir ubil gar.

Wer haßin vnd irmordin wil,
Den hund her em wol vindet

Swerer fache me dan vil,

15 Daz land hat her gefchindet.
Alfus mir armen nv gefchicht,
Daz mußich duldich tragen;
Doch tzwar durch rechte fache nicht,
Daz wil ich vmmer clagen.
Durch etc.

20 Wol hin, zal ich vortrebin fyn,
So wil ich eynes troften mich,
Daz ich noch erft noch left enbin,
Den fy tzur truwe redte fich.
Dorftich iz reden ane var,
25 Vnftete fỷ ift, da bi loß.
Sỷ var da hin, fỷ vindet tzwar
Wol eyne gude ander goß.
Durch etc.

## XVIII (121 a)

De rekel han de winde
Vorvochten alfo fwynde,
Daz men fe achtet nicht;
Ich alle tage vinde,
5 Daz knofpen jngefynde
Gar hertlich vorewicht.
Dỷ tzarten mynnen kinde
Han fe zu en geplicht.

Ich muß mit en heben an,
10 Sal ich nicht dar achter ftan.
Tzwar ich wil mete fyn,

Ab mirs humbolt nicht engan,
Daz ich fchympeleren kan
Ouch mit der mettzelyn.
15 Eyner glufern mich nu bran
Huy wilich eyn tochterlyn.

Was woltich vele braffchen?
Ich kan wol fchuffil waffchen
De mir gijt frifchen mût.
20 Hettich waz in der taffchen,
Daz ich nicht droffte naffchen,
So mochtez werden gud.
Sŷ plettzit in der affchen,
24 De mirs nv allez tut.


## XIX (122 b)

Ach wŷ lange wiltus wifen?
Sal ich vorgrifen
Durch dynen obirftrengen fyn?
Laß trut lieb dyn vafevifen,
5 Ich wil mich pryfen
Nach der ftete dyner werden myn.
Laß dyn vngemote ryfen,
Gedenk daz ich dyn eygen byn.

Han ich frouwe dich vorgellet,
10 Dez had anbellet
Gar fwinde mich dyns haffins plicht:
Laß da mit daz fyn geuellet,
Ich han getzellet
Myn fchulde, daz gar kleyne wicht.

15 Laß mich ſyn tzu dir geſellet,
Ich han mich gantz nach dyr gericht.

Lieb ich gerne dyner gnade
Fro vnde ſpade;
Doch wiltu mir nicht gnedig ſyn,
20 So gedenken ich gerade
Vff ander phade,
An eyn ſwartz gra daz keppelin.
Y vnd y ich tzu dir ſchade
24 Sochte milde gnade myn.

## XX (122 b)

Wỹ lange zalich miden
Dỹ allirlibeſten myn?
Ich kans nicht lenger liden;
Sỹ tut mir große pyn
5 An mynes hertzen ſcryn.
Wan ich an ſee gedenke
Vnde nicht gehaben mach,
Daz mached mir vil krenke
Nacht abend vnde tach.
10 Sus harrich vaſte nach.
Sỹ machit mirs ſicher altzu vil,
Kundich . . . . . . . . . . .

E n d e.

# ANMERKUNGEN.

$V$ers 4. Beschranken oder bescranken (wie im Vers 237). (Gr. II. 36, 402.) Ahd. screngan oder screncan, supplantare, impedire, beschränken, verschränken (Schmeller, 3, 518). Tilling 4, 695. Scrank, fraus (Graff 6, 582 ff.). Ga-, bi-, farscrencan, bedeuten dasselbe. Vgl. auch scranchôn, errare, irren, straucheln.

5—8. Vgl. Vers 207—210.

6. Stral = Pfeil; nicht etwa Strahl, denn das wäre = mhd. strâme, ndd. straame oder streime. (Tilling, 4, 1050). Vgl. ital. strale, Pfeil.

12. Hertlich d. i. herzhaft. Vgl. Vers 203, 234, 2461, 4221.

13. Tzouch für zôch, ndd. toog, von ziehen.

17. Crenke, Schwäche, Krankheit, dann aber auch Leid, Unglück wie Vers 986.

19. Schrecken (goth. skrakjan? Gr. II. 986), sprungweise sich fortbewegen im Gegensatze zu einer langsamen allmähligen Bewegung (vgl. Vers 2105). Vgl. hewiscrecchjo, Heuschrecke, Haberschreck, Heuschreck (heuschrickel bei Schmeller) Mattschreck. Im mhd. schricken und schrecken (Gr. I², 441. — II, 986. — I³, 133, 145), nhd. der Schrecken, bei Jac. Böhm Schrack (aurora). Bei Schmeller 3, 506, 507 schrackeln, im Gehen schräncken, schrick, der Sprung im Geschirr; altn.

skrika (labare, labascere, divaricare). Vgl. Graff, ahd.
Sprchschtz. 6, 573 ff.)

By dem ist nicht = mit diesem, sondern von diesem
unterstützt, mit dessen Hülfe.

20. Vilde (gevilde) aus vëlt, feld, wie (ge)nibele aus
nëbel, (ge)sidele aus sëdel, (gi)knihti aus knëht etc. (Gr. I², 335), ganz analog einem ahd. fugali aus fogal, lucha (Lücke) aus loch (Gr. I², 85) und ähnliche mhd. und nhd. Ableitungen. — Der Abfall von ge ist im ndd. regelmäßig, aber im mhd. keine Häufigkeit (nicht so der Abfall von e in den Compositis mit ge), wie z. B. jenes Neidhart'sche selle statt geselle, und selfchaft für gesellefchaft, wozu man den Vers 678 ansehe. Man sehe ferner schicht = geschicht Vers 1074; loben = geloben, Vers 1011 im Titel; walt = gewalt, Vers 979, 1097; schoß = geschoß, Vers 65. — Vilde ebenfalls noch 1022 ff.; bere für gebere, Vers 884 etc.

21. Vaer = mhd. var aus varwe gekürzt.

26. Weydelich, ergötzlich, munter.

30. Meßichliger fchal, ein Schall, d. i. Gesang nach rechter mâze, der den musikalischen Gesetzen gemäß, mit Einhaltung der Tonlängen (mensûren, Vers 34) und Stimmarten (Vers 31, 32) und in streng taktmäßiger Weise (clausuren) abgesungen wird. Vgl. Vers 401. — Im Übrigen vergleiche zu Vers 31—34 des Doktors Ambros musikalische Anmerkungen.

35. Kurlich (von kiesen, wählen), d. i. ausgezeichnet, reizend, anziehend. Beneke, Wtb. 829, 650. Vgl. Vers 887. Körisch, wählerisch. S. was zu Vers 609 angemerkt ist.

36. Luren, lauern.

38. Kennich werden, erkennen, vernehmen; vgl. Vers 126, 944.

43. Nowlich d. i. ze jungest, zuletzt.

52. Bedacht fein einer fache, sich einer Sache erinnern.

64. Gefementet ist ein Fremdwort (caementare, caementum. Du-Cange, Glossarium. Paris. 1842 ff. 1, 16 in fine). Vgl. die Anm. zu Vers 229.

65. Schoß, Geschoß.
Kracht wie kraft ist gleich üblich in der mndd. Sprache.

66. Behaften. — Scherz-Oberlin I, 111ᵃ, behefften, impedire, z. B. die ding beheft den freien willen. Vgl.

Schmeller 2, 162, häftig, feindfelig, gehäßig; — sich be-
hefften wider einen, Beneke Wtb. I, 605 ᵃ.

67. Gewracht oder gewrocht, das Präteritum vor
wirken; — an eyn gewracht, in einander gefügt.

68. Claften, ahd. klaphôn = klaſſen (Graff IV, 555 ff.)
— glaff, eine Haarnadel, — schlagklufen, eine kürzere
dickere Stecknadel, die man wie einen Nagel in's Holz
schlägt, und davon klüfeln, mit solchen Stecknadeln
befestigen; (alles bei Schmeller II, 354). Klaffer oder
klafter (auch glachter oder glammer), eine an beiden Enden
mit Widerhaken versehene Eisenstange zum Befesti-
gen und Zusammenhalten zweier Holzblöcke bei Bau-
ten etc. — (Kluppe, ein zweizähniges, gabelförmig
geschnittenes Holz zum Befestigen der zum Trocknen aus-
gebreiteten Wäsche auf den ausgespannten Stricken) u. s. w.

71. By ein gekart, in einander gekehrt. Vgl. Vers
1460, 2206.

72. Greyt = mhd. griez. — Er valte sî mit hôher
wer dar nider ûf des sandes griez (Beneke mhd. Wtb.
I, 578, a, q). Vgl. Graff IV, 345. — Gr. I², 665. — II, 49.
III, 379. — (Schmeller 2, 145, gräten, eingräten, das Dach,
die Ränder und Fugen der Ziegel mit Mörtel belegen.)

74. Föge oder foge, fooge. Fuge und Fügung
wie im Nhd., d. h. nicht bloß die Ritze oder Spalte selbst,
sondern auch das, womit dieselbe ausgefüllt ist, und die
klaffenden Theile zusammengehalten werden. Vgl. Schütz,
holstein. Idiot. 1, 330. Fogefpiker oder fog'iser bei Stüren-
burg 59 ᵃ.

75. Entheften, festhalten, haften bleiben. Vgl. oben
Vers 66, behafften.

83. Mhd. arc wird sowohl im guten als schlechten
Sinne gebraucht; — hier ist es so viel als hervorragend,
am meisten in die Augen fallend. — Vgl. Vers 374.

84. Ingeualt (= eingefaltet) zusammengelegt, (valte
= die Falte).

Mang = vermengt, vermischt, abwechselnd.

88. „Ich will sagen auf welche Weise sie mit einem
Dache versehen war."

89. Beschûrt d. i. bedeckt, geschützt. (Vgl. das ver-
lorne starke Verb No. 522. Gr. II, 48.) Niedersächsisch

schûr, schaur, schauer, bairisch und österr. scheuer,
scheune (receptaculum), eigentlich überhaupt ein Obdach,
ein gedeckter Ort zum Schutz gegen Elementarereignisse.
(Vgl. Vers 684, wo leytbeschûr im Sinne von Schutz
oder Schützerinn vor allem Leide steht.) Stürenburg ost-
fries. Wtb. 239 ª. Schambach Wtb. der niederd. Mundart
etc. 187 ᵇ. Beschûren, scheuren, defendere. (Hundii glossa-
rium & Leibnitz collect. etym. p. II. p. 228 citirt von
Tilling), schûrer, schaurer, defensor. (Haltaus II, 1661),
schûren und fchirmen (Schmeller III, 387). Vgl. neben
σκύρου noch mlat. scuria oder scura, stabulum equorum,
woher das franzöf. escurie (Du-Cange Gloss. vol. 6, pag.
138ᶜ); man sehe auch was unter Vers 1434 zu schulen
gesagt ist.

94. Loub (vgl. Scherz-Oberlin 2, 882) ift wohl das-
selbe was vorher tafilgold bezeichnete. Auch Stalder 2,
160 führt ein läubeli, läubli = Flittergold-Blättchen auf.

Über moziret vgl. Schmeller 2, 635. — Es ist dieses
Wort gewiß dasselbe mit jenem muofen, welches Ziemann
aus Diut. 1, 19 anführt: lâzit uns welben eine kluft mit
edilin marmirsteine mit golde gimuofit reine.

95. Bril ist mhd. berille (βήρυλλος), ein dunkelgrüner
Edelstein.

101. Werenfast, wehrfest.

103. Rast, der Ort worauf etwas ruht, die Grundlage.

110. Pynnakel, pinnaculum oder pignaculum, von
pinna, pigna, ist die oberste Spitze eines Thurmes, über-
haupt das oberste Ende, alles spitz zulaufende (vgl. lat.
penna, feder und vieles andere).

112. Luftit = er leuchtet.

113. Tzymburgit, eine eigenthümliche Wortbildung.
„Mit Burgzinnen versehen.“ — Zymburgit unde gezinnet
ist eine Tautologie, wie deren oft genug zu lesen sind. Vgl.
Haupt zu Neidhart 10, 30.

119. Zur kör, zur Vorsicht.

121. Das auslautende r in thormer ist mit Zinnober
in den Text als Correctur geschrieben.

129. Geftalt, ihr Bildnis.

137, 138. Vergleiche die Verse 676 und 677 und die
folgenden 10 Abteilungen des Gedichtes.

140. Sich beschouwen, sich alles ansehen. Vgl. V. 2302.

141. Cryng (vgl. Vers 99, wo es heißt: der Müren krantz) Ring, Umkreis. Stürenburg, ostfries. Wrtb. 123 b.

147. Herden, Wachsamkeit; — also die beständige Furcht in der ein Liebender schwebt. (Von goth. haírdan, hüten.) „Wann yegkliches besorgt vnd fürcht verliesens, das was es mitt grossen sorgen vngeheyschen erworben hat." (Hartlieb.)

160. Gerichtig, recte compositus.

164. Sechte = sagte.

166. Vordechte, daß sie keinen Argwohn gegen mich schöpfte.

175. Dit = mhd. ditze, dieß.

177. Sunder feyle, ohne Fehl. Vgl. Vers 123.

178. Geleyde, die Summe dessen, was mir Leid bereitet.

182. Drouwe (von dröuwen, drohen), dasselbe was drô, die Drohung. Vgl. Vers 994, 1061, 1069.

189. Hugken, ich meine, glaube; gehucht oder gehukt, die Meinung.

190. Erben, vererben. — Her = er.

191. Gescheyn, geschehen.

192. Kyde, schlank gewachsen.

Risch, für „hurtig", „flink" findet man in den Dialekten: rasch, resch, risch, rosch und rusch gleich üblich. Vgl. Scherz-Oberlin 2, 1308. Schmeller, 3, 139 ff. Stalder 2, 282 und Andere. Vgl. Vers 3832, 4271.

194. „Wie kam es, daß du so krumm gestaltet bist."

200. Schrod, fiel. Vgl. Vers 2419.

201. Hulfir, Helfer.

203. Vgl. Vers 12.

205. Tzu yetir ist wahrscheinlich nichts anderes als zetir, Zeter (reyff, rief).

211—219. Vgl. Vers 3945—3958.

213. Y vnd y, je und je.

217. Duld = geduld, wie oben vilde statt gevilde.

211. Lislich . . . fleych, leise . . . schliech.

223 ff. „Da hat er eine Feste gebaut also stark, daß ich von Sorgen, Jammer und Trauer nun und nimmermehr Ruhe finde (raſte).

229. Cure, dem latein. cura, Sorge nachgebildet, wie curen im zweiten Liede. Man vgl. noch adamas (Vers 61),

fundamenten (Vers 62), fementen (Vers 64), pynnakel (Vers 110), fon (Vers 420), venyn (Vers 2954), priuiley (Vers 2557), rype (Vers 4130).

231. Der Anfang eines bekannten Kirchenliedes.

233. Arcedyen (arcedye = Arznei), heilen. Vgl. Vers 2162.

234. Herte = mhd. hërze, Herz. Vgl. Vers 12, hertlich.

Ryfen = surgere, sich aufrichten, sich erheben; (aber auch fallen, sinken, wie unten 239). Vgl. Vers 4005.

238. Vorlich, verleihe. — Stur (d. i. mhd. stiure), Stütze, Hülfe.

253. Chô ist ein Imperativ vom mhd. quëden, dicere, sagen. Vgl. 639.

266. Wilde machen ist wie das Verb wilden = fremd machen, entfremden. (Wir wollen alles Leid von dir entfernen). Beneke Wtb. 2, 666 b. 11 ff.

376. Schiere, schnell, hurtig, ist auch jetzt noch dialektisch gebräuchlich.

282. Veyde, Fehde; krigestu, du bekommst, kriegst; sûn, Sühne.

284. Rey (vgl. 592), d. i. rije, rige, Reihe, Reigen. (Tilling 3, 490 ff. Schambach 169 ᵇ.)

297. Trubich, traurig; jetzt sagt man auch im österr. Volksdialekt trouwi für traurig.

301. Obirclart, überklärt, verklärt.

Quam in der folgenden Überschrift, ist das Präteritum von quëmen oder quimen, kommen (ein noch heute im Schlesischen und Deutsch-Böhmischen gebräuchlicher Ausdruck).

304. Gebrechte, Getöse, Lärm, Geräusch.

307. Gêr, vgl. Vers 587, 614.

315. Wymphiltûch, — Standarte, Fahne; wimpel oder wumpel, Schiffsflagge, ahd. wimpal, engl. wimple, wimmeln, lebhaft bewegen. Stürenburg 337 ˢ.

319. Gebûdit, befiehlt.

330. Konlich, kühnlich, kühn.

345. Mal, vgl. Vers 345, 599, 2522, 3271, 3926.

352. Ackuley, Aglei.

359. Vgl. Haupts Anmerkungen zu Neidhart von Reuenthal 10, 30.

362. Allir-honte, aller-hand.

372. Balsamies, die Balsamine.

376. Cynomien. Vgl. Perger, zur Geschichte der Falkenjagd. Wien 1859. 8. p. 19.

394. Flucht, ein Schwarm fliegender Vögel, dann überhaupt eine **Menge Vögel**. Stürenburg 58 ª.

402. Vorman(n)en = ermannen.

403—486. Vergleiche den musikalischen Anhang des Drs. Ambros.

418. Screy, Vers 397 gescrey = Geschrei. Vgl. die Anm. zu Vers 20.

421. Undirflachten, unterflochten, verflochten; also (entweder) vereint, mit einander, (oder) vicissim, abwechselnd.

435. Snauen, schnaufen, schnauben. Stürenburg 228 ª.

450. Vunfte ist als Verbesserung mit Zinnober über das Wort sibente geschrieben, was offenbar das Richtige ist; denn Vers 452 ist doch wohl statt fibente, achte zu lesen, damit die Vers 438 erwähnten 8 Tonreihen voll werden.

453. Stalt = gestaltet. Vgl. zu Vers 20.

455. Ingeualt, s. Vers 84.

457. Fauen. Das Wort weiß ich nicht zu deuten. Vielleicht ist faue nichts anderes als faba, Bohne, d. h. der Notenkopf, und daher obir den fauen, „nach den Noten".

365. Was erypol ist, weiß ich nicht, auch verstehe ich tyen Vers 484 nicht.

466. Falsetum (fausset), tonus acutus (Du Cange), noch heute: Falsetton, gegenüber den Flagiolettönen der Streichinstrumente. Man berühre z. B. eine Saite einer Violine sehr sanft in der Mitte, und streiche sie; der dadurch hervorgebrachte Ton ist ein Falsetton.

508. Kofteltuch oder kefteltuch, besonders gutes, ausgezeichnetes Tuch, wie man auch sagt keftelbier, kestelbrot etc. Vgl. Schmeller 2, 340. Ahd. chaftôn, Graff 4, 530.

509. Wand ist mhd. wât, Gewand, — (wie unser „-wand" in Leinwand).

531. Vgl. zu 359.

534. Getacht; vgl. Vers 88.

574. Tzil, terminus, scopus, Ende. Obir tzil ist: unendlich.

579. Genûß ist nur eine des Reimes zu grûß wegen assimilirte Form von genoß.

583. Boel, Buhle.

596—599. Vgl. Vers 3923—3926.

608—615. Vgl. Vers 3926—3934.

609. Kore oder kor, ags. cyre, ndd. kôre, freier Wille, Wahl, Gutdünken. (Tilling 2, 850.) Vgl. Vers 1031, 1039, 1124 u. öfter. Schambach 109 ᵇ. Anm. zu Vers 35.

615. Spiln (vgl. Vers 638, 997); fpiln ist nicht bloß: spielen, sondern auch einer Sache froh werden, sich erfreuen, woraus die Genitivkonstrukzion Vers 997 sich erklärt.

620. Bescheyd, Antwort.

623. Nydirlacht, niedergelegt.

634. Leytbeschûr, vgl. zu Vers 89.

635. „Damit keiner seiner Helfer dir schade." — Hulfe = Helfer; fyr bezieht sich auf das Vorangegangene trurenfelt.

649. Waldig, gewaltig.

651. Reygen, saltare. Scherz-Oberlin. Rijen, rigen, ordinare, Tilling.

658. Frolich ist mit Zinnober als Verbesserung über die Zeile geschrieben.

663. Hart, sehr, besonders.

667. Sengen; auch österreichisch und bairisch bedeutet das Wort, einen Gegenstand derart der Hitze aussetzen, daß er zwar nicht anbrennt oder verbrennt, jedoch entweder die Farbe verändert oder einschrumpft (wie das Haar). Vgl. ahd. bifengan, ags. sängen, engl. singe. In der niederdeutschen Mundart ist sonst für denselben Begriff ein anderes Wort, nämlich fchroien, fchroeien gebräuchlicher (vgl. Gramm. II. 36, 87).

678. Seltfchaft d. i. ndd. selfchap, selfchop, mhd. gefellefchaft, Gesellschaft. Vgl. Vers 2016.

683. Bûd (vgl. Vers 729, 833, 1836, Lied XVI, 21, 27). Bud oder butt ist das stumpfe Ende eines Dinges, dann überhaupt finis. (Vgl. Tilling 1, 172. Scherz-Oberlin 1, 279. Man vergleiche goth. báuds, franz. bout. Oder ist bûd = mhd. buoze? Vgl. Greyt (Vers 72) mit mhd. griez.

697. Ingeſyn, Hausgenoß, oder überhaupt Gefährte.

699. Men oder man, nur, tantum. (Eine Partikel, dem österreichischen hald oder halt in vielen Fällen entsprechend.) Tilling 3, 121.

700. Gewerd, geehrt, (ein Wort, das als Substantiv und Adjektiv gebraucht wird), honor und honoratus.

712. Here, die Hoheit, Erhabenheit (vgl. Graff IV, 993, 994). Der Plural befremdet ebensowenig, wie z. B. in einer Stelle: sî hetens in ir pflegen u. ähnl.

713. Scryn, Schrein.

729. Tzickir ist der Plural vom mhd. zic, Streit, Hader.

733. Krigen, auch jetzt noch hoch- und niederdeutsch gleich üblich. Eigentlich sich erkämpfen oder erstreiten, dann überhaupt bekommen, erhalten.

738. Fleen, fliehen.

744. Bequemikeyd = Schmiegsamkeit, Verträglichkeit, Zutrauen; vgl. ahd. biquâmi. Schütz, holst. Idiotikon, S. 92.

747. Der habe an sich?

762. Ruoche hân eines dinges, auf ein Ding Achtung haben.

776. Vgl. Vers 2783.

783. Bot, Geboth.

785. Merk oder merke ist memoria, das Gedächtnis. Vergleiche das jetzige österreichische Mirx, in gleichem Sinne gebraucht; z. B. ich werd dir schon 'nen Mirx geben! = ich werde wohl dein Gedächtnis wach rufen! (Vgl. Vers 1057.)

803. Baach = mhd. bâc, Streit, Hader. (Vgl. Vers 1704.)

804. Roemen.

> Ye gröſſer lieb ye gröſſe we,
> Das iſt der minn ſucht gemaine.
> Der minner roemet zu kainer ſtund:
> Sinem ſüfftzen uß hercʒen grund;
> Veber ſich blicken und ſchaemlich lachen,
> Vngeberd vnd vnſin machen etc.
>
> Codex Heidelbergensis 344, 26 a.
> Von dem ellenden buoben.

805. „Stürze dich nicht übereilt in ein Liebesverhältnis." Mhd. gâch = jäh, vorschnell.

807. Besegeln, besiegeln; brieflich übergeben, dann überhaupt überantworten, verleihen, geben. — Vergleiche übrigens Vers 1013 und den Anfang des dritten Buches Vers 3911 ff.

837. Mit einem bûwen, mit Jemandem wohnen, zusammensein.

850. Mhd. wâc (masc.), das Schwankende, Bewegende; wâge (fem.), die Schwankung, Bewegung.

854. Gemechte, Kraft, Vermögen.

877. Snaben, schnappen, haschen.

883. Kallen, schwätzen, plaudern. Scherz-Oberl.

884. Bere, die Gebährde; beren, sich gebährden. (Tilling 1, 79.) Vgl. Vers 1088.

888. Limpf, anständiges Betragen (Schambach 124ᵇ.

897. Id = es.

903. Mûsen, mhd. mûsen, ndd. miuzen, mausen, Mäuse fangen, aber auch listig kleine Dinge entwenden, naschen. Schambach 140ᵇ.

906. Gewaer, Bürgschaft.

912. Geßen, gießen.

923. Sain, sagen; wie geseit = gesaget.

925. „Mit Fleiß rüste dich so aus, daß" u. s. w., denn brîsen ist ornare, schmücken, putzen, dann aber allgemein etwas zurichten, in Ordnung bringen.

951. Einem liebe hân heißt nicht: Jemanden lieben, sondern: zu Jemanden Liebe im Herzen tragen, also: Liebe erwidern.

958. Genûß = Genosse.

966. Swenken, schwenken, wenden; wahrscheinlich soll es van statt vm heißen. Vgl. Schmeller 3, 542.

967. Sich enden, sich erfüllen, zu einem Ende gebracht werden.

970. Dyn gnade ist des Satzes Subjekt; — gunnen (wollen daß Jemand etwas habe, gönnen), das Prädikat.

971. Vom Nibelungenschatz weiß jetzt schon Jedermann. Über den Hort von Babilon so wie das griechische Gold, brauche ich nur im Allgemeinen zu bemerken, welch hohe Meinung das Mittelalter von den Schätzen des Orients

und Griechenlands hatte. War doch auch der Bizantiner eine gangbare Münze des Mittelalters. Vgl. auch Parz. 563, 10.

Dô kriechen sô ftuont daz man hort dar inne vant. Über den Balsamgarten lese man nach im 27. Capitel des 1. Buches von Johannes von Hildesheim, Geschichte der heil. 3 Könige, entweder in Gustav Schwabs Bearbeitung oder in meiner Ausgabe des angezogenen Buches.

973. Underfatz, unverkümmert, ohne Betrug, ohne Unterschub, Täuschung (Tilling 4, 772).

998. Seren ist verwunden, entseren heilen.

1008. Entrouwen (vgl. Vers 1332 enrouwe, was jedenfalls dasselbe Wort ist).

1010. Frouwen, mhd. fröuwen, freuen,

1017. „Die ein Herz fällen können.“

1032 ff. Vgl. Vers 1124 ff.

1035. Vnredelikeyd, Unvernunft. Tilling 3, 462.

1045. Vnwerclîch, sine opere, (oder ist vnwertlich zu lesen? Vgl. Vers 4011).

1051 ff. Vgl. Vers 1137 ff.

1054. „Deren Wünsche befriedigt worden wären.“

1055. Grûwen, grauen.

1058. Rûwen, reuen. Vgl. Vers 2216.

1093. Struzze ein Stück, sowohl im guten als schlechten Verstande; also auch Hader, Fleck, Plunder, Quark. Man vergleiche das bairisch-österreichische Stritzel (Schmeller 3, 691), Strutzl, ein kleiner Mensch, aber auch Stranzen, fauler Mensch, strunzere (detruncator) etc. hängen damit zusammen. Vgl. Schmeller 3, 687. Tilling 4, 1073. Du Cange, sub voce strunço. Stalder 2, 406. Stränze, Astrenze. Stürenburg: strunt, französ. étron (estront), mlat. struntus, Dreck, Schund; Strunzel, faule Dirne 269 b, 270 a. Schambach 215 b: ftrunt struntje etc.

1096. Vngeclobin, niederd. klöven ist spalten, vngekloben daher ungespaltet.

1102. Vngeracht, ungerecht, nicht eingerichtet.

1107. „Daß zwei höfische Männer der Minne Spiel übten, das wäre schändlich und nur mit Erröthen könnte man davon sprechen; es aber zu thun, — davon will ich schweigen.“

1114. Beclybin, ankleben, haften.

1118. Zu vilde ligen, kampfbereit sein; vgl. Codex Heidelbergensis 344. Vom elenden buoben (27. b.)

lieb .... will gantz fin vnbetroegen

das macht daß lieb, mit lieb tût kriegen, . . . . .

doch wechßt dar dick groß huld,

wan lieb sin vnfchuld verftät,

daß es ain sach erzuernet hät.

Es licht das lieb in felt,

dar vmb doch kaine lieb zerfpelt etc.

1120. Sachen, vgl. zu Vers 1213.

1132. Begynnlich, vom Anbeginn her bestimmt.

1144. S. zu Vers 2910.

1149. Douwen, dauen, verdauen.

1157. Gebûwete, Gebäude.

1178. Trecken, ziehen, (ags. dragan, engl. dragg, altn. draga, franz. trainer d. i. traigner), vortrecken, vorgehen. Tilling 5, 102. Schütz, holst. Idiot. 4, 276 ff. Stalder, 1, 301. Duitschlender (neben dynsen und bansen). Vgl. Vers 2105, 3898. Stürenburg 288 ᵇ. Schambach 234 ᵃ.

1198. Ram (vgl. Vers 1210, 3415 etc.) ahd. hrâme ist intentio, das Bestreben, der Eifer. Vgl. ahd. râmên, tendere, intendere, d. i. sowohl strecken, ausstrecken, als auch streben, trachten, mhd. râmên, einen auf's Korn nehmen (Beneke, Wtb. zu Iwein 337. Neidhart, Ausgabe von Haupt Solhes koufes râme 9, 30. 24, 12. 53, 20 u. öfter), ags. ârœman, emporstreben. So ist dann ram auch die Absicht; gein dem râmes zil (Ziemann, Wtb. 302 ᵇ) und der Zweck, das vorgesetzte Ziel: ich stehe ze râme sam ein wild daz die hunde buften an. — Tilling 3, 427. —

1213. Lanken. Ich dachte anfänglich an langen (Stürenburg 131 ᵇ), ahd. langên. altn. langa, nhd. verlangen, nach etwas streben, doch das Verb ist von lanke gerade so gebildet wie fachen von sache (Vers 1120), also umfassen, umschlingen. Vgl. ummelanken (Vers 1621).

1216. Vgl. Vers 2075.

1217. Myd. Vgl. 1869, 3051, 1881 u. öfter, also sicher, mhd. miete.

1218. Wenken (vgl. Vers 1454 und 1792), daher sowohl winken, als zum Wanken bringen.

1233. Tzegelchyn, das Deminutiv von zagel, Schweif.

1236. Anevantz, d. i. anevanc, Anfang: Vgl. Vers 1665; ähnlich heißt es auch saz statt mhd. sat (satur) Vers 1245. Anders ist die Bildung von vndirsatz, denn da schwebte doch die hochdeutsche Form vor (Vers 973).

1237. Stert, der Hintere.

1242. Vortzifen. (Tilling 5, 314).

1245. Saz s. die Anm. zu Vers 1236.

1249. Frust (vgl. Vers 2088). Dieses Wort verstehe ich nicht.

1252. Gelichint, das Gleichnis.

1253. Clyncken, d. i. klinken, klenken, schlingen, in einanderpassen, zusammenfügen. Vgl. Schmeller 2, 359. Stürenburg 111ᵃ. Also: „die Rede passt nicht in einander."

1256. Clymmen wie das nhd. klimmen, erklimmen.

Webel, Käfer (Insekt überhaupt).

1257. Gebuwte = gebûwede, Gebäude.

1258. Gebel, Giebel.

1265. Telge, telke, Zweig, Ast, mhd. zelge, im thüringischen zelke. Tilling 5, 51. Stürenburg 279ᵃ. Schambach 228ᵇ.

polle (engl. poll), der Wipfel des Baumes, Till. 3, 351. (Schambach 157ᵇ.)

1290. Ruchte, Gerücht, der gute oder schlechte Ruf eines Menschen. Till. 3, 537.

1303. Tzoulich s. auch Vers 1398, 3070, 4653. — Zawen, zauwen, zouwen, festinare, eilen, — auch bereiten, eilig zurichten; zouig, zawig, tzoulich, eilig, schnell, schier. Scherz-Oberlin 2, 2118, 2087. Schmeller 4, 209, 211. Tilling 5, 33.

1310. Rislich, schnell, eilig, von rîfen, surgere. Vgl. Vers 2403, 2418, 4005.

1312. Fest, die Feste, Festung.

1315. Ungerest, sine mora, so wie man z. B. auch vngegessen oder vngetrunken sagt.

1317. Getzow, vgl. Anm. zu Vers 1303. — Vers 4816: getzouwit uch balde zu Minden, am Schluß der Dichtung, wo Bartsch las: getz on vertzuch etc.

1329. Quad (Gr. II, 317. III, 606. GG. I, 507, 574), malum, Übel. Vgl. Vers 2053.

1347. Vgl. Vers 1455 ff.

1355. Twingen, zwingen. Vers 1389.

1364. Vgl. Vers 1424 ff.

1370. Bor, Gebühr. Vgl. 1395 geboret, gebührt.

1407. „Es schadet ihm nicht eine Scharte", wie man sagt, nicht um ein Haar.

1434. Schulen, ndd. ſchuilen, latere, verborgen sein, sich verstecken, mhd. ſchûlen, lauern (Gr. I³, 321), altfr. schiole, ſcule, ein Obdach, Hütte. ſkiola, bedecken.. Tilling 4, 708. Schambach 186ᵇ. Stürenburg 238ᵃ. Vgl. Vers 2297, 2699.

1460. Kart, vgl. Vers 71, 1483, 1571.

1468. Vnuorſeyd, ohne Widerrede.

1482. Wart oder warts ist nhd. -wärts; also: „zu ihm wärts", wie Vers 2825: „zu Gott wärts".

1494. Nicken wie hochdeutsch, zuwinken (2267).

1546. Entfâ, empfange.

1581. Annamer, angenehmer, annehmbarer.

1608. Nackebur, Nachbar.

1621. Vmmelanken, vgl. Vers 1213 u. Anm.

1638. Obir oder oebir, Ufer.

1645. Irfaren, erfahren, ausforschen.

1656. Vorgift, vgl. Vers 3869.

1679. Tutischmann, der Deutschmann, Deutsche.

1686. In hale, „in Hehl", im Verborgenen, insgeheim.

1708. Am Anfange des Verses ist das Prädikat (? gert) ausgefallen.

1715. Über dem Worte „beſchiffin" steht von fremder Hand „gebulet".

1718. Ertzen; 2595, 2702, 2746. Das Wort verstehe ich nicht.

1722. Vgl. Lied 17, Vers 4.

1725. Karmen, Seufzen, Wehklagen. Tilling 2, 740. Vgl. Vers 1953.

1735—1752. Hartlieb: Es seind auch zwej geliebte ein ander schuldig in allen nöten eines dem andern zehilf kommen, vnd eines des andern müe vnd arbeit tretilich tragen vnd in allen jren begern yeckliches dem andern sein willen gestaten vnd helffen volpringen.

1746. Dummer, ein Narr.

1757. Vngemote, Unmuth.

1770. Vgl. zu Vers 1198.

1779. Hartlieb: Wer sein lieb unuersert wil beleiben der muß am erſten vnd maiſten ſich hüten, das die geheym seiner lieb nit zeweit geöffnet vnd gemelt werd. Sunder er soll sich vor aller welt heimlich tragen vnd behalten, wann so bald die recht liebe vnd mynn in vil leüten geöffnet wirt, vnd ſtunde, naigen vnd feyen tůn jm abgang. Es fol auch ein yecklichs daz ander‚vnder leüten nit vast loben, oder es offt nennen vnd melden.

1791. „Es sol ein lieb dem andern keinerley freüde oder wollust erzaigen mit plicken deüten zaigen eder ſuſt. Sy fey den gewiß daß es nyemant hör sehe oder merk.‟

1795. Hartlieb: In gegenwärt der leüt und wa er fein lyebe bey andere gefellſchaft ſicht er sol sich jr nicht vaſt nehen, vnd sol ſich fein vast frömbde schätzen. Das keyner böfer klaffer müg erkennen Vrsach vnd er dann darauß übel redt.

Eigenthümlich ist die Trennung des Bedingungssatzes in den Versen 1791—1794.

1810. Es fol auch ein jecklichs ſich fleiffen, das es mit gewand ziert vnd ſitten sich dem andern wol erczaigt mid geuelligkeit, vnd sol ſich darin zemaſſen czyeren. Wann wer fein lieb zuuil ziert vnd ſchön macht, der wirt von allen weifen verſchmäht, vnd wer denn fein lieb mit farb anſtreicht vnd malt, der wirt von rechter natur dem andern verschmäht.

1819 ff. Es fol auch ein lyebe gegen dem andern lieb vnd ſucht menklich miltiglich erzaigen. Ein rechter puler sol alle reichait verschmehen vnd sy armen vnd notürftigen miltiklich miteilen.

1827. Behobig sein, viel Aufsehen machen; vgl. behei oder behoi bei Tilling 1, 73.

1832. Hier scheint ein Vers zu fehlen.

1834. Hartlieb: „Wann in rechter lieb vnd mynn iſt nichs ſo hoch czu loben, als wer mit tugentlicher milt bekleidt iſt, wann alle er frümkeit vnd tugent die wirt verlorn und nidergefenkt von geytigkeit.

1842 ff. Hartlieb: Pfligt aber einer mynn der ein ſtreiter oder vechter iſt, der fol fein manheit alſo erzaigen.

1849. Frochtig d. i. forchtig, furchtsam.

1854. Ôtmodich, vgl. Vers 2111; otmodigkeyt, d. i. ahd. ôtmuatîc und ôtmuatî, mhd. ôtmüetîc, humilis, humilitas, Bescheidenheit, Ergebenheit. (Vgl. Grimm Gramm. 2, 299 und 664 Graff.) Der Gegensatz ist:

1856. Hômôd, Hochmuth. — Vurfecht, verfagt.

1866. Hobiskeyd = höfische Sitte.

1875. Geferte, die Art und Weise des Erscheinens und der Bewegung, Manier.

1885. Wernich = warne ich.

1905. Drû für drûhe, vinculum, Fessel; ûz der drû wêsen = aus den Fesseln sein, gelöst sein (von Banden). Vgl. Grimm Gramm. 1², 347. 1³, 180. Vgl. Vers 3224, 3324.

1910 ff. Hartlieb: Die liebe wirt gemert, wann sy einander selten und mit sorgen sehen, vnd anplicken tun, wann, fo die lieb ye fchwärer ankommet, fo ift fy yn mer freüd geben, vnd wirt fich meren die begird.

1917. Tougen, heimlich.

1919. Getwanc, der Zwang, die Mühe, Beschwerde.

1922 ff. Hartlieb: Die lieb wirt auch gröffer vnd gemeret, wann ein lieb fich dem andern zornigklich er- zaiget, so fürcht es der zorn war allzeit. Die lieb vnd mynn wirt auch wachffen vnd gemeert wann ein lieb des andern vaft fürcht oder eifert wann daz ift der recht vr- fprunge vnd muter der geliebten; vnd ob halt eins nit recht eiferen hat, das er nun fucht in bösem arckwon nach dem anderen, dauon wirt die lieb vnd daz fenlich verlan- gen gemert.

Eer ist gewiß nichts anderes als örre, irre von örren, irren, also „argwöhnisch, eifersüchtig".

1930. Vgl. Vers 2380 ff.

1939. Drom, Traum.

1980. Nyck, das Neigen, Zuwinken.

1997. Vordir, fürder, weiter.

2000. Grofflich d. i. grovlik von grov, bedeutet eigent- lich schwanger. Wie aber das mhd. grop oft genug valde, sehr bedeutet, so auch das mndd. grov, und grov- lik ist hier offenbar in diesem Sinne aufzufassen.

Toben, tobben, toppen, zupfen, ziehen, anziehen. „Das zieht an dein Gemüth in brennender Liebe."

2002 ff. Hartlieb: Es feind auch vil ander fach die merent vnd praitent die lieb, die alle magftu

mit deiner empffigen betrachtung mercken vnd
erwinden.

2004. Zu oychin halte ich ein goth. áugjan, aráug-
jan, also etwa: an's Tageslicht bringen, fördern, „meren
vnd praiten". Hartlieb.

2020. Quillen, quellen, auf-, anschwellen; dyck wer-
den, dynden, ſwellen (Duitſchlender). Vgl. Quelle, Qualm,
und das jetzige öſterr. qualmen, außerqualmen, verqualmen
u. and. Vgl. Lied I, 29.

2033. Sunder gil = freudlos.

2046—2048. Man merke auf dieſe Hexameter.

2059. Zengen gehört zur Ablautreihe Nr. 606.- (Gramm.
I, 61) — also haften, feſthaften; man vgl. ags tängan,
auf etwas losgehen, altn. tengdr, affinitate junctus, tenging,
junctura, tengsl, nexus, ahd. gizango, gizengi, agt. getenge.
(Schmeller 4, 469 ff.) Vgl. Vers 2730.

2113. Claffen, plappern, schwätzen.

2183. Twiden, vgl. im Duitſchlender: verhoeren,
twiden, exaudire, obtemperare, annuere, assentire. — Es
ist also twiden so viel als gewähren, willfahren, zu Willen
sein. Vgl. engl. twit, ags. atwitan. (Tilling 5, 143.) Vgl.
Vers 3737, 4082.

2227. Echtſchafft, d. i. die echtſchap oder echtſchop,
der Ehstand, von ndd. echt = mhd. ê, goth. áiva (Tilling
1, 286 ff.).

2249. Wiſchaft, d. i. witſchap, was mit dem im Vers
2782 vorkommenden witlich zusammenhängt.

2255. Wrygen, annähern, hinzukommen. Vgl. Stüren-
burg 61ª, friggeln.

2267. Nycken, wie das jetzige „nicken".

Grumpt, von einem Verb grumpen, das ist krumpen,
gekrümmt, verkrüppelt sein. Vgl. ahd. krimpan. — Stüren-
burg 123ᵇ, krimpen. Vgl. Vers 2713.

2277. Ynne. Vgl. Vers 2577.

2286. Schieb, ſchief.

2293. Gehyndir, impedimenta, Entschuldigungen.

2294. Vmmetzoge, Umschweife.

2297. Schulen, s. zu 1434.

2300. Trach, träge.

2342. Spyren, ſpüren.

**2397. Begryfen.** Hartlieb: Deßgleichen mag ein liebe des andern trew wol merken vnd erkennen, wa es ſich zu zeiten erzaigt zornig, war on zweifel ſo fürchte das ander, vnd wirt ſeinen zoren gütigen, wan liebe im hercʒen mag nit wirſer geſchehen, dann das ſein lieb zornig vnd wemütig ist. Denn ſolicher zorn mage yn zwiſchen rechten geliebten lieb nit lang weren noch die lieb zertrennen, aber es macht wol lauter vnd klar der lieb vrſprung ſein. Begryfen ist also ſo viel als zunehmen, fest einwurzeln. (Tilling 2, 546.)

2405. Gißen, muthmaßen, argwöhnen, glauben. Vgl. Vers 3303. (Tilling 2, 514.)

2457. Vulbort, vgl. Vers 2938.

**2556. Kunne.** Hartlieb: „Wiewol das geliten wirt vnder den mannen, durch alt herkomen gewohnheit (pryuiley Vers 2557) vnd ſunder freiheit der mann, wann alle natur erlaubt den mannen, das den weiben nit erlaubt ist."

2557. Pryuiley, privilegium.

2575. Hogen, exaltare.

2586. Quil, Unruhe, Angst, Besorgnis. Vgl. Vers 3096.

2602. Entſeren, heilen.

2609. Quast. Tilling 4, 398.

2611. Eygen, an eignen.

2637. Irlufften, vgl. Vers 112, 3513.

2638. Tzuwicht, zuwinkt.

2672. Blut, Blüthe.

2674. Ez tut mir denken = macht mir viele Gedanken.

2689. Gedenen, d. i. dienen (deenen) thĕonŏn.

2693. Obir eyn tragen, übereinstimmen.

2695. Meyn, (vgl. Vers 2974); mhd. mein. nefarius. (Tilling 3, 145).

2706. Wys, gewiß, certum.

2713. „Es hat noch einen Haken". Man vgl. das österr. „Krampen, Hauschaufel, Haueisen, Hacken, kramscheln, stehlen; „Krampen", krummbeiniges Roß, elende Mähre.

2719. Wang, Wandel, Fehl, Verderbnis. (Tilling 5, 176.)

2782. Mhd. wizzen ist ndd. weten, wittig, witzig, witt, weise, klug, witheit, der Stadtrath, weise Rath, und witlik kund, offenbar. (Tilling 5, 244.)

2783. Truten (vgl. nhd. traut), österr.-bair. treuteln, liebkosen, lieb haben. Abetruten ist daher so viel als, durch Liebkosungen (einem anderen zu Schaden), jemanden gewinnen oder an sich ziehen.

2802. Bufzin, bessern.

2817. Anrichten, einrichten, zu Rechte bringen.

2833. Wigen, schätzen, achten, dafür halten.

2838. Echt, etwa.

2851. Vmme wagen, umstimmen, für ihn geneigt machen.

2864. Samentlichen ist durchstrichen, und als Verbesserung von fremder Hand „durch liebe" darüber geschrieben.

2866. Dren (tribus), dreien.

2872. Quelen in reflexiver Bedeutung: sich abmühen, ängstigen. Tilling (3, 392) führt auch an: Queler oder Gottsqueler, einer, der es sich um sein Brod sauer werden läßt.

2898. Tuttiquant, der erste, oberste.

2899. Vndirgân, er soll das Spiel von Grund aus durchforschen.

2910. Voden, vöden, nähren, Nahrung geben, füttern, goth. fodan, ahd. vuaten, fuatren (Tilling 1, 431 ff.).

2913. Gek, Narr. Tilling 2, 493.

2920. Hoben oder hoven, hofieren. Vgl. Vers 2932 hob.

2939. Hût = Haut. Noch jetzt österr: Ein' auf d' Haut außi leg'n, oder außi schmeißen = Jemanden zur Thüre hinauß werfen.

2951. Vurfechin, versagen, abläugnen.

2954. Venyn, d. i. venín, venenum, Gift.

2956. Duphin, ags. dôfjan, ndd. doven oder döven, auslöschen, dämpfen, betäuben. Tilling 1, 233.

2972. Stip, steif, fest?

2974. Meyn, vgl. zu Vers 2695.

3042. Vorbund. Verbindung.

3080. Grinen, lachen, schwed. grina; eigentlich mit verzogenem Gesichte lachen (grinsen). Tilling 2, 534. Vgl. Vers 3221.

3108. Goth. wrikan, ags. wræcan, holl. wrækan, rächen; ahd. uureho, Rächer etc. Tilling 5, 292 ff.*

3135. Gewalden, Gewalt haben über etwas.

3145. Vurwinnen, verspielen.

3189. Werdin, werthen (nähmlich einer anderen).

3221. Über grynlich steht von fremder Hand: grimich.

3259. Sun, Sühne, Versöhnung.

3264. Bort oder burt, Geburt (von baíran).

3313. Sendikeyt, „senede nôt".

3360. Wedirtrutin, Gegenliebe erweisen.

3408. Wiſſe, certus, gewiß. Vgl. Vers 2706.

3418. „Im Chur-Braunschweigischen ist tobbeln nicht nur ziehen, sondern auch ein heimliches Liebesverhältnis mit einer Person haben." (Tilling 5, 82 ff.)

Topp = Zopf, und toppen oder toppeln, oder = aan dem topp zeen. Vgl. zu Vers 2000.

3488. Schußiltuch, ein Abwischtuch, Serviette.

3503. Lieblich kuſt, liebende Zuneigung, denn kuſt ist Wille, Wahl, Begierde. Schmeller 2, 341. Scherz-Oberlin 1, 850.

3512. Waſſen, wachsen.

3539. Glymmen ist dasselbe klimmen was Vers 1256 steht.

3551. „Ausgenommen die Erste."

3568. Krochelecht ist krumm, faltig; krükel, krokel, krökel, eine unförmliche Falte oder Runzel; so sagt man z. B. eene krükel in't book ſlaan, die Ecke eines Blattes im Buche umbiegen. In Österreich heißt es von einem kleinen Kinde, das das Gesicht wie zum Weinen verzieht, es mocht a Krikerl; — a kriklats Kreserl nennt man einen gefältelten Halskragen etc. etc. (Tilling 2, 884. Schütze 1, 351). Schambach 113 b, bei Stürenburg krunkel und krunkeln, 126 ᵃ.

3547. Bieten, einen Boten senden.

3730. Gelofde, Gelübde.

3816. Soll wohl stehen: dye dye jungen etc.

3853. Bendil, Bänderchen. — Ornat des hâr, Haarschmuck.

3854. Brattzen, mhd. bratſche, franz. broche.
Spennichin, mhd. ſpengelin. Scherz-Oberlin 2, 1531.

3855. Sappil, mhd. schapel, Hut.

3858. Buxe, büxe, boxe, Beinkleider. Schütze 1,195. Tilling 1, 129.

3869. Gifte, Gabe.

3918. Entoffin, eröffnen.

3979. Geftricket, mit einem Stricke befestigt. Vgl. Vers 3943, 4110.

3980. Ryk. Vgl. die zu Vers 376 angezogene Schrift Pergers.

4071. Mit dem hier stehenden get vergleiche das vermuthete git in Lied I, 32.

4125. Bulge, Wasserwoge.

4128. Scharr, jäh, abschüßig, von fcheren, abtheilen, zerhacken.

4130. Rype ist offenbar ripa, wie cure, cura.

4143. Halbe, die Seite.

4216. Proney, brünne.

4293. Darf man bei kouchen an kache, Thongefäß (Tilling), kachel, kechel, köcher etc. denken? Kouche wäre dann Schüssel.

4296. Clabir verstehe ich nicht. Vgl. jedoch was Schambach zu knarkul pag. 105 b bemerkt.

4338. Ydern, vgl. Vers 4808 yden.

4339. Mid gelich, in gleicher Weise.

4403. Gyffen, vermuthen, ahnen. Stürenburg 70ª.

4411. Flugke, d. i. flugge oder flügge, eigentlich fähig zu fliegen — übereilt. Schambach, Tilling, Stürenburg, Schmeller etc.

4436. Der Gigant also (4316) wird hier ein Heune genannt. (Vgl. Vers 4492, 4508), später (4528) heißt er Riese.

4438. Eynander. Vgl. Vers 1412.

4441. Steer, Stier.

4470. Ervellen, zu Falle bringen.

4521. Ich las reufchen, oder soll es doch etwa renfchen heißen? Dies letztere verstehe ich nicht.

4551. Sach, als Verbesserung mit Zinnober zwischen den Zeilen.

4556. Ich, wird wohl fehlen sollen.

4585. Pillaz (sic).

4591. S. Vers 152.

4614. Gnyttsern, knistern.

4625. Was kyt ist, weiß ich nicht.

4631—4635 offenbar eine verderbte Stelle; man sehe nur auf den wiederkehrenden Vers (31. u. 34) und die gestörte Reimfolge.

4665. Rangen, scherzend ringen.

4824. Chylyndirt, vielleicht: gelindert?

4826. Lym, d. i. gelimpf; swym, Schwanken.

---

Lied I. Vers 4. Auf diese Anspielung ist schon in der Einleitung verwiesen.

Vers 10. „Ich weiß nicht, ob ich noch am Stengel (ſtrunk) oder schon am Kraut bin."

Vers 32. Die Worte er git sind sehr vergilbt und nur muthmaßlich so gelesen.

Lied II. Vers 28. Slawe oder ſlâ ist die Spur. Lied XVI, 25.

Vers 32. Vgl. Vers 2501 der Minneregeln.

Vers 40. Verrath.

Vers 47—52. Die Reimfolge des Abgesangs ist von der der übrigen Strophen verschieden.

Lied III. Vers 1. Blut, Blüthe.

Vers 14. Rys. Das Lied bleibt bei dem Bilde vom Baume, und nennt das falsche Liebchen: falsches Reis, das ist Wassertrieb, der das Vorsichtsmittel, das eine treue Hand dem Baume gegen die Würmer umwand, herabdrückt. Ein solcher Wassertrieb wird aber dann zum telgenhang, d. i. zu einem hängenden Zweige, in dem der Wind häßlich wüthet.

Lied IV. Vers 11. Tuſchenhagen, ein unstäter Mensch.

Vers 18. Naturam expellas furca tamen usque recurret.

> De vorſch huppet weder in den pol
> wann he ock sethe vp een gulden stol.

Megiser, Sententiae insigniores.
Graecii Styriae (1592). 8. fol. 33 [b].

Vers 35 soll man nicht lesen: edir haßin? Freilich ginge dann der Reim verloren, doch nehmen diese Lieder es nicht so genau mit dem Reime.

Vers 37, 38. Ich brannte wie Eis.

Lied V. Vers 20. Was ich aus dieser Zeile machen soll, weiß ich nicht. Vielleicht: het gemote: dieses gewähre, gesteh zu.

Vers 34. Wenn die Endverse der beiden Stollen in der vorigen Strophe nicht zufällig reimen, so sollte dieser Vers wohl lauten: tzarte gutlikeyt daz machit dyn.

Vers 39. Gestörter Reim.

Lied VII. Vers 27. Seyß ist die Sense. Es schwebt hier der Gedanke an den Tod vor, den Sensenmann. „Dieses Wort war der Tod meines Herzens."

Lied VIII. Die eingeklammerten Notenbuchstaben der Melodie sind in der Handschrift dreifach durchstrichen.

Vers 6. Hecht, Heft.

Lied XI. Vers 17. Rome, vgl. Minneregeln Vers 804.

Vers 20. Vielleicht: frochtich nv nicht.

Lied XII. Vers 6. Mit hale, verstohlen, heimlich, mit Hehl. S. unten Vers 17.

Vers 10. Trecken, ziehen. Tilling 5, 102 ff. Beflacht, verflochten.

Vers 21. Al follen dieb, stets solch ein Dieb.

Lied XIII. Vers 12. Nar ist vielleicht nare oder narbe, Wunde, Schrame.

Vers 27. Der Reim vnmogelich: daz ich, ist nur zufällig, wie die entsprechenden Zeilen der beiden anderen Strophen des Liedes zeigen.

Vers 32. Biltzgebur verstehe ich nicht.

Lied XV. Vers 2. Der Vers steht fehlerhaft zweimal nacheinander in der Handschrift.

Vielleicht: Sol ich nv bliben vort ir knecht.

Lied XVII. 12. Man hefft balde een klüppel funden, wan man den hund flan wil. Sive: Die den hunt fmyten wilt, vindt lichte een ftock. Megiser (in libro supra citato) fol. 60 b.

Vers 27. „Sie findet bald wieder einen fetten Braten; (goß, Gans).

# MUSIKALISCHER ANHANG.

### 1.

**Zur Erläuterung der Abtheilung: W̊y der fogel sang fufzir und beffir waz u. s. w.,** und den folgenden, damit im Zusammenhange stehenden Abtheilungen.

Der Dichter, der es liebt, in lehrhafter Weise beschreibend ins Einzelne zu gehen, und in aufzählendem Benennen der Blumen, der Früchte des Gartens u. s. w. eine Art schematisirender Ueberschau des Zusammengehörigen zu geben, benützt die Erwähnung des Vogelgesanges dazu, um sich in mehren Abschnitten auch über die Musik und was dazu gehört, nach seiner Art auszusprechen. Er begnügt sich freilich wieder eben nur Kunstausdrücke herzählend neben einander zu stellen. Die Auswahl, die er zu diesem Zwecke trifft, läßt erkennen, daß er mit der Tonkunst im Sinne seiner Zeit ganz wohl vertraut und auch seinen Hörern die nöthigen Kenntnisse darüber zutraute, man müßte denn annehmen, daß er etwa durch den Wortpomp fremder, unverstandener Ausdrücke imponiren wollte.

Vers 403. Der meyſter selfyseren. Der
Ausdruck Solfisation für Solmisation ist bei den
mittelalterlichen Musikschriftstellern nicht unge-
wöhnlich; so sagt z. B. Tinctoris in seiner Ex-
positio manus (Erläuterung der harmonischen
Hand): Solfisatio est canendo vocum per sua
nomina expositio, und ebenso Franchinus Gafor
in der practica musicæ (1496): Solfizando id
est syllabas ac nomina vocum exprimendo etc.

Vers 405. Organiſeren. Darunter ist nicht
etwa Orgelspiel zu verstehen, sondern jene seit
dem 10. Jahrhundert in Uebung gekommene, zu-
erst bei Hucbald von St. Amand, dann bei Guido
von Arezzo und Anderen beschriebene barba-
rische Kunst, einen gegebenen Gesang mit einer
oder mehreren Stimmen zu begleiten, welche
gegen jenen in Quarten oder Quinten, oder dazu
auch noch in Octaven parallel fortschreiten.
Später übertrug man den Namen auf das Dis-
kantisiren überhaupt; so sagt Johann de Muris:
Discantizare erat organizare vel diaphoni-
zare, quia diaphonia discantus est. Alle diese
Benennungen wurden im 15. Jahrhunderte durch
das bis heute gebräuchlich gebliebene Wort
„Contrapunkt" und „contrapunktiren" verdrängt.

Vers 406. Jetzt zählt der Dichter Musikin-
strumente in einer Zusammenstellung auf, die
für die Kenntniß des Orchesters um das Jahr
1400 nicht uninteressant ist: cymbel, harffe,
flegil, es muß meines Erachtens heißen svegil*),

---

*) Ich dachte Anfangs an flageol, flageolet (Diez,
Wtb. 147, 148), dann an slegil, endlich auch an svegil

Schwegel, das ist Pfeife. Noch Sebastian Vir-
dung in seiner „Musica getutscht" (1511) braucht
den Ausdruck „Schwegel, Zwerchpfeiff" (Quer-
flöte), und „schwegeln" (pfeiffen), „mit dem Mund
oder den Leffzen". Der Dichter nennt übrigens
weiterhin noch insbesondere die Pfeife „phîfe",
ein Wort das ohne Zweifel von dem italienischen
pifera abstammt, welches seinerseits wieder der
antiken tibia bifora, der „zweilöcherigen Tibia"
seine Entstehung zu danken hat.

Vers 408. Schachtbret monocordium. Das
Monocord, das bekanntlich bei den Pythagoräern
im höchsten Ansehen stand, beschäftigte auch
noch die Musiker und Musikschriftsteller des
Mittelalters reichlichst; von Hucbald, Guido, dem
Abte Oddo von Clugny u. s. w. bis auf Zarlino
machten sich fast alle mit der divisio monochordi
zu schaffen. Doch diente es stets nur zur Be-
stimmung der Tonverhältnisse, nie zur ausüben-
den Musik, wozu es sich mit seiner einzigen
Saite auch nicht wohl geeignet hätte. Der Dich-
ter nennt es hier wohl nur, um den geheiligten
Apparat, dessen Name damals im Munde aller
Musiker war, nicht ganz mit Stillschweigen zu
übergehen.

Vers 409. Noch ſtegereyff noch begil.
Damit ist wohl das in seiner Form an „Stegreif
und Bügel" erinnernde Triangel gemeint, das als
Klingelinstrument noch heute im Gebrauche ist.
Es war der mittelalterlichen Instrumentalmusik

---

(Schmell. Wtb. 3, 533). Noch heute nennt man im Oester-
reich Schwegel hölzerne Pfeiffen, die als Kinderspielzeug
auf Märkten, Kirchweihfesten etc. verkauft werden.     W.

nicht fremd. Das Titelblatt von Pietro Arons 1525 zu Venedig gedruckten Trattato della natura e cognizione di tutti gli tuoni di canto figurato, zeigt die musizirenden Musen, eine davon (laut der Beischrift Urania) schlägt ein Triangel. Auch auf Raphaels peruginesker Assunta in der Gallerie des Vatikans befindet sich (wenn mich meine Erinnerung nicht täuscht) unter den Musik machenden Engeln einer mit einem Triangel. In der Sciagraphia des Perätorius (1620) kommt Tafel XII. Fig. 5 ein solches Instrument vor.

Vers 410. Rotte. Dieses Instrument, dessen auch in Tristan und Isolde von Gottfried von Straßburg gedacht wird, war eine Art Geige — es stammte nämlich von dem Walliser Geigeninstrument crowt ab, daher es von den mittelalterlichen Schriftstellern auch chrotta oder crotta genannt wird. So singt Venantius Fortunatus, Bischof zu Poitiers zu Anfang des 7. Jahrhunderts (Carm. 8, libr. 7):

> Romanus lyra plaudat tibi, Barbarus harpa
> Græcus Achilliaca, Crotta brittana canat.

Der Dichter nennt weiterhin vier Bogeninstrumente: gŷge, videle, lyra, rubeba*), das ist: Geige, Fiedel, Rebec. Das letztere war von den Arabern herübergekommen, bei denen es als rebab ech chaer, Rebab des Dichters und rebab el moghanni, Rabab des Sängers (wie Villoteau im 14. Band der description de l'Egypte berichtet), noch jetzt zur Begleitung der poetischen Recitation dient. Gerade so verwendeten die Trouveurs

---

*) Vgl. Diez Wörtb. pag. 287. Wolf über d. Lais, pag. 242 ff.

und Menetriers auch ihr kleines geigenartiges Rebec. Hieronymus de Moravia, ein Schriftsteller des 13. Jahrhunderts, sagt daß die Rübebe oder das Rebec mit drei Saiten bespannt war, wogegen die Vielle deren fünf bis sechs hatte. Diese Vielle ist die vom Dichter erwähnte videle oder fidel. Constantinus Africanus aus dem 11. Jahrhundert sagt in seiner Schrift de morborum curatione: „ante infirmum dulcis sonitus fiat de musicorum generibus sicut campanula Vidula, Rotta et similibus." Und in einem Manuskript aus dem 13. Jahrhundert de planctu naturæ von Alain de Lille (zitirt von Coussemaker in dessen memoire sur Hucbald) heißt es: „Lira, Vioel: Lira est quoddam genus citharæ vel fitolae — alioquin de Roet. Hoc instrumentum est multum volgare." Gerbert de cantu & mus. sacr. ließ aus einem Codex des 8. Jahrhunderts im Kloster St. Blasien eine Art Mandoline abzeichnen, die mit einer einzigen Saite bezogen ist, mit dem Bogen gespielt wurde und laut Beischrift lyra hieß. Auch Notker (Labeo) aus dem 11. Jahrhundert nennt die Lyra und Rota zusammen: sóne díu sínt ándero lírûn únde ándero rótûn iô síben síeten. Sonach bedeuten rotte, gŷge, videle, lyra und rubeba sämmtlich Geigeninstrumente, die sich nur durch Größe, Besaitung u. s. w. von einander unterschieden. Auch ist aus den oben zitirten Stellen die Abstammung des Wortes Viola und Violino evident, womit nicht etwa an Veilchen erinnert werden soll, sondern an fides, Saite, das Instrument mit Saiten (cum fidibus) hieß vidula oder fidula, daraus dann vielle, vioel und endlich viola entstand. Und so bezeichnen also Fidel und Violine nicht nur dasselbe Instrument, sondern sind sogar, so unähnlich sie klingen, ein und dasselbe Wort. Das Wort vielle und lyra ging später auf ein anderes Instrument über, welches ursprünglich und noch bis ins 14. Jahrhundert organiſtrum · hieß, nämlich die sogenannte Savoyarden- oder Bettlerleyer, deren Saiten durch ein gedrehtes Rad in Vibration gesetzt werden und welche die Franzosen noch heute la vielle, die Deutschen aber Leyer (d. i. Lyra) nennen. Bei unserem Dichter ist es ohne Zweifel unter der Bezeichnung figel sam cannale gemeint. Auf dem Titelbild des Aronschen Buches ist es der. Melpomene zugetheilt. Auch dieses Tonwerkzeug ist uralt, Gerbert a. a. O. bringt eine Abbildung desselben aus einem gleichfalls dem Kloster St. Blasien gehörigen (oder gehörig gewesenen) Codex des 8. Jahrhunderts. Abt Oddo schrieb einen kleinen Aufsatz quomodo organistrum construatur (bei Gerberts scriptores I. S. 303), und ein Codex von St. Blasien aus dem 12. oder 13. Jahrhundert spricht von der mensura organistri (a. a. O. II. Band S. 286). Aber dasselbe Instrument, das auf einem Relief der Kirche St. Georg in Bocherville (aus dem 11. Jahrh.) von einer Königin gespielt wird, wobei eine Dienerin das Rad drehen muß, gerieth eben in Frankreich bald genug in die Hände der Bettler und fahrenden Musikanten. Bei Du Cange wird eine Stelle zitirt, wo ein Ritter Matthieu de Gournai sagt:

En ou pays de France et ou pays de Normand
Ne vont tels instruments fors aveugles portant

16*

Ainsi vont li aveugles et li poures truant
De si fais instrumens li bourgois esbatant
En l'appella de la un instrument truant
Car il vont d'huis en huis leur instrument portant
Et demandent leur pain u. s. w.

Von Saiteninstrumenten, deren Saiten nicht mit dem Bogen gestrichen, sondern mit den Fingern oder durch Claves zum Tönen gebracht werden, nennt der Dichter clavicordium, psalterium, lûte, clavicymbolum, quinterna. Das Clavicord und Clavizimbel erscheinen auf der Abbildung in Virdungs Büchlein als viereckige Kästchen, das Clavizimbel mit nach Art des Orgelpedals vorragenden Tasten und an eine Diagonalleiste gespannten Saiten, während beim Clavicordium die Saiten über die ganze Breite des Instrumentes gehen. „Clavicordium glaube ich daz zu fein", sagt Virdung, „welches Guido aretinus monocordum hat genennet — — wer aber darnach der fei gewefen, der das erfunden oder erdacht hab, das man nach derfelben menfur auf yetlichen punkten ain fchlüffel gemacht, der die faiten eben auf denselben zile oder punkten anfchlagen tut vnd alsdann eben diefe ftimm und kain andere bringt dann die yr die menfur von natur gebent zu dürfen auf denfelben punkten, das mocht ich nye erfaren — wer auch daz inftrument nach denfelben fchlüffeln alfo clavicordium hab getauffet oder genennt waiß ich nit." Sehr ausführlich handelt von beiden Instrumenten Prätorius im zweiten Theil seines Syntagma S. 60 u. ff. und meint ebenfalls: „das Clavichordium ist aus dem Monochordo (nach der Scala Guidonis, welche nit mehr als 20 Claves gehabt hat) erfunden und außgetheilet worden." Die Meinung als ob Guido von Arezzo selbst der Erfinder sei, hat Kiesewetter mit gründlicher Kritik widerlegt. Die Stelle unseres Dichters beweist, daß zu seiner Zeit das Clavier bereits ein wohlbekanntes Instrument war.

Vers 412. Das Psalterium war ein aus einem bald dreieckigen, bald quadratischen, meist aber trapezförmigen mit Saiten bezogenen Schallkasten bestehendes Instrument, der Cyther oder dem Hackbrette ähnlich, welches letztere die Italiener noch jetzt das deutsche Psalter (salterio tedesco) nennen. Die Saiten wurden mit den Fingern gerührt. Seine Abkunft dürfte orientalisch sein; noch jetzt hat man in Aegypten und den angränzenden asiatischen Ländern dasselbe Instrument unter dem Namen Kanun (d. i. κανών, ein griechisches Erbstück), und Santur. Fetis meint sogar, daß aus dem Worte pi-santir, kleines Santir, die Griechen ihr ψαλτήριον gemacht. Auf den assyrischen Reliefs von Kujundschick kommt es bereits vor. Prätorius in der Sciagraphia Taf. XXXVI. bildet zwei Psalter ab, das eine als „eine Art Hackebretts wird aber mit den Fingern gegriffen", das andere eigenthümlich eingebogen, welches in Italien vom Volke istromento di porco (der Schweinskopf) genannt werde, und „ein gar alt Italianifch Inftrument fei". Dieses istromento di porco kommt in der That schon in einem prächtigen Psalterion aus dem 13. Jahrhundert in der Bibliothek von Douai vor. Das trapezförmige Psalter ist auf Orcagnas trionfo della morte, und auf den Darstellungen aus dem Leben des h. Ranieri von Antonio Veneziano

(beides Wandmalereien im campo santo zu Pisa)
abgemalt zu sehen. Es war also ein sehr popu-
läres Instrument, und dürfte eher zur Erfindung
des ihm sehr ähnlichen Clavichordiums Anlaß
gegeben haben als das Monochord.

Die lûte (Laute) bedarf keiner Erklärung;
sie ist in Europa übrigens erst seit dem Zu-
sammentreffen mit den Sarazenen heimisch, bei
denen sie l'eud (d. i. Holz und zwar Aloeholz)
heißt und das von ihren Schriftstellern gepriesene
Hauptinstrument ist. Aus dem l'eud wurde dann
in den abendländischen Sprachen leuto, liuto,
und das deutsche lûte klingt an das Stammwort
noch entschiedener an als das spätere Laute.

Die quinterna erscheint bei Virdung als
eine sehr kleine, fast plump gebaute Laute; es
ist bemerkenswerth, daß die Japanesen ein ganz
ähnliches Instrument, genannt Biwa, besitzen. So
weit reicht also nach Osten und Westen von
Arabien und Persien aus die Verbreitung! Eine
Quinterna hat Fiesole auf seiner herrlichen Krö-
nung Marias einem der musizirenden Engel in
die Hände gegeben. In der Sciagraphia kommt
Taf. XVI. Fig. 4 die Quinterna als ein viel
größeres und ganz mit unserer Guitarre identi-
sches Instrument vor.

Mit dem portatiff ist eine kleine tragbare
Orgel gemeint (V. 10), die der Spieler umgehängt
hatte, und während er mit einer Hand den Blasbalg
regierte, es mit der andern Hand spielte. Natür-
lich konnte der Umfang nur gering sein. Abbil-
dungen kommen schon im 13. Jahrhundert vor,
und Taddeo Gaddi hat auf dem von ihm gemalten
Sposalizio in der Kapelle Baroncelli (in St. Croce)

zu Florenz (um 1340) einen Portativspieler angebracht.

Vers 417. Wegen der horner ist nur zu bemerken, daß damit nicht unsere Waldhörner gemeint sind, die erst zu Anfang des vorigen Jahrhunderts in Frankreich ihre Ausbildung erhielten (noch Prätorius weiß nichts von ihnen, sondern bildet eine entfernt ähnliche „Jägertrompete" ab), als vielmehr die alten, wie ein Lituus gestalteten Krumhörner, Zinken und Jagdhörner.

Vers 411. Das Wort medicinale ist mir bisher in keiner mittelalterlichen Urkunde aufgestoßen, und auch Coussemacker in seiner dem mémoire sur Hucbald angehängten Abhandlung, sowie Kastner in seinem manuel de l'instrumentation du moyen âge erwähnen es mit keiner Silbe. Ich muß also hier mit den Worten des alten ehrlichen Virdung schließen: „waiß ich nit!"

### Der fogel musica.

Vers 422. Discant, nicht Sopranstimme, sondern im Sinne des vorhin erwähnten discantizare. Von diesem diskantisiren, d. i. zu einem Gesange einen zweiten anderen (dis-cantus) singen, hat vielmehr die hohe Singstimme ihren Namen erhalten. In ältester Zeit wurde der Diskant insgemein improvisirt, was supra librum canere hieß, und dieser später sogenannte contrapunto a mente erhielt sich so lange, daß noch Pietro Aron dazu Anweisung gibt, und noch Zarlino dessen erwähnt. Dem „Singen über dem Buche" war die res facta entgegengesetzt, der ordentlich aufgeschriebene Contrapunkt — res facta idem est quod cantus compositus sagt Tinctoris in seinem Diffinitorium.

**Vers 423.** So bedeutet hier tenor auch nicht die höhere Männerstimme, sondern den gegebenen Gesang, den cantus firmus, zu dem diskantisirt wird.

**Vers 422.** B y m o l und das später wiederholt vorkommende B - d u r ist nicht im Sinne unserer also genannten Tonarten zu nehmen, sondern im Sinne der Solmisation. Zur Erläuterung dieser und der folgenden Ausdrücke naturalen, tenorem in gravibus u. s. w. wird es entsprechend sein, hier eine kurzgefaßte Uebersicht des Wesens der Solmisation zu geben. Dieses System, zu welchem Guido von Arezzo durch das von ihm erdachte ut re mi fa sol la den Grundstein legte, das dann von seinen Nachfolgern in seinen Einzelheiten ausgearbeitet wurde, und sich so lange in Ansehen erhielt, daß es noch 1717 an Buttstedt gegen die Angriffe und Spöttereien Matthesons einen eifrigen Anwalt fand — dieses System beruht auf der Eintheilung der sämmtlichen Töne der diatonischen Skala in Gruppen von je sechs und sechs — die sogenannten Hexachorde, inner deren die einzelnen Töne mit den vorhin erwähnten Guidonischen Silben bezeichnet werden. Die Tonreihe beginnt mit dem untern G, umfaßt in den tiefen Oktaven die graves, in der nächsthöheren die acuta und von e bis e̿ die superacutas. Diese Hexachorde sind nun entweder hart (hexachordum durum), oder weich (h. molle), oder natürlich (h. naturale). Erstere nehmen auf der Stufe des Tones G, die zweite auf der

Stufe des Tones F, die dritte auf der Stufe des
Tones C ihren Anfang. Die Bezeichnung durum
und molle hat mit unserm dur und moll gar
nichts gemein, und bezieht sich auf die siebente
Stufe der natürlichen diatonischen Tonleiter,
welche im hexachordum durum als b durum
(♮ das ist unser h, auch b quadrum genannt),
im hexachordum molle als b molle (unser b,
auch b rotundum) vorkommt, so daß also die
dreierlei Hexachorde auch folgende Art gestalten.

```
                f  g  a⌢b  c  d   d-molle
          c  d  e⌢f  g  a            naturale
 g  a  ♮⌢c  d  e  f                   durum
ut re mi fa sol la
       ut re mi fa sol la
             ut re mi fa sol la
```

In solcher Weise greifen die Hexachorde im
ganzen System in einander. Ut bedeutet also
nicht, wie bei den Franzosen, den Ton den wir
c nennen, re den Ton d u. s. w. (für die siebente
Stufe haben sie die Zusatzsilbe sì), sondern nach
der Solmisation wird jeder Ton mit dem Buch-
stabennamen und den Silben, die in den Hexa-
chorden auf ihn treffen, bezeichnet: g, ut-; a-re;
b mi, c fa ut, de sol re u. s. w., und weiterhin
gar c sol fa ut, de la sol re u. s. w. Beim Sin-
gen wurde jedoch nur die Silbe genannt, welche
nach dem betreffenden Hexachord gerade die
richtige war. Auf die beiden in der diatonischen
Skala vorkommenden Halbtöne (semitôn und
weiterhin semitônien ingevalt) mußten stets die
Silben mi-fa treffen. Wurde ein Hexachord

überschritten, so mußte, um das mi-fa nicht zu
verfehlen, mutirt werden, d. h. die Töne an
rechter Stelle die Namensilben des Hexachords
erhalten, in dessen Gebiet man durch die Ueber-
schreitung des früheren gerathen war. Stieg
man z. B. aus dem harten Hexachord ins natür-
liche, so mutirte man auf dem Tone (fa ut) durch
Veränderung der Silbe fa in ut oder auf D sol
re durch Veränderung des sol in re oder auf
Elami durch Anwendung des la in mi — je
nachdem die Tongruppe, die man zu singen
hatte, einen dieser Töne schicklich enthielt —
jedesmal traf dann aber auf den Halbtonschritt
e-f das mi fa. Man durfte nicht eher mutiren,
als es nicht die Nothwendigkeit erheischte. Nec
praetereundum est (sagt Tinctoris in seiner Expo-
sitio manus) quod mutationis inventæ sunt prop-
ter disgressionem unius proprietatis in aliam,
unde postquam aliam proprietatem ingressi sumus
ante finalem ejus vocem mutare nunquam debe-
mus. Es gab auf der „harmonischen Hand“,
d. i. dem ganzen Tonsystem, wie man es sich
nach den Fingern und Fingergelenken der lin-
ken Hand mnemotechnisch zu versinnlichen strebt,
52 Mutationen — crux tenellorum puerorum
ließen sie in den Singschulen. Aber Tinctoris meint:
in dispositione istarum mutationum divinus quidam
ordo habetur. Nach diesen kurz skizzirten
Andeutungen werden die häufigen Beziehungen
unseres Dichters auf diese jedem Musikkundigen
seiner Zeit geläufigen Lehren und Ausdrücke
verständlich sein. Freilich wirft er sie oft will-
kürlich, und ohne sich viel um ihre eigentliche
Bedeutung zu kümmern, durcheinander.

Vers 430. **Flores in natralibus.** Die
Sänger begnügten sich nicht immer die Note
einfach zu singen — sie hatten gewisse Manieren,
mit denen sie den Gesang ausschmückten, und
die einfache Note variirten, ihre Vinnulas, Qui-
lismen u. s. w., oder sie setzten gegen die ein-
fache Note des Tenors nicht blos die einfache
Diskantnote, sondern machten allerlei Läufer,
Triller und sonstige Auszierungen. Dergleichen
nannte man nun auch wohl flores. Die franzö-
sischen Sänger brauchten dafür den Ausdruck
fleuretis. Unser Kunstwort „Fiorituren" stammt
davon. Bei Franco von Köln heißt es: Sola
prima (nota) debet percuti, reliquae vero
omnes in floratura teneantur. Und Tinc-
toris erklärt in seinem diffinitorium terminorum
musicae: Contrapunctus diminutus est, dum plures
notae contra unam per proportionem aequalitatis
aut inaequalitatis ponuntur, qui a quibusdam
floridus nominatur. Adrian Petit Coclicus
gibt in seinem Compendium (1572) eine Anlei-
tung zur Colorirung des Gesanges, wodurch der
cantus „simplex" dann „elegans" wird, was er
etwas prosaisch „caro cum sale et sinapio condita"
nennt. Die Sänger konnten das Verschnörkeln
zu keiner Zeit lassen, schon Josquin des Pres
(des Coclicus Lehrer) beschwerte sich darüber.

**Van den achte vogelen u. s. w.**

Vers 439. **Der bardunenchor,** d. i. Bour-
dons (faux bourdons), eine eigene Art des Dis-
kantisirens, die vorzüglich den französischen Sän-
gern eigen war. Sie bestand aus Sextgängen
oder aus einer Mischung von Quarten und Sexten,

oder auch (und vorzugsweise) aus dreistimmigen
Gängen, wobei die zweite Stimme gegen die
erste um eine Quarte, die dritte gegen die erste
um eine Sext, gegen die zweite um eine Terz
tiefer sang, wie dergleichen gelegentlich auch in
unserer Musik vorkommt. Tinctoris in seinem
Liber de arte contrapuncti (L. I. Cap. 5) sagt:
Porro per totum discursum cantus quem faux
Bourdon vocant quarta sola admittitur, et saepe
quinta ac saepius tertia supposita gravis. Er
gibt dafür folgende Beispiele:

$$\overline{d}\;\overline{e}\;\overline{f}\;\overline{g}\;\overline{a}\;\overline{g}\;\overline{f}\;\overline{g} \qquad \overline{d}\;\overline{e}\;\overline{f}\;\overline{g}\;\overline{a}\;\overline{g}\;\overline{f}\;\overline{g}$$
$$d\;g\;a\;g\;c\;h\;a\;g \quad \text{und} \quad f\;h\;\overline{c}\;\overline{h}\;\overline{e}\;\overline{d}\;\overline{c}\;h$$
$$8\;6\;6\;8\;6\;6\;6\;8 \qquad 6\;4\;4\;6\;4\;4\;4\;6$$

Franchinus Gafor in der practica musicae (L. III.
Cap. 5 de consentanea suavitate quartae) be-
schreibt jene dreistimmige Art: Quum tenor et
cantus procedunt per unam aut plures sextas,
tum vox media, scilicet contratenor quartam
semper sub cantu tenebit tertiam semper ad te-
norem observans in acutum. Hujusmodi autem
contrapunctum cantores faulx bourdon appellant.
Dazu bringt er das Beispiel:

$$\overline{d}\;\overline{e}\;\overline{f}\;\overline{g}\;\overline{d}\;\overline{e}\;\overline{d}\;\overline{d}\;\overline{c}\;\overline{d}$$
$$a\;h\;\overline{c}\;\overline{d}\;a\;h\;a\;a\;g\;a$$
$$df\;g\;a\;g\;f\;g\;g\;f\;e\;d$$

Ausführlich spricht Prätorius (Syntagma tom.
3, Seite 9): Bei den Italis aber ist falso bordone,
welches die Frantzosen faulx bourdon nennen,
wenn ein Gesang mit eitel Sexten nach einander
gesungen wird, also dass der Alt vom Diskant

eine Quarta, und der Tenor vom Alt eine Tertia niedriger, und also oben eine Quart und unten eine tertia respectu mediae vocis ist. Erat autem veteribus receptum, ut jucundissimae harmoniarum excursiones interdum hac ratione instituerentur. Sed cum veram basin non habeant et bordone Italis chordam, quae ὑπάτην seu maximam in testudine proxime sequitur significet, falso bordone appellatur. Denn die Tertia hat ihren natürlichen Sitz nicht in sonis gravibus et inferioribus, besondern in sonis acutis et superioribus. Und wie für's Dritte bordone eine grosse Hummel, welche daher rauschet, summet und brauset, interpretiret wird, also gibt diese Art keine liebliche, sondern eine rauschende, summende und brummende Harmoniam u. s. w. Petit Coclicus meint dagegen: dicitur gallice faubordon, id est, quod malae species, quae sunt contra partem superiorem (die Quarten) excusantur per vocem inferiorem sextis seu octavis. Der Bourdon als fortbrausender Grundton wird bei Gafor (III. 15) erwähnt: Hujusmodi sonitus in instrumentis ductus ceu in utriculo, quem vulgares pivam (Sackpfeife, Dudelsack) vocant dicitur vernare apud philosophum, apud vulgus vero bordonizare. Da der faux bourdon eine auf den Kirchenchören sehr oft gehörte Singweise war, so ist es natürlich, daß der Dichter, der die Vögel schon „organisiren" und „diskantisiren", sie auch „bordonisiren" läßt. Man hatte übrigens auch in Noten ausgeschriebene falsi bordoni. Die Concerti des Ludovico Viadana enthalten eine Anzahl davon.

Von den n v̇n wysen, dye meyster mûs
erdachte.

Der Dichter, der früher bibelgerecht gesagt:
daz tubal selbir lebete noch
dye musicam irdâchte

fingirt hier einen mythischen Meister Mus als
Erfinder von neun Weisen, die, wie sich im fol-
genden Abschnitte zeigt, nichts sind als Inter-
valle: Unison (Prime), Semiton (kleine Se-
cunde), Ton (große Secunde), Dyton (große
Terz), Semiditon (kleine Terz), Dyapason
(Octave), Dyatesseron (Quarte), Dyapente
(Quinte). Die Aufzählung ist weder consequent
noch vollständig. Die Sext und Septime über-
geht der Dichter, vermuthlich weil die Benen-
nungen diapente cum tono, diapente cum ditono
gar zu ungefüge gewesen wären. Die Ausdrücke,
der antiken Musikterminologie entnommen, waren
bei den älteren mittelalterlichen Musikschrift-
stellern durchaus gebräuchlich, bis im Laufe des
15. und 16. Jahrhunderts die bequemern Be-
zeichnungen Secunde, Terz, Quart u. s. w. jene
andern allgemach völlig verdrängten. Bemerkens-
werth mag es heißen, daß schon der Mönch
Hucbald († 930) in seinem Tractate de musica
auch von neun Intervallen spricht: Intervalla in
quibusdam minora, in quibusdam majora existunt.
Quae tamen a parvissimo quodam exorsa, grada-
tim per singulos ampliatione adjecta usque ad
novem modorum crementa consurgunt. Die wei-
tere Auseinandersetzung zeigt, daß Hucbald unter
diese Neunzahl Prime, Halbton, Ton, Secunde,
Terz und so weiter bis zur Octave begreift, nach

der Skala A B ♮ C D E F G a. Der Dichter
nennt auch unterscheidend große und kleine
Terz, wodurch diese Ordnung über den Haufen
geworfen wird. Wenn der Dichter jenen „Meister
Mus" irdachte, von dem offenbar die „Musik" den
Namen hat, so ist es um nichts schlimmer, als
wenn Buttstedt zur Erklärung des Wortes Madri-
gal ernsthaft von einem eben so mythischen
Meister Madrigallus spricht: das Madrigal gehört
für Tugenden, Laster, zu Fabeln, Historien, hat
den Namen vom ersten Erfinder Na-
mens Madrigallus (ut re mi sol re fa la
tota musica et harmonia aeterna, Seite 63). Wer
übrigens Lust hat zu sehen, durch wie wunder-
liche Derivationen sich das Mittelalter die Ent-
stehung des Wortes musica zu erklären sucht,
mag das dritte Kapitel des Johannes Cottonius
bei Gerbert script. II. Theil S. 233 nachlesen.

Bemerkenswerth ist, daß der Dichter sich
begnügt, das Populäre und (zu seiner Zeit) all-
gemeiner Bekannte zu verwerthen und weder der
Tonarten, noch der eigentlichen künstlichen Con-
trapunktik, noch der Mensurallehre mit ihren
verwickelten Proportionen gedenkt, als welche
das Zunfteigenthum der eigentlichen gelehrten
Musiker waren. Wiewohl es höchst stattlich ge-
klungen hätte, wenn er seine gefiederte Schaar
etwa den modus hypomixolydius hätte anstimmen
oder sie in Proportionen hätte singen lassen, wie
sie bei dem (freilich späteren) Gafor vorkom-
men: proportio subduplasesquiquarta, proportio
subquadruplasupertripartiensquarta u. s. w. Die

„syllaben noch mensuren" beziehen sich augen-
scheinlich nicht auf Figural- oder Mensuralmusik,
sondern auf die Quantitäten der Deklamation der
Worte.

---

## II.

### Ueber die vorkommenden Liedermelodien.

Kaum weniger interessant als der poetische
Text dürfen die Liedermelodien heißen, welche
den vier Dichtungen: ich und eyn hobiz tochter-
lin — ich grufze dich trut frouwelin — kurzlich
gronet uns der wald — und hilff, werde fufze
reyne frucht beigeschrieben sind. Ich habe auf
den Wunsch des Herrn Herausgebers die Ent-
zifferung versucht, über die ich aber nothwendig
hier einige Erläuterungen beifügen muß.

Alle vier Melodien sind in jener Buchstaben-
notation geschrieben, deren Erfindung meist (aber
irrthümlich) dem Pabste Gregor dem Großen zu-
geschrieben wird, die jedoch erst im 11. Jahrh.
in allgemeineren Gebrauch gekommen zu sein
scheint, da sich im Microlog des Guido von
Arezzo Proben davon befinden, Gerbert ein mit
solchen Buchstaben geschriebenes Allelujah in
einem aus dem 11. Jahrhunderte herrührenden
Codex des Klosters Weingarten fand, und wovon
auch P. Martini in seiner Storia della musica
(Theil I. S. 178) Aehnliches aus einer derselben
Zeit angehörigen Handschrift mittheilt — so daß
also, wie diese Proben zeigen, diese Art der
Notirung neben der Notirung in Neumen in
Italien und Deutschland in jener Epoche nicht
ungewöhnlich war. Durch die im 12. und 13.

Jahrhundert allmählig sich ausbildende Notirung
in auf Querlinien gesetzten Punkten gerieth die
Buchstabennotirung allgemach in Vergessenheit
— doch liefern die „Minneregeln" einen interes-
santen Beweis, daß sie selbst noch zu Anfang
des 15. Jahrhunderts nicht völlig verschollen
war. Auch in der sogenannten deutschen Tabu-
latur wurde noch Jahrhunderte lang mit Buch-
staben notirt, doch mit deutlicher Bezeichnung
der Tonhöhe und der rhythmischen Geltung.
Unsere Ausdrücke großes, kleines, ein-, zwei-,
dreigestrichenes C, D u. s. w. sind noch Ueber-
bleibsel davon. Wer sich darüber näher beleh-
ren will, mag den zweiten Theil von Forkels
Geschichte der Musik zur Hand nehmen, wo er
Seite 178, 300, 341 und 729 den Gegenstand
gründlich erörtert finden wird.

Die Buchstaben der Notirung in den Minne-
regeln sind (wie bei Guido von Arezzo) einfach
horizontal neben einander gesetzt. Die zuweilen
vorkommenden Doppelbuchstaben könnten zu dem
Gedanken verleiten, es seien damit die Super-
acutae gemeint, welche in der Solmisation also
bezeichnet wurden — aber abgesehen davon,
daß ähnliche Gruppen von drei und selbst vier
Buchstaben vorkommen, würden sich dadurch
ganz undenkbare Melodieschritte ergeben. Eine
Vergleichung mit dem Texte läßt ebensowenig
den Gedanken aufkommen, daß sie etwa, nach
Art der Ligaturen, zusammen zu ein und dem-
selben Textesworte gehören sollen. Es scheint
hierin also nur eine zufällige Manier des Schrei-
bers zu liegen. Man weiß wie die Schrift des
Mittelalters das Zusammengehörige oder Aehnliche

zusammenzuziehen und zu verschlingen liebte.
Zuweilen steht über einzelnen Buchstaben ein
neumenartiges Häkchen, das ein Aufsteigen
zum höheren Tone zu bedeuten scheint. Ebenso
dürftig wie über die Tonhöhe sind die Andeu-
tungen über Rhythmus und Textlegung. Ersterer
mußte sich nach der natürlichen Deklamation
des Versmaßes richten, letztere wird, wie es
scheint, durch hin- und her eingeschaltete per-
pendikuläre Striche angedeutet, welche, wie sich
bei der Entzifferung zeigt, recht gut Melodie-
und zugleich Versabschnitte bedeuten können.
Die beigesetzten großen Buchstaben V und ℞
zeigen endlich, zu welchen Strophen der so be-
zeichnete Melodieabschnitt gehört. In der zwei-
ten Melodie kommen an zwei Stellen übereinan-
dergesetzte Buchstaben vor: $\begin{matrix} c\ c\ c\ c & g\ g\ g\ g \\ c\ c\ c\ c & g\ g\ g\ g \end{matrix}$
und $\begin{matrix} g\ g\ g\ g. \\ g\ g\ g\ g. \end{matrix}$ Ich weiß es nicht besser zu
deuten, als daß ich darin eine Vorschrift der
Wiederholung des betreffenden Melodietheiles er-
blicke, die auch mit dem Texte ganz wohl zu-
sammengeht. In der ersten Melodie ist das Ori-
ginal verletzt — es fehlen gleich zu Anfang
einige Buchstaben, und weiterhin noch zwei:
„g . . . . . . f g d c c | cc ff c d cc | . . cc"
u. s. w. Die Spuren sind noch sichtbar, doch
absolut nicht mehr zu deuten.

Das ist nun alles was dem Entzifferer vor-
liegt, der also so ziemlich in der Lage jenes
Philosophen Zadig der Voltaireschen Erzählung
ist, welcher von einem Kameel blos eine Fußstapfe
findet, und erst durch Combiniren herausbringen

muß und wirklich herausbringt, es sei schwarz
von Farbe, mit Honig und Weizen beladen ge-
wesen u. s. w.

Am besten wird dem Leser die Art des Vor-
ganges klar werden, wenn ich sie an der der
Zeitfolge nach von mir zuerst vorgenommenen
Entzifferung des Liedes No. 3: kurzlich gronet
uns der wald, darlege.

Eine Abzählung der Musikzeichen und der
Textessylben der Abtheilung V stellte vor allem
den Umstand fest, der Gesang sei nicht syllabisch,
d. h. es treffe nicht je ein Gesangton auf je
eine Silbe, da sich 34 Noten gegen 23 Textes-
silben stellen. Nun wurde die Uebertragung in
unsere Notenschrift in lauter Noten unbestimmter
Quantität vorgenommen, und zwar wo es zweifel-
haft blieb, ob der Tonschritt auf- oder abwärts
gehen solle, mit Bemerkung beider Schritte:

Da bei einer nicht verkünstelten, sondern wie
hier vorausgesetzt werden muß, dem natürlichen
Sinne für Gesang entsprungener Melodie nicht
unnatürliche, schwer zu treffende, den Melodiefluß

störende Fortschreitungen anzunehmen sind, so
wurde obige Entzifferung in diesem Sinne zu-
rechtgelegt und gab folgendes Resultat:

Hier zeigte sich nun eine singbare Fortschreitung
von Tönen und zugleich traten (wie es die Ab-
theilungsstriche zeigen) correlate, regelmäßige
Notengruppen, Melodieglieder überraschend her-
vor. Mit d beginnend, mit d schließend hätte
die Weise als dem ersten Kirchentone, oder der
sogenannten dorischen Tonart angehörig, ange-
sprochen werden müßen, hätte nicht die Anwen-
dung des b quadrum große Härten ergeben. So-
nach mußte das vorgeschriebene b durchweg
wirklich als b rotundum gelten und es mußte die
Melodie als entschieden äolisch anerkannt wer-
den, und zwar ein in die Oberquarte d, in den
cantus mollis transponirtes äolisch, eine der Mu-
sik des Mittelalters sehr geläufige Operation.

Nun galt es zu rhythmisiren. Kein Zweifel
daß die Reime walt, gestalt, gald, bald auf ana-
loge Melodieeinschnitte treffen müßen, daß hier
die Melodie gewichtiger anhält, daß zu diesem
Anhalten schon vorher durch Dehnen der nächst-
vorhergehenden Töne oder Textsilben schicklich
vorbereitet wird. Diese Manier liegt nicht allein

in der Natur der Sache, sie erscheint auch in zahllosen Volksliedern, auch insbesondere in Choralen des 15. und 16. Jahrhunderts, deren Gesangweise bekanntlich ursprünglich meist Volks- und auch insbesondere Liebesliedern angehörte. So trat denn endlich folgende Melodie hervor:

Kurzlich gronet uns der wald be-

siet wys wedir sye gestalt

ihr dunket vns ein nar- re- lín.

Wer die einer wenig späteren Epoche angehörigen Liederweisen von Paul Hoffheimer, Heinrich Isaak, Ludwig Senffl u. a. kennt, wird die große Verwandtschaft damit zweifellos erkennen. Dieß ist die eigenste Ausdrucksweise des alten deutschen Liedes, sehr verschieden von den Gesangweisen der Italiener und Franzosen jener Epoche. Man vergleiche die Liedermelodien der (allerdings älteren) Adam de la Hale, des Francesco Landino, oder die ganze Melodieerfindung der spätern italienischen Madrigalisten, um den Unterschied zu fühlen. Den Charakter des deutschen Liedes, wie es Heinrich Albert im 17. Jahrhundert leichtfüßiger daherschreiten ließ, wie es dann Hiller, später Reichardt u. A. pflegten, ja wie es Mozart, und in unseren Tagen Mendelssohn sang, liegt in jenen alten Melodien wie im

Keime, während z. B. de la Hale's Robin m'aime
allenfalls noch ohne aufzufallen in Rousseau's
devin de village stehen könnte. Das ist nun
eben die geistige Nationalphysiognomie, die sich
Jahrhunderte lang erhält. Auch das kirchlich
klingende, choralartige ist bezeichnend. Die
Liebes- und selbst Scherzlieder jener Zeit
schlagen alle diesen tiefen ernsten Ton an. Es
genüge an den Umstand zu erinnern, daß die
Melodie: „mein G'müth ist mir verwirret, das
macht ain Jungfrau zart" ganz unverändert auf
den ergreifenden Choral: „Haupt voll Blut und
Wunden" übergegangen ist.

Nach mehrwochentlicher, zufälliger Unter-
brechung meiner Arbeit ging ich erst an die
Entzifferung des zweiten Melodieabsatzes, von ℞
an. Ich gestehe, daß ich die reinste Befriedi-
gung empfand, als ich diesen Absatz als die
völlige Replik des ersten erkannte; ähnlich genug
um den innern Zusammenhang zu bewähren, ver-
schieden genug um für selbstständig gelten zu
dürfen. Man urtheile selbst:

ruchit          u - wer          wor - dir          kraft.

Der Anfang in der Oberquarte G, und das
öftere Hinaufziehen des Melodieganges dahin, ist
meines Erachtens für den modus aeolius, den
man für den ersten Plagal- oder zweiten Kirchen-
ton äquivalirend nehmen muß, ebenso äußerst
bezeichnend, wie die Rückkehr zum eigentlichen
Anfangstone in der letzten Note.

Zu den andern Melodien werden nur wenige
Bemerkungen genügen.

In No. 1 mußte ich nothwendig die Lücke
ausfüllen; ich habe mich auf das gedenkbarste
Minimum und meine ganze Zuthat auf zwei u n-
umgänglich nöthige Noten beschränkt:

Ich war in der Lage eines Gemälderestau-
rators, der an die Stelle des im alten, kostbaren
Originale völlig verwischten Kopfes oder Armes
einer Nebenfigur, um keine störende Lücke zu
lassen, etwas Eigenes nach bestem Wissen und
Gewissen hineinmalen muß. Für den Rhythmus
war die charakteristische Deklamation des Wortes

Tochterlin

maßgebend. Das Lied hat dadurch im zweiten
Theile (der Responsio) eine auffallende Aehnlich-
keit mit Mendelssohns altdeutsch gedachtem
Volksliede: „Es ist bestimmt in Gottes Rath“

erhalten. Da das b rotundum sehr unschöne,
widersinnige Melodieschritte ergeben hätte, wurde
das b überall als b quadrum, das ist als unser
h, verstanden. Hiernach gehört die Melodie dem
modus jonicus an. Es wird kaum nöthig sein,
auf das Innige, Herzliche, Treumeinende dieser
ausgezeichnet schönen Melodie aufmerksam zu
machen.

Das Lied No. 2 gehört dem modus mixoly-
dius transpositus an (Durskala mit kleiner Sep-
time). Die Melodie ist ziemlich steif und herb,
wozu das wiederholte Anschlagen derselben No-
ten, welches einigemal vorkommt, das meiste
beiträgt. Die Textlegung bot bedeutende, nicht
zu umgehende Schwierigkeiten. Die Lösung ist
hier am wenigsten befriedigend.

In dem Liede No. 4 spricht sich die so sehr
eigenthümliche phrygische Tonweise bis in den
wohlbekannten Schluß:

$$g \quad f \quad e$$
$$\sharp \; 3$$
$$C \quad D \quad E$$

hinein, in der aller merkwürdigsten Weise aus,
ja das charakteristische Hindrängen nach dem
modus jonicus ist im Verlaufe der Melodie so
unverkennbar, daß es läßt, als habe der Ton-
setzer ein Musterbild des modus Phrygius geben
wollen. Welch eigenthümlichen Schmerzenszug
diese Melodie an sich trägt, wird wohl jeder
herausfühlen.

Die von mir beigefügte Harmonisirung habe
ich auch bei No. 1 zwar ganz schlicht und ein-
fach, aber doch einigermaßen der neuern Kunst

verwandt, bei No. 2, 3 und 4 dagegen ganz alterthümlich in der Zeit Weise gehalten. Da dem Begleitenden im 16. Jahrhunderte und weiterhin meist völlig überlassen blieb, wie er eine Liederweise harmonisch zu coloriren finde, so habe ich nichts gethan, als das Amt des Orglers oder Lautenspielers auf mich genommen. Bei No. 4 war es durchaus nöthig, die Begleitung voll auszuschreiben, da die unserem Ohr so herbe, fremde Harmonieweise des modus phrygius nicht jedem geläufig sein dürfte. Auch No. 1 ist völlig ausgeschrieben, eben weil es mehr an neuere Musik anklingt. Dagegen habe ich mich bei No. 2 und 3 auf einen einfachen bezifferten Baß beschränkt.

Der Leser halte es mir zu Gute, wenn ich ihn so weitläufig durch meine geistige Werkstätte herumgeführt habe. Ich mußte es thun, um mich gegen den Vorwurf eines willkührlichen Schaltens mit dem gegebenen Stoffe und des Hineininterpretirens sicher zu stellen.

Prag im August 1860.

Dr. A. W. Ambros.

Wien. Druck von Jacob & Holzhausen.

# LIEDERMELODIEN

### zu den Minneregeln.

### Entziffert und harmonisirt

## von August Wilh. Ambros.

### № 1. *(Modus jonicus:)*

Ich vnd eyn ho = biz toch = ter = lin, dye
Sye duch = te mir so kur = lich fyn da

y und y mir brach = te pyn daz
vor wolt ich ir ey = gen syn ganz

sye mir te = te gna = den schyn und
er = blich all daz le = ben myn und

ne = me mich zu knechte Sye.
mach=tus wye syes dech = te.

.iach zu bal=de zu mir ja des
.lieb = lich los=lich mich an = sa da.

№ 2. *(Modus mixolydius transpositus.)*

Ich grus=ze dich trut frou=we=lin

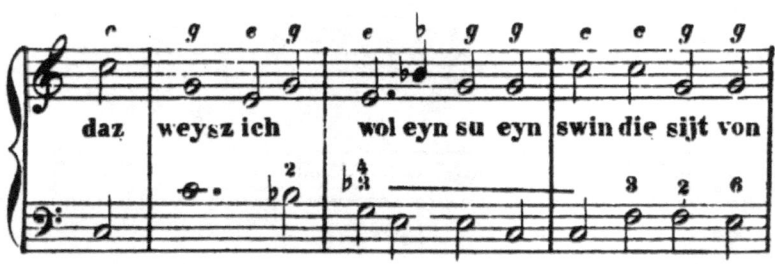

daz weysz ich wol eyn su eyn swin die sijt von

eym ge=slech=te von dir myn

hertz ist wun=det ser ja wan ez geschoszin wer

## № 3. *(Modus Aeolius transpositus:)*

Kurz = lich gru = = net

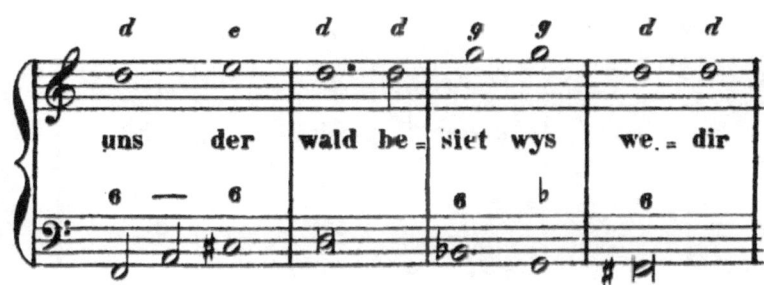

uns der wald be = siet wys we. = dir

sye ge = stalt ihr dun = ket

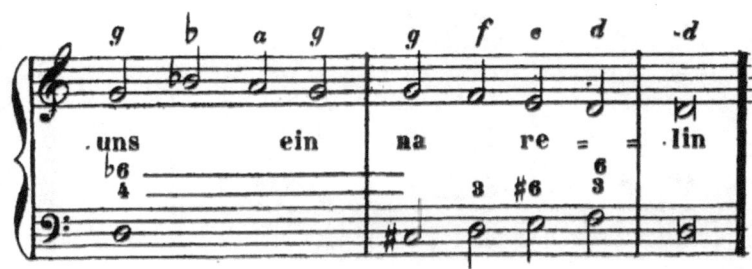

uns ein na re = = lin

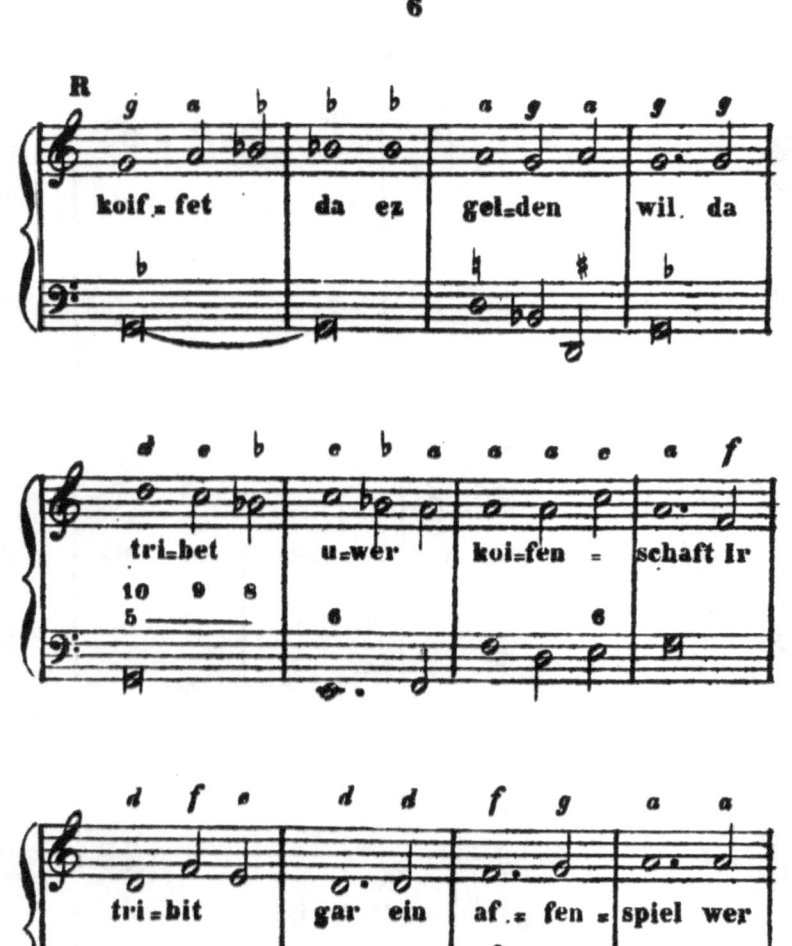

**Nº 4.** *(Modus Phrygius:)*